Mort en coulisses

Éditions Eyrolles
61, bd Saint-Germain
75240 Paris Cedex 05
www.editions-eyrolles.com

Éditrice externe : Frédérique Martin

Titre original : *Murder Offstage : A Posie Parker Mystery (Book 1)*
Publié en langue anglaise par Whitehaven Man Press en 2014

Depuis 1925, les éditions Eyrolles s'engagent en proposant des livres pour comprendre le monde, transmettre les savoirs et cultiver ses passions !
Pour continuer à accompagner toutes les générations à venir, nous travaillons de manière responsable, dans le respect de l'environnement. Nos imprimeurs sont ainsi choisis avec la plus grande attention, afin que nos ouvrages soient imprimés sur du papier issu de forêts gérées durablement. Nous veillons également à limiter le transport en privilégiant des imprimeurs locaux. Ainsi, 89 % de nos impressions se font en Europe, dont plus de la moitié en France.

ISBN : 978-2-416-00939-6

L.B. Hathaway

Mort en coulisses

Les enquêtes de Posie Parker

Traduit de l'anglais par Emmanuelle Urien
et Emmanuel Plisson

Roman
EYROLLES

Pour Marco

Lundi 14 février 1921 (Saint-Valentin)

Chapitre 1

Le corps de l'homme gisait à l'endroit exact de sa chute, la tête arrachée net.

Il était vêtu d'un smoking noir parfaitement repassé, et son sang formait une mare visqueuse qui suintait sur le carrelage de la somptueuse réception du Ritz de Londres.

Un œil très attentif aurait remarqué que les revers de veste de la victime étaient un peu trop élimés pour un habitué des lieux, et quelqu'un d'un peu snob aurait affirmé d'un ton choqué que la coupe de son costume était passée de mode. Depuis une bonne vingtaine d'années, à vrai dire. Tout en approchant de l'hôtel, Posie Parker nota tout cela, et bien davantage.

— Sortez ! Ceci est une scène de meurtre ! glapit nerveusement le directeur de l'hôtel en agitant vainement les mains pour éloigner la petite troupe de journalistes qui menaçait de l'engloutir.

Des agents de police s'étaient joints à la mêlée, ajoutant à la confusion. Depuis le grand escalier, les clients entassés sur les marches observaient le spectacle, étreignant d'un air effaré leur incontournable cocktail à la pomme verte. Soudain, le flash d'un appareil photo crépita, aveuglant la foule. Il laissa derrière lui un nuage piquant qui flottait lourdement dans l'air, blafard et délétère.

— DEHORS ! DEHORS !

— Qui est-ce, m'sieur ? Donnez-nous un nom ! hurla l'un des journalistes, un individu trapu aux manières insistantes.

Pour toute réponse, le directeur de l'hôtel se contenta de hausser les épaules : personne ne savait qui était le défunt.

Dans tout ce chaos, personne ne prêta attention à la jeune femme élégante et mince qui, fuyant la tempête de neige de ce mois de février, franchissait la porte tambour en verre pour pénétrer dans l'hôtel.

Elle contempla les alentours d'un œil expert avant de localiser sa cible.

— Rufus ! s'écria-t-elle gaiement.

Calant son énorme sac en tapisserie sous son bras, elle retroussa sa jupe crayon pour enjamber calmement le cadavre sans tête, jugeant qu'il s'agissait là du trajet le plus court pour rejoindre son vieil ami. Elle se dirigea vers le grand escalier bondé, se faufilant agilement d'une marche à l'autre en laissant derrière elle un nuage de parfum à la violette.

Là-haut, Rufus était dangereusement penché au-dessus de la balustrade. Un cigare en équilibre précaire dans une main, une boisson couleur émeraude dans l'autre, il observait la scène en contrebas. Posie lui tapota l'épaule.

— Tu m'as appelée, et me voici ! s'exclama-t-elle avec autant d'enthousiasme qu'elle put en rassembler. Mais tu ne m'avais pas informée que nous avions affaire à un meurtre en bonne et due forme ! Un travail de professionnel, à n'en pas douter, l'œuvre d'un excellent tireur ! Dans ton message, il me semble que tu parlais d'un diamant. Le coursier a peut-être mal compris ?

Rufus consentit enfin à se tourner vers elle. Posie comprit aussitôt qu'il avait dû boire toute la journée, et probablement celle d'avant. Il semblait avoir les plus grandes difficultés à concentrer son regard sur elle.

— Fichtre, Nosy[1] Parker ! C'est aimable d'être venue.

Posie réprima sa contrariété – elle détestait ce vieux sobriquet – mais Rufus était le meilleur ami de son grand frère Richard à Eton, et il constituait désormais son seul lien avec celui-ci depuis qu'il avait péri lors de la Grande Guerre, trois ans auparavant. En outre, Rufus était riche, et il y avait plus de trois semaines que la jeune femme n'avait pas décroché de mission rémunérée pour son agence de détectives. *Autant prendre ce qui vient*, avait-elle songé vingt minutes plus tôt dans son bureau de Bloomsbury. En prévision de la neige, elle avait enfilé ses grosses bottes noires avant de se mettre en route d'un pas vif.

Sans brusquerie, elle lui prit des mains sa boisson d'un vert criard.

— Sacrebleu, tout est ma faute ! gémit Rufus en désignant l'entrée de l'hôtel. Un pauvre bougre est mort, et tout cela à cause de ma bien-aimée.

Posie l'entraîna en direction d'un accueillant fauteuil en velours rouge niché dans une petite alcôve sur le palier. Elle le fit asseoir puis, déplaçant un aspidistra en pot, elle s'accroupit près de son ami.

— *Quelle* bien-aimée ? La dernière fois que nous nous sommes vus, tu déplorais l'absence d'une femme de qualité dans ta vie, et c'était il y a seulement un mois. Nous étions au théâtre, pour voir cette pièce idiote avec toutes ces pauvres danseuses habillées en chenilles, c'est toi qui m'as invitée, t'en souviens-tu ?

---

1. En anglais, *nosy parker* signifie « fouineur.se, curieux.se » (toutes les notes sont des traducteurs).

Comme sous l'effet d'une brise tiède, une expression pleine de tendresse se peignit sur le visage de Rufus.

— Comment pourrais-je oublier, Nosy ? C'est là-bas que je l'ai rencontrée ! Juste après, au Circle Bar. Toi, tu as décampé pour aller nourrir ton chat, me semble-t-il. Minsky ? Minky ?

— Mister Minks.

— Mmmh…

Le jeune homme écarta une longue mèche blonde de ses yeux. Pendant un moment, tirant sur son cigare, il sembla se perdre dans un autre monde. Posie le rappela à l'ordre en lui décochant un petit coup sec dans les côtes.

— Quoi qu'il en soit, Posie, ce fut un véritable coup de foudre. Depuis, nous vivons dans mes appartements au Ritz. Je lui ai demandé d'abandonner sur-le-champ son numéro de chenille. C'est dévalorisant pour une fille aussi intelligente.

Posie fixait Rufus d'un air horrifié.

— Bien entendu, tout cela était top secret, enchaîna celui-ci avec un clin d'œil et en se tapotant le nez. Enfin, tu vois ce que je veux dire. Nous nous sommes beaucoup amusés. Chaque jour, je lui achetais des vêtements sur Bond Street, ainsi que des bijoux. Je l'amenais dans les endroits les plus chics. Je voulais qu'elle soit dans les meilleures dispositions avant de lui présenter mon père.

Posie déglutit, soudain envahie d'une peur qui lui donnait la nausée. Dans ses souvenirs, le caractère redoutable du comte de Cardigeon était légendaire ; cet homme était réputé pour être un véritable monstre.

— « Lui présenter ton père », Rufey ? répéta-t-elle. Quelle idée absurde ! Pourquoi diable ?

Rufus lui adressa un regard proprement stupéfait.

— Elle était sur le point de devenir ma femme, jeune écervelée ! Je pensais que, le moment venu, j'arriverais à convaincre ce vieux croûton de se faire à l'idée.

Posie se mit à pester intérieurement. Cette histoire sentait la catastrophe à plein nez. Jusqu'alors, elle n'avait jamais considéré Rufus comme une proie facile, prête à être cueillie par la première midinette désireuse de se faire entretenir quelque temps. Mais manifestement, les choses avaient changé. Le jeune homme n'était plus tout à fait le même depuis la Grande Guerre, il buvait comme un trou… Elle n'avait pas été une amie à la hauteur, elle aurait dû mieux veiller sur lui.

— Que s'est-il passé ? reprit-elle. Aujourd'hui ? Avec cette fille ?

Rufus enfouit un instant sa tête dans ses mains avant de répondre :

— Je lui ai présenté ma demande en mariage, bien sûr. Pendant le déjeuner. Autour d'un seau de champagne, au Palm Court[1] du Ritz.

— Mais pourquoi ? s'écria Posie.

— Et ça se dit détective ? ironisa Rufus. C'est la Saint-Valentin, nigaude ! Le jour idéal, dans ces circonstances. Bon sang, je me demande pourquoi j'ai pris la peine de te faire venir, tu es vraiment longue à la détente !

Posie soupira : ce qui s'était produit ne lui apparaissait que trop clairement.

— Laisse-moi deviner : pour les fiançailles, tu lui as offert un bijou hors de prix acheté sur Bond Street et, juste après, elle s'est volatilisée. Ai-je raison ?

---

1. Restaurant de luxe.

— *Presque*, marmonna son ami en se tortillant sur son fauteuil, l'air contrit. Pardon d'avoir été méchant, Nosy. Je suis un peu tendu.

— En effet, confirma calmement Posie. Et sur quel détail me suis-je trompée, alors ?

Elle détestait avoir tort. Même au beau milieu d'une situation de crise.

Du coin de l'œil, elle aperçut un vieux majordome vêtu de l'élégante livrée de l'hôtel qui s'approchait d'eux en traînant les pieds. S'arrêtant devant Rufus, il lui présenta un plateau d'argent sur lequel reposaient deux télégrammes couleur crème. Sans grand enthousiasme, le jeune homme les ouvrit pour les lire. Alors, poussant un grognement désespéré, il enfonça son visage dans le velours du fauteuil. Se redressant, Posie arracha les deux plis de sa main tremblante et les parcourut rapidement.

Le premier disait :

> REÇU TON TÉLÉGRAMME. ARRIVE À LONDRES PAR PROCHAIN TRAIN. PAUVRE IDIOT – CE DIAMANT EST UN HÉRITAGE FAMILIAL. C'ÉTAIT À TOI DE L'ASSURER ET DE LE METTRE DANS UN COFFRE-FORT À LA BANQUE. IL EST MAUDIT. JE T'AVERTIS. TON PÈRE (FORT MÉCONTENT).
> PS. DIEU MERCI, IL Y A BRIGG & BROOKS. DANS CE FICHU DÉSASTRE, NOUS RÉCUPÉRERONS AU MOINS L'ARGENT DE L'ASSURANCE. MAINTENANT, JE VAIS PEUT-ÊTRE POUVOIR FAIRE RÉPARER LE TOIT DE REBBURN.

Posie s'accroupit de nouveau, les jambes entre ses bras. Émettant un sifflement à peine audible, elle regarda Rufus, estomaquée.

— Je sais, je sais ! gémit-il. Je me suis conduit comme un imbécile. Un vrai perdreau de l'année. Elle m'a berné d'un bout à l'autre !

La jeune femme reporta son attention sur le second télégramme.

> BRIGG & BROOKS À LONDRES CONFIRME QUE LA VALEUR DU DIAMANT DU MAHARADJAH EST DE SEPT CENT MILLE LIVRES. IL N'EST PAS ASSURÉ. COMME VOUS LE SAVEZ, VOUS N'ÊTES PAS À JOUR DE VOS PRIMES DEPUIS AU MOINS 2 ANS MALGRÉ NOS FRÉQUENTS RAPPELS. BONNE CHANCE.

— Que s'est-il passé ? demanda-t-elle à son ami, de plus en plus perplexe. Je croyais que tu étais plein aux as ? Pourquoi n'as-tu pas continué à verser ces primes, Rufey ?

— J'ai oublié ! J'ai oublié, c'est tout ! J'avais tellement d'autres chats à fouetter ! se lamenta-t-il, les mains plaquées sur le visage.

Posie se mordilla la lèvre, préoccupée : depuis deux ans, Rufus buvait tellement qu'il n'avait probablement plus la moindre idée de ce qui se passait dans sa vie la plupart du temps.

— Mais pourquoi diable tenais-tu à lui offrir ce diamant en particulier ?

— Je lui ai parlé du diamant du Maharadjah lors de notre première rencontre, expliqua Rufus. Pour finir, je l'ai emmenée le voir à la banque. Ils nous ont ouvert le coffre exprès, et elle tournait et retournait ce caillou entre ses mains comme s'il était magique. Et comme si elle était envoûtée.

— Par un diamant d'une valeur de sept cent mille livres ? Oui, je veux bien le croire, marmonna Posie.

— Les derniers temps, nous allions le voir tous les jours. Elle était insatiable. Le directeur de la banque pense que je suis un peu fêlé, je crois.

S'abstenant de tout commentaire, Posie l'encouragea d'un geste à poursuivre.

— Finalement, j'ai eu l'idée de le faire monter en bague et de le lui offrir pour nos fiançailles. J'avais hâte de voir le plaisir sur son joli minois et les éclats du diamant du Maharadjah à son doigt ! Pas un instant je n'aurais imaginé ce qui allait se passer. À présent, je suis dans le pétrin, Nosy. Ce caillou n'est pas assuré, et mon père va débarquer ici, par-dessus le marché ! Sois chic, dis-moi ce que je dois faire.

Alors qu'elle rassemblait son énergie pour répondre, Posie aperçut un groupe de personnes qui traversaient l'étroit palier pour les rejoindre. Quelques bobbies[1] en uniforme trottinaient docilement derrière un homme à l'allure importante coiffé d'un homburg[2] et vêtu d'un trench-coat beige. Il ne semblait pas là pour plaisanter.

— Haut les cœurs, Rufey, murmura Posie en se relevant. Voici la fine fleur de Scotland Yard. Ils ont fait vite ! Tu les as contactés ? À moins que ce ne soit ton père ?

Pour toute réponse, Rufus se recroquevilla encore davantage sur son siège en poussant un long gémissement.

— Lord Rufus Cardigeon, je présume ?

L'inspecteur s'était adressé au fauteuil d'une voix puissante qui donna aussitôt à Posie le sentiment d'être coupable de quelque chose, sans qu'elle puisse dire de quoi. Rufus gémit de plus belle. Une partie des clients de l'hôtel avait délaissé la scène sanglante en contrebas pour venir se presser autour d'eux.

— Je suis miss Parker, monsieur, annonça Posie.

1. Un *bobby* (*bobbies*, au pluriel) est un agent de police anglais.
2. Chapeau de feutre masculin d'origine allemande.

Se redressant de toute sa hauteur pour affronter l'homme, elle lui tendit sa main gantée.

D'abord perplexe, l'inspecteur la serra avec précaution.

— Inspecteur Oats, Miss. De Scotland Yard.

— Je m'en doutais. Êtes-vous venu au sujet de la disparition du diamant du Maharadjah ? Lord Cardigeon, ici présent, est très secoué par cette affaire, monsieur. Il semble avoir été roulé par une danseuse de revue qui lui a volé la pierre il y a moins d'une heure. Merci de réagir aussi rapidement.

— Un diamant ? Quel diamant ? Et qui est ce Maharadjah ? Un étranger, certainement ?

L'inspecteur dévisagea Posie. Ses yeux bleu pâle, qui évoquaient ceux d'une truite, étaient emplis d'une parfaite incompréhension.

— S'il y a eu un vol, adressez-vous à l'un de mes hommes ! Je suis ici pour une affaire sérieuse, moi.

Sur ces mots, il se tourna vers l'un de ses acolytes et hocha la tête avant de s'écrier sur un ton dramatique :

— Très bien, les gars, embarquez-moi cet individu !

Deux solides bobbies bondirent sur Rufus et l'immobilisèrent tandis qu'un troisième s'avançait en brandissant des menottes argentées. Le public retenait son souffle. Les bracelets métalliques se refermèrent sur les poignets du jeune homme. Écrasé entre les deux agents, Rufus laissa échapper une plainte étouffée.

— Lord Cardigeon, grogna Oats, je vous arrête pour suspicion de complicité dans le meurtre du gentleman non identifié – pour le moment – qui gît dans le hall de cet établissement. Vous pouvez garder le silence, mais tout ce que vous direz pourra être retenu contre vous…

— Attendez, une minute ! objecta Posie en s'interposant. Vous vous trompez sur toute la ligne. Mon ami est victime d'un crime, d'un VOL ! Il n'a absolument rien à voir avec le meurtre que vous évoquez.

— Allez, les gars, répéta l'inspecteur.

Puis, tandis que les bobbies soulevaient Rufus, il se tourna vers Posie et déclara de sa voix de stentor :

— Je crains que ce ne soit *vous* qui vous trompiez, Miss. J'ai un hôtel rempli de clients prêts à jurer que votre ami, le jeune Lord Cardigeon, vit ici dans le péché depuis plusieurs semaines avec la poule d'un gangster renommé. Elle s'appelle Lucy Gibson, dite Lucky Lucy. Elle figure sur la liste des criminels les plus recherchés de Londres. C'est elle qui a canardé ce pauvre paroissien. La dernière fois qu'on l'a vue, elle montait dans un taxi noir, un revolver fumant à la main. Et avec toute cette neige, elle a disparu sans laisser aucune trace ! Elle s'est évaporée ! Ce que je compte demander à votre ami, c'est *pourquoi* elle a tué cet homme – je soupçonne que Lord Rufus Cardigeon pourrait être dans le coup.

— Lucy ? marmonna Rufus. Je ne connais personne qui porte ce nom. Ma fiancée s'appelait Georgie. Georgie La Pomme.

Posie poussa un soupir exaspéré, se retenant de gifler Rufus.

— C'était certainement son nom de scène, siffla-t-elle. Mais est-ce vrai, ce que dit l'inspecteur ? Que Lucy, Georgie, quel que soit son nom, a tué cet homme en bas ?

Le teint cramoisi, Rufus acquiesça lentement.

— J'ai dit que tu avais *presque* deviné toute l'histoire, Nosy. Mais je n'ai pas eu le temps de tout te raconter. Quand Georgie a disparu, je suis effectivement allé la chercher dans nos appartements et, au moment où je redescendais bredouille, je l'ai vue dans le hall en train de se disputer avec un barbon en smoking, d'allure étrangère. L'instant d'après, elle avait sorti un revolver pour lui tirer dessus ! J'ai crié son nom – je pensais qu'elle était en danger – mais elle m'a ignoré et s'est enfuie, avec au doigt le diamant du Maharadjah. Je n'ai pas tiré ce coup de feu, je le jure !

— C'est ce que nous allons voir, intervint l'inspecteur avant de donner au policier le signal d'entraîner de force Rufus en bas de l'escalier.

Celui-ci se tortilla pour adresser à Posie un regard implorant.

— Dis à mon père ce qui est arrivé, Nosy. Et parle-lui de Brigg & Brooks. Je t'en supplie !

La jeune femme se laissa tomber dans le fauteuil, estomaquée.

— Que disiez-vous à propos de *nom de scène*, Miss ? lança à brûle-pourpoint l'inspecteur, s'attardant auprès d'elle.

Il avait sorti un carnet relié en cuir, et le crayon qu'il tenait en l'air semblait frémir d'impatience.

— Lord Cardigeon a rencontré cette danseuse de revue au théâtre – l'Athenaeum de Piccadilly, pour être exacte. Je me trouvais avec lui ce soir-là.

— Vraiment ? s'étonna Oats, l'air sceptique. Comme c'est curieux. À ma connaissance, Lucky Lucy n'est jamais montée sur les planches. L'avez-vous réellement *vue* sur scène ?

Posie secoua la tête.

— Non, on ne peut pas dire que je l'ai vue. Elle était déguisée en chenille.

Prenant conscience de ce que sa phrase avait de farfelu, elle ajouta d'un ton égal :

— Du moins, *si* c'était bien elle.

L'inspecteur émit un reniflement méprisant.

— Vous racontez n'importe quoi ! J'aurai vraiment tout entendu, maugréa-t-il en rempochant son calepin avant de s'élancer dans le couloir.

Pauvre vieux Rufey, songea Posie. Quelle journée ! Les catastrophes s'étaient enchaînées.

Et ce serait à elle de tout démêler.

Chapitre 2

Lorsque Posie rejoignit son bureau de Grape Street, il s'était remis à neiger. Les flocons tombaient dru, et elle referma la porte avec soulagement sur le froid et le vent.

L'agence de détectives se trouvait au deuxième étage, en haut d'un étroit escalier recouvert d'une moquette bleue qui, comme le reste du bâtiment, avait connu des jours meilleurs. Mais trois ans plus tôt, lorsque son choix s'était porté sur cet endroit, Posie l'avait jugé idéalement situé. Il se trouvait au centre d'une espèce de triangle bordé par Covent Garden, le flamboyant secteur des théâtres et le quartier poussif de Bloomsbury. La silhouette imposante du British Museum, qui évoquait la proue d'un grand navire, était visible depuis la fenêtre du bureau. Posie espérait que des clients de tous horizons, de chacun des mondes qui cohabitaient paisiblement aux abords de ce triangle, feraient appel à elle pour résoudre leurs insolubles mystères, démêler leurs insondables secrets.

Hélas ! Comme souvent dans la vie, le sort en avait décidé autrement…

* * * *

Lorsqu'elle avait ouvert l'agence, Posie avait solennellement attendu l'arrivée de son premier client, jour après jour.

La déception l'avait bientôt submergée : personne ne venait, en dépit de la plaque de bronze flambant neuve accrochée dehors qui lui avait coûté une fortune et disait :

AGENCE GRAPE STREET.
P. PARKER & ASSOCIÉS.
Résout tous mystères et problèmes,
du plus petit au plus grand !
(2e étage)

Elle n'avait pas osé faire graver « Agence de détectives » sur la plaque, cela lui semblait trop présomptueux. Après tout, elle se lançait à peine. De même, elle ne s'était pas risquée à mentionner que l'agence, c'était elle, et elle seule. Elle se disait que ce mensonge bénin ne nuirait à personne. Parfois, il faut savoir prendre de menues libertés avec la vérité.

Après deux mois sans le moindre client, passés à calculer frénétiquement le moment *exact* où elle serait à court d'argent, Posie était sur le point de mettre définitivement la clé sous la porte. C'est alors que son sauveur avait franchi le seuil, en la personne d'un certain M. Irving.

Il se présenta au bureau un matin, aux alentours de la pause-café. C'était un petit homme d'une cinquantaine d'années, à l'air effarouché, vêtu d'un costume en tweed marron et coiffé d'un homburg cabossé. Ses manières avaient quelque chose de furtif – c'était le genre d'homme qu'on oublie sur-le-champ, ce qui, s'avéra-t-il, faisait partie de son métier.

— C'est un bel endroit que vous avez là, avait-il remarqué avec désinvolture.

C'est tout juste s'il ne reniflait pas l'air ambiant, comme pour s'assurer de sa qualité.

Posie s'était contentée d'acquiescer. C'était effectivement un bel endroit, elle le savait, mais lorsqu'elle avait signé le bail, ce bureau était humide et sale. Avec le reste du petit héritage que lui avait légué son père, elle avait acquis quelques jolis meubles pour habiller les pièces nues, et acheté assez de pots de peinture chez Army & Navy Stores pour consacrer une semaine entière à rafraîchir les murs.

Tout en observant d'un air approbateur le décor couleur crème, M. Irving avait tendu à Posie une carte de visite de mauvaise qualité.

IRVING & SON. AGENCE DE DÉTECTIVES PRIVÉS.

Pour tous vos besoins juridiques et personnels.

33B, Lincoln's Inn West.

— Posie Parker, à votre service. En quoi puis-je vous aider, monsieur Irving ?

Elle avait posé sa question avec toute l'assurance dont elle était capable, redoutant que l'homme ne lise dans ses moindres gestes qu'il était le premier à prendre place en face d'elle sur la chaise réservée aux clients, jusque-là désespérément vide.

Il avait détourné le regard du seul élément de décoration de la pièce, une délicate aquarelle accrochée derrière le bureau, peinte par le père de Posie lorsqu'il était jeune homme, et qui représentait le cap d'Antibes dans une éruption de parasols aux couleurs vives sur fond de mer azuréenne.

— Joli coin de mer, avait-il observé. Original. C'est pas Margate[1], hein ?

1. Station balnéaire populaire anglaise.

La jeune femme avait toussé poliment en désignant la carte de M. Irving d'un air inquisiteur.

— Vous êtes pas du genre à faire la causette, on dirait, avait commenté celui-ci. Très bien. Je suis venu voir si on pouvait *s'aider mutuellement*. Convenir d'un arrangement, en quelque sorte. Ça pourrait être votre jour de chance.

— Poursuivez, avait murmuré Posie, en dévisageant l'homme avec un rien de méfiance.

— J'ai une petite agence qui marche bien, à dix minutes d'ici, près de Lincoln's Inn. Vous voyez l'adresse sur ma carte ? Rien de grandiose, plutôt des affaires de routine. Mais ça suffit largement à payer les factures.

— Et quel type d'affaires traitez-vous ? s'était enquise Posie sans détour, sa curiosité piquée.

— On espionne les gens, s'était esclaffé Irving en se frottant les mains avec délectation. On leur file le train. Dans le métier, on nous appelle les « enquêteurs de l'ombre ». On reçoit un tuyau d'un avocat et ensuite, on part en filature – en général, on traque de riches bourgeois ou des hommes d'affaires qui ont une liaison, ou entretiennent une maîtresse. Les grands classiques. On prend des photos et l'avocat se sert des clichés comme preuve pour défendre ses clients dans les procédures de divorce. C'est un boulot lucratif, on est en cheville avec plus d'une vingtaine de magistrats. Grâce à ça, on s'en sort bien, mon fils et moi.

Quel travail sordide, avait songé Posie en réprimant un frisson. Un sale boulot, sans nul doute, proche du chantage.

— Mais je ne vois pas en quoi nos intérêts pourraient coïncider, monsieur Irving, avait-t-elle objecté. Manifestement, vous vous débrouillez déjà très bien sans mon aide.

— Regardez bien l'adresse sur la carte, Miss. Vous remarquez quelque chose ?

Elle avait hésité un instant avant de s'exclamer :

— Oh ! Ce n'est qu'un sous-sol ! *33B*. C'est ce que vous vouliez dire ?

— Affirmatif, avait acquiescé Irving. Bravo, jeune fille. « Ce n'est qu'un sous-sol », comme vous dites. Sauf qu'à la fin de semaine, même ça, on l'aura plus. On nous met à la porte. À la place, ils vont mettre ces équipements téléphoniques dernier cri pour le bureau des avocats.

Soudain, Posie avait cru comprendre.

— Vous voulez me racheter ? s'était-elle enquise d'un ton égal.

Elle s'était demandé si cette perspective devait la réjouir ou l'attrister.

— Non, avait rétorqué Irving en secouant fermement la tête.

De nouveau, il s'était tourné vers l'aquarelle du cap d'Antibes avec un air de convoitise avant de reprendre :

— J'ai décidé de prendre ma retraite. Il est grand temps. Je voudrais me dégotter un joli coin, avec un peu de soleil, peut-être bien. Mais mon garçon, Len, il lui faut un boulot. Il a survécu à la guerre, Dieu merci. C'est un bon gars, mais il a besoin d'un coup de pouce. Il pourra continuer ce qu'il faisait avec moi en se servant de tout ce que je lui ai appris. Ce matin, en passant devant votre plaque, je me suis demandé… Peut-être qu'il vous faut de l'aide, à vous aussi ? Un assistant ? Un bon détective ? Cette agence, c'est juste vous, Miss, ou je me trompe ?

M. Irving avait dévisagé Posie avec un regard d'aigle, fort de ses années d'expérience dans les aspects les plus infâmes de la nature humaine. La jeune femme serrait toujours la carte de visite entre ses doigts. L'encre avait déteint partout sur ses mains manucurées aux ongles vernis de rouge. *Inutile de cacher la vérité, désormais*, s'était-elle dit.

— Oui, avait-elle avoué. C'est juste moi. Mais je n'ai pas assez de travail, même pour moi seule.

— C'est là qu'on intervient, avait répliqué Irving avec aplomb. Du boulot, on va vous en donner. Des tonnes, même. Len est le meilleur enquêteur de l'ombre de la ville. On a des clients à ne plus savoir qu'en faire et assez d'avocats dans notre poche pour remplir vos étagères de dossiers. Vous aurez plus jamais à vous demander comment payer le loyer.

Posie avait mis un instant à digérer l'information. Tout ceci la prenait de court.

— Mais qu'attendez-vous de moi ? C'est *mon* agence de détectives ! s'était-elle exclamée d'une voix suraiguë qui, elle s'en apercevait trop tard, révélait un accent puéril.

— Vous en faites pas, Miss, l'avait rassurée Irving. Tout ce que je vous demande, c'est de laisser Len venir travailler pour vous. L'emplacement ici est parfait. Pas besoin de changer la plaque dehors, ni le nom. Notre métier, de toute façon, est affaire de discrétion. L'intégralité des profits, charges déduites, sera réparti à égalité entre vous et Len. Alors, vous en pensez quoi ?

Beaucoup de bien, avait songé Posie. Qu'il s'agisse d'un boulot sordide n'entrait plus en ligne de compte, elle avait rapidement mis ses scrupules de côté.

Et aujourd'hui, deux ans plus tard, elle repensait avec tendresse à ce jour – son jour de chance, en effet. À vrai dire, M. Irving s'était révélé un ange gardien tombé du ciel.

Les seules filatures de Len avaient permis de maintenir l'agence à flot durant dix-huit longs mois. Pendant tout ce temps, et surtout au départ, ce cher, ce généreux Len n'avait jamais reproché à Posie de ne pas travailler. Il ne s'était jamais plaint de passer ses journées à talonner des maris infidèles dans toute la ville pendant qu'elle restait au bureau de Grape Street à lire *The Lady* et à boire du thé de Chine sucré en attendant qu'une affaire acceptable se présente. Len payait les factures, il partageait également les bénéfices, et c'était tout.

Et puis, au cours de l'année précédente, Posie avait enfin commencé à gérer ses propres dossiers : elle avait retrouvé une épouse disparue et un cuisinier de Belgravia[1] égaré, puis démêlé une petite affaire de fraude à l'assurance.

Mais plus récemment, elle avait surtout aidé à traquer une bande d'habiles voleurs de bijoux déguisés en choristes qui, pendant les fêtes de Noël, avait cambriolé une boutique de la prestigieuse Burlington Arcade (lors de ce que l'on appelait désormais « L'affaire Carino », en référence à la comtesse italienne Faustina Carino dont les bijoux, mis en dépôt pour qu'ils soient réparés et nettoyés, avaient constitué la principale cible des malfaiteurs). Posie était soulagée d'être enfin capable d'apporter sa contribution, et heureuse de pouvoir se faire un nom, pour elle comme pour l'agence. L'affaire Carino lui avait valu une bonne presse – un petit article élogieux et fort bien tourné dans le *Times* – et, plus important sans doute, elle avait permis à Posie de trouver un ami et un soutien en la personne de l'inspecteur Lovelace de New Scotland Yard.

La jeune femme croyait fermement qu'il était essentiel de connaître les bonnes personnes aux bons endroits, surtout dans les moments délicats.

Des moments comme celui-ci, peut-être…

* * * *

1. Quartier huppé de la cité de Westminster à Londres.

Alors qu'elle montait péniblement l'escalier en déroulant ses couches d'écharpes gelées, Posie fut brusquement rappelée au présent en entendant un rire sonore et haut perché s'échapper de l'agence.

La petite salle d'attente était lumineuse et chaude. Un feu brûlait gaiement dans la cheminée, et Len était étalé de tout son long sur le canapé. Babe Sinclair, leur pulpeuse secrétaire américaine, originaire de New York, était confortablement installée à la droite du jeune homme, tout près du feu. Ses cheveux d'un noir incroyablement brillant, coupés à la garçonne, scintillaient joliment, et son somptueux collier de jade étincelait dans la lueur des flammes. Sur la table basse, à côté de l'appareil photographique de Len, traînait un sac froissé à rayures blanches et vertes orné du logo du Lyons Corner House[1].

— Veux-tu un crumpet[2] ? proposa Len d'un ton enjoué.

Posie remarqua alors qu'il s'était servi d'un tisonnier pour embrocher les pâtisseries et les faire dorer au-dessus du feu. Acquiesçant, elle s'affala dans l'un des fauteuils, se débarrassa d'un coup de pied de ses bottes de neige trempées, restant pieds nus dans ses bas humides. Il était fort peu probable que, par un temps pareil, un client errant dans les rues décide de se présenter sans rendez-vous à l'agence. S'apercevant soudain qu'elle était affamée, elle accepta avec gratitude le gâteau que lui tendait son collègue.

Babe considérait Posie avec reproche : jusqu'à l'arrivée de la détective, elle passait un excellent moment seule avec Len, lequel ne prenait jamais les choses trop au sérieux. La secrétaire

1. Célèbre chaîne de pâtisserie londonienne.
2. Petite crêpe épaisse.

savait aussi que c'était à lui, plutôt qu'à Posie, qu'elle devait son emploi. Durant l'entretien d'embauche, en effet, il s'était entiché d'elle alors que Posie s'était montrée très réservée. Babe avait rejoint Grape Street depuis seulement quelques semaines. Elle avait commencé juste après Noël, et elle était donc encore en période d'essai. Prenant conscience qu'avec le retour de Posie, elle allait devoir se mettre réellement au travail, elle ramassa son carnet bleu qui traînait par terre d'un geste exagérément las.

Entre deux bouchées, Posie donna à Babe des instructions précises pour l'envoi de trois importants télégrammes. Elle en dicta le contenu exact que l'employée prit en sténographie, utilisant un système d'abréviations américaines complexe que Posie n'avait jamais rencontré jusque-là. La détective engloutit les dernières miettes de son crumpet et lécha ses doigts luisants de beurre avec délectation. Elle remarqua alors que Babe était toujours assise sur le canapé, l'air boudeur.

Posie soupira intérieurement : se pouvait-il qu'ils aient réussi à engager la pire secrétaire du monde ?

— Qu'attendez-vous ? demanda-t-elle. S'il vous plaît, c'est urgent. Veuillez envoyer ces télégrammes immédiatement. Prenez l'argent dans le coffre-fort sur mon bureau.

— Mais Miss, protesta Babe avec son accent traînant, c'est qu'il neige sacrément fort, dehors.

— Sans blague ! Et il ne neige pas à New York chaque hiver, peut-être ? Je suis certaine qu'en comparaison, ceci n'est rien du tout ! Allez-y, je vous prie. Et à votre retour, je veux que vous fassiez un peu de frappe dans votre bureau. S'il n'y a pas de documents à taper, lancez-vous dans le classement. Et si quelque chose n'est pas clair, venez me trouver. Je ne veux pas que vous dérangiez M. Irving. Il est très occupé.

Affichant une *moue** [1] dépitée, la secrétaire se rendit dans le bureau de Posie où elle fit tinter des pièces de monnaie à grand bruit avant d'exécuter une sortie théâtrale, enveloppant ses courts cheveux noirs dans plusieurs écharpes de laine. Len et Posie écoutèrent ses pas furieux retentir lourdement dans l'escalier, suivis du claquement violent de la porte donnant sur la rue.

Len décocha à la jeune femme un regard incrédule.

— Quoi ? grogna-t-elle.

Il la dévisagea sans rien dire, et elle se sentit fondre.

— Non, je ne suis pas méchante en l'envoyant faire cette course sous la neige, protesta-t-elle. C'est son boulot ! De toute façon, elle ferait mieux de travailler au lieu de traînasser ici avec toi en se goinfrant de gâteaux. C'est bien pour ça qu'on la paie, non ? On ne peut pas se permettre de gaspiller notre argent, tu le sais très bien.

Len considéra Posie, sourcils levés, un sourire bienveillant aux lèvres.

— Nous nous sommes installés ici parce qu'il gèle dans nos bureaux, expliqua-t-il. Je me suis dit qu'en allumant un seul feu, on ferait des économies. Je sais que tu n'aimes pas cette fille, Po, mais arrête de l'embêter. Et pour ta gouverne, je ne suis pas du tout occupé : je n'ai pas de nouveau dossier à traiter avant demain.

Posie lui renvoya un regard noir. Son collègue l'avait bien cernée : elle n'aimait pas du tout Babe. Sans qu'elle sache précisément pourquoi, cette fille ne lui inspirait aucune confiance.

---

1. Les mots ou phrases en italique et suivis d'un astérisque sont en français dans le texte.

Pour détendre l'atmosphère, Len attrapa sur la table basse une pile de photos fraîchement développées et se mit à les passer en revue, tout en les commentant. L'une, en particulier, sembla retenir son attention et, rejetant la tête en arrière, il éclata de rire. En l'entendant, Posie sentit sa gorge se nouer et les battements de son cœur s'accélérer. Elle détourna vivement le regard en direction des flammes qui crépitaient dans la cheminée.

C'était fort déplacé, mais elle était follement amoureuse de lui, purement et simplement.

Len n'était pas du tout fait pour elle et complètement hors de sa portée. Mais elle sentait un merveilleux courant électrique la traverser chaque fois que cet homme posait les yeux sur elle. Et elle aurait pu jurer qu'il le sentait aussi.

D'une beauté frappante, Len était grand et agile. Il avait des cheveux bruns et bouclés et des yeux verts qui se plissaient lorsqu'il riait, ce qui était fréquent. Parfois, Posie avait du mal à croire que le premier M. Irving qu'elle avait rencontré, ce petit homme aux manières furtives, et le magnifique Len, avec lequel elle avait la chance de travailler chaque jour, étaient réellement père et fils.

D'emblée, quand elle avait soupçonné qu'elle risquait de s'éprendre de Len, elle s'était sévèrement dissuadée de céder à ce sentiment. C'était hors de question : le capitaine Harry Briskow, son fiancé, venait tout juste de décéder. Il gisait sur un champ de bataille quelque part dans le Nord de la France, anonyme, sans tombe où elle pourrait se recueillir. Les seuls souvenirs qui lui restaient du gentil, du fidèle Harry, étaient une photo et la petite bague en or et argent, ornée de six minuscules diamants, qu'il lui avait offerte la veille de son départ pour le front.

Une bague que, depuis, elle avait retirée pour la ranger au fond d'un tiroir de sa table de chevet… Mais le respect de la mémoire d'Harry n'était pas le seul obstacle. C'était plus compliqué que cela.

Len était lui-même engagé dans une relation. Il avait une bonne amie qu'il fréquentait à Leytonstone depuis des années, un amour de jeunesse. Une demoiselle sans nom que Posie n'avait jamais rencontrée et dont Len ne parlait pas, mais dont tous deux sentaient parfois la présence entre eux, comme un spectre opiniâtre et impitoyable, sous la forme d'une nouvelle cravate en tricot loyalement arborée juste après Noël, ou d'un bouquet de freesias acheté sans explication à l'heure du déjeuner au marché de Covent Garden. Des liens qui ne semblaient pas devoir être rompus… ce que Posie ne pouvait donc pas raisonnablement attendre.

Se penchant nonchalamment, la jeune femme examina la photographie qui avait déclenché l'hilarité de Len. On y voyait un membre du Parlement bien connu et particulièrement odieux, souvent mentionné dans la presse. Nu comme un ver, il tentait frénétiquement de fermer les rideaux pour masquer une scène qu'il aurait préféré que Len n'immortalise pas. Posie ne put s'empêcher de sourire.

Le jeune homme se leva pour aller préparer du thé. À son retour, il interrogea Posie sur sa journée.

— Il paraît qu'un joyau a été dérobé ? Babe a entendu le coursier qui t'a remis le message.

La détective acquiesça, notant mentalement de se montrer plus discrète à l'avenir. Elle relata son après-midi et Len émit un sifflement impressionné.

— Mazette ! Que comptes-tu faire, maintenant ? demanda-t-il avec curiosité.

— Je ne vais pas rester les deux pieds dans le même sabot, tu peux me croire. Je ferai tout ce qui est en mon pouvoir pour résoudre cette affaire. Mais tu vas probablement devoir m'aider dans les jours qui viennent. Cela te convient-il ? Je ne suis pas sûre d'y arriver seule.

Len hocha la tête, ses yeux scintillant dans la lueur du feu.

— Tout ce que tu voudras, Po. Préviens-moi quand tu auras besoin de moi. Tu sais que je ferais n'importe quoi pour toi.

Si seulement, songea Posie tout en le maudissant d'être aussi parfaitement adorable. Elle se dirigea vers son bureau glacé pour reprendre ses esprits.

— Joyeuse Saint-Valentin ! lui lança gaiement son collègue.

* * * *

Il faisait presque nuit. Posie était assise à son bureau dans la lumière déclinante, la tête entre les mains, immobile. Mister Minks, son siamois couleur café crème, se frottait obstinément contre ses chevilles. Il avait faim.

Ce chat était trop gâté, Posie le savait. Et affreusement hautain, avec ça. Il préférait de loin la compagnie des hommes à celle des demoiselles – celle de Len, en particulier. Mais Posie aimait cet animal de tout son cœur, il était son unique lien avec son passé, avec le vicariat de son père dans le Norfolk. Mister Minks y avait passé ses jours de gloire à grimper allègrement le long des rideaux de velours rouge dans le bureau du révérend Parker, dont il faisait la fierté et la joie.

La mort soudaine de son père, deux ans plus tôt, avait privé Posie et Mister Minks de leur domicile. Depuis, la jeune femme se sentait perpétuellement coupable d'avoir arraché le siamois à son foyer pour l'installer dans ce bureau miteux à Londres. Dans le logement qu'elle occupait au dernier étage d'une *mews*[1], à

1. Anciennes écuries transformées en petites maisons mitoyennes, situées dans des rues pavées et généralement piétonnes, typiques de certains quartiers de Londres.

South Kensington, les animaux de compagnie étaient interdits, et Mister Minks devait donc vivre seul à Grape Street. Posie avait tenté de rendre les lieux accueillants en accrochant dans la minuscule arrière-cuisine de vieux rideaux en velours que l'exigeant félin pourrait escalader, et elle consacrait une partie beaucoup trop importante de son salaire à l'achat d'escalopes de poulet fraîches qu'elle cuisait pour lui deux fois par jour sur la cuisinière à gaz.

— Je sais, je sais. C'est l'heure du dîner. Si vous voulez bien vous donner la peine, Votre Seigneurie...

Sur le rebord extérieur de la fenêtre de la cuisine, elle récupéra un morceau de poulet emballé dans du papier huilé et le mit à frire. Distraite, elle oublia de le retourner à mi-cuisson, le brûlant à moitié. Posie était plongée dans ses pensées, songeant à la soirée chargée qui l'attendait : elle devrait enquêter dans trois lieux différents, et elle avait conscience qu'elle risquait d'être quelque peu limitée par le temps.

Après avoir déposé le poulet carbonisé devant le chat qui le renifla avec mépris en poussant un miaulement plaintif, la jeune femme s'empressa de regagner son bureau.

D'une petite armoire fermée à clé, elle sortit son nécessaire de soirée, que Len appelait en plaisantant sa « tenue de combat glamour », mais qui se résumait en réalité à une robe de velours noir toute simple, un serre-tête en plumes, un rouge à lèvres pourpre et un petit flacon de parfum à la violette. En un tournemain, la jeune femme se changea.

Posie n'était pas ce qu'on appelle une beauté, elle en était consciente. Son visage était trop carré, ce qui lui donnait un air robuste plutôt que romantique, et ses yeux étaient d'un bleu foncé assez banal, mais elle savait plutôt bien s'arranger et s'attirait même quelques sifflets admiratifs lorsqu'elle sortait le grand jeu. Elle fouilla sous son bureau pour trouver une paire d'escarpins à talons dont elle boucla la bride autour de ses chevilles. Puis elle souligna ses yeux d'un large trait de khôl et s'aspergea généreusement de parfum.

— Bonne nuit, Mister Minks ! lança-t-elle.

Elle l'entendit qui dévorait le poulet avec appétit dans la cuisine. Les mendiants ne peuvent pas toujours faire la fine bouche.

Elle préleva un peu de monnaie dans son coffre-fort puis sortit en hâte, fermant la porte à clé derrière elle. S'apercevant trop tard qu'elle aurait dû prendre un manteau ou une étole, elle se sentit brièvement nostalgique de sa belle fourrure de renard argenté, offerte par Harry des années auparavant et revendue à l'époque où le bureau de Grape Street n'en était qu'à ses débuts.

— Taxi ! s'écria Posie une fois arrivée dans la rue, s'efforçant de réprimer ses frissons.

Par bonheur, une voiture s'arrêta aussitôt près d'elle sur la chaussée glissante.

— Alors, où allons-nous, Miss ? demanda le chauffeur en réglant son compteur.

— À l'Athenaeum, s'il vous plaît. Entrée des artistes, et faites vite !

Chapitre 3

Le spectacle commençait dans une demi-heure.

Posie s'attarda une minute devant l'entrée de service du théâtre pour examiner les affiches aux couleurs vives et les critiques qui les accompagnaient. Elle avait assisté à cette production seulement un mois auparavant, en compagnie de Rufus, mais elle en avait complètement oublié le titre.

Oui, c'était cela : *En avant la folie !*, qu'on décrivait comme « une soirée de divertissement toute en danses et chansons », mais la seule chose que Posie se rappelait, c'étaient les filles engoncées dans de lourds et encombrants costumes qui leur permettaient à peine de bouger bras et jambes, alignées comme autant de grosses chenilles vertes… Laquelle était Lucy ? Ou Georgie, puisque c'était sous ce nom qu'elle s'était présentée à Rufus ? Se trouvait-elle réellement sur scène, ce soir-là ? Peut-être l'avait-on postée dans le bar dans le seul but d'engager la conversation avec le jeune homme après le spectacle, auquel cas elle en savait aussi peu sur *En avant la folie !* que Posie elle-même.

Entrant discrètement par la porte de service, la détective descendit l'escalier branlant jusqu'aux profondeurs obscures du sous-sol, puis s'enfonça dans les tunnels qui desservaient les loges et les bureaux. Habilleuses et danseuses couraient d'un bout à l'autre des couloirs lugubres qui sentaient la craie, éclairés de loin en loin par des ampoules dégageant une lumière blafarde. Rasant les murs, Posie progressait lentement, se fondant au chaos ambiant.

Soudain, elle s'arrêta. Devant elle, une fille de petite taille d'une beauté frappante, aux cheveux courts d'un blond trop clair pour être naturel, et le cou ceint d'un mètre de couturière, repassait un énorme boa en plumes, bloquant le passage avec sa planche.

— Je suis la costumière. Je peux vous aider, ma jolie ? demanda-t-elle avec un fort accent londonien tout en regardant Posie de haut en bas comme pour déceler un défaut dans sa tenue et effectuer des retouches de dernière minute.

Elle tira sur une longue cigarette noire, soufflant avec expertise un rond de fumée parfait qui se dissipa en spirale au-dessus d'elles. Posie remarqua que le filtre de sa cigarette portait les traces d'un rouge à lèvres argenté – du maquillage de théâtre. Elle détourna les yeux de cette étrange combinaison de couleurs qui lui évoquait un croissant de lune par une nuit glacée.

— Le bureau du directeur se trouve-t-il par ici ? s'enquit-elle. Il m'attend, je lui ai envoyé un télégramme cet après-midi.

La fille dévisagea longuement Posie, une expression indéchiffrable dans le regard. Puis elle écarta sa planche à repasser d'un geste grandiloquent, un peu comme si elle déplaçait un obstacle beaucoup plus imposant, un rocher, peut-être. Elle lui désigna le fond du couloir.

— Deuxième à droite, Miss. Vous pouvez pas la manquer, l'odeur de la gnôle vous tombera dessus avant que vous ayez passé la porte. Ça risque de vous assommer pour le compte, c'est une vraie distillerie, là-dedans.

Posie acquiesça et sourit.

— Merci. Comment s'appelle-t-il, je vous prie ? Le directeur du théâtre ? Monsieur… ?

La costumière passa sa langue sur ses lèvres argentées avant de répondre.

— Blake, articula-t-elle avec mépris. Samuel Blake. Mais il a rien d'un « Monsieur ». Ce type est un bouffon. Il connaît pas le premier mot pour ce qui est de gérer un théâtre.

Posie prit la direction indiquée. Le couloir semblait se rétrécir, le plafond s'abaisser. Elle trouva facilement le bureau : le nom de Blake était inscrit au-dessus de la porte, en lettres capitales. Le mince battant de bois était légèrement entrouvert. Elle frappa.

— Il y a quelqu'un ? Monsieur Blake ? lança-t-elle d'un ton enjoué.

Comme personne ne répondait, elle se faufila prestement dans l'entrebâillement.

La chance était de son côté : les lieux étaient manifestement déserts, et son moral remonta d'un coup.

C'était une pièce étrange, minuscule, avec un plafond bas et incurvé qui donnait à la jeune femme l'impression d'être enfermée dans une grotte ou piégée dans un tunnel. Il faisait très sombre et, bien qu'elle ne soit pas exagérément grande, Posie dut baisser la tête pour pouvoir se déplacer. Le bureau de Blake se trouvait sur la gauche, éclairé par une petite lampe de lecture. La table, la chaise et le sol tout autour étaient couverts de piles de papiers. Les seuls autres meubles étaient un portemanteau près de la porte et un classeur en métal gris, lui aussi encombré de paperasse.

Un bruit régulier et discret résonnait dans la pièce. À la lueur pâle de la lampe, Posie découvrit que les murs étaient complètement humides et suintaient affreusement, gouttant sur chaque surface. *Comment diable peut-on travailler dans un endroit pareil ?* se demanda-t-elle en se dirigeant vers la table. Soudain, elle eut la nostalgie de son bureau aux teintes claires, avec sa fenêtre à guillotine qui laissaient entrer la lumière à flots malgré les innombrables toits qu'elle surplombait. Jamais plus Posie ne se plaindrait de ne pas jouir d'une véritable vue. Après tout, une fenêtre est une fenêtre.

Retirant les papiers de la chaise, elle s'assit à la table. De ses doigts agiles, elle écarta le fatras devant elle avant d'ouvrir rapidement les tiroirs. Rien. Elle continua.

Soudain, elle sursauta. Un coup de tonnerre venait de faire trembler le bureau devant elle, envoyant valser les papiers. Toute la pièce vibrait.

BOUM. BOUM.

La lampe se mit à clignoter, et les bouteilles de whisky vides dont les tiroirs étaient remplis se mirent à s'entrechoquer furieusement.

BOUM.

Le cœur de Posie s'emballa. Le bruit était assourdissant, il ne ressemblait à rien de ce qu'elle avait connu jusque-là et pourtant, elle avait entendu des choses terribles lorsqu'elle conduisait des ambulances sur le front français, à la fin de la Grande Guerre : les obus, les hurlements… Elle les avait refoulés de son mieux pour parvenir à dormir la nuit.

Pendant quelques secondes terrifiantes, Posie crut que le plafond de cette espèce de grotte allait s'effondrer. Se rappelant sa formation en France, elle tomba à genoux et se mit à ramper lentement vers la porte en s'appuyant sur ses coudes, se faisant aussi petite que possible.

— Tout va bien, Miss. Faut pas avoir peur.

Levant la tête, Posie découvrit la minuscule jeune femme qui, un peu plus tôt, repassait dans le couloir. Elle l'observait à présent d'un air un peu inquiet. La détective se releva, le cœur encore battant.

— Vous êtes pas habituée, c'est normal, reprit l'autre. On est juste en dessous de la fosse d'orchestre. Ils viennent de commencer, ils s'accordent. D'abord les timbales, ensuite les contrebasses. Ça fait beaucoup de bruit, pour sûr.

— Merci, souffla Posie avec soulagement tout en se redressant. Et merci également de ne pas vous moquer de moi. Je dois avoir l'air ridicule.

La fille haussa les épaules.

— Y a pas de quoi. Je vois bien que vous avez fait la guerre. Moi aussi, j'étais en France, j'étais infirmière sur le front Ouest. J'ai été obligée de crapahuter comme ça plus souvent qu'à mon tour quand un obus nous tombait dessus. Je suis Dolly Price, au fait.

Elle tendit une main aux ongles vernis d'argent, et Posie la serra chaleureusement.

— Posie Parker.

— En tout cas, ils sont dans un sacré pétrin, là-haut, reprit Dolly en désignant le plafond. Le premier violon a disparu. Il est pas venu répéter cet après-midi, et on l'a pas vu davantage ce soir. C'est la première fois que ça arrive. N'empêche, ça donnera un peu de grain à moudre, à m'sieur Blake, pour une fois. Au fait, vous le trouverez au Circle Bar, en train de boire pour oublier.

— Comment cela ? s'étonna Posie. Vous saviez qu'il était là-bas, mais vous m'avez quand même laissée entrer dans son bureau ?

— Affirmatif. Je lui dois rien, à celui-là. Vous m'aviez l'air de chercher quelque chose. Vous avez trouvé ?

Posie secoua la tête.

— Non. C'est un vrai capharnaüm, là-dedans.

— Il vous faut quoi ? demanda Dolly.

— Une liste de noms. Ceux des danseuses de revue. Celles qui ont travaillé ici récemment.

— Je vois.

Vive comme l'éclair, Dolly se précipita vers le classeur métallique et ouvrit le troisième tiroir en partant du bas. Peu après, elle en sortit un épais dossier bourré à craquer de documents en tout genre.

— Je dois pouvoir vous trouver mieux qu'une liste. Une photo, peut-être ? Vous cherchez qui, exactement ?

Posie réfléchit une fraction de seconde. Pouvait-elle réellement faire confiance à cette fille ? Impulsivement, elle décida que oui.

— Je crois que son nom de scène était Georgie La Pomme. Mais elle se fait peut-être aussi appeler Lucy. Ou par n'importe quel autre nom, d'ailleurs. Pour ne rien arranger, je ne suis même pas certaine qu'elle ait réellement travaillé ici. Et comme je ne l'ai jamais vue, je ne peux même pas vous la décrire. Mais manifestement, elle était d'une beauté stupéfiante. Je suis désolée si je vous fais perdre votre temps.

— Non, non, pas du tout, répondit Dolly en la regardant droit dans les yeux.

S'agenouillant, elle renversa le contenu du dossier sur le sol pour en extraire une vingtaine de photos de filles posant sur scène. La détective songea qu'elles se ressemblaient toutes. Les regroupant, la costumière les examina une par une pendant une bonne minute, passant pensivement sa main dans sa chevelure décolorée.

— Celle-là ! s'écria-t-elle avec un accent de triomphe en retournant la photo d'un coup sec, comme si elle venait de trouver la bonne carte dans un tour de magie.

Souriante, elle leva les yeux vers Posie.

— J'ai de suite pigé de qui vous parliez, enchaîna-t-elle. Vu que je suis costumière, je connais tout le monde, ici. Cette fille, elle était aussi petite que moi. Fuyante comme une anguille, mais sacrément jolie. Elle se faisait appeler Georgie, oui. Elle est partie.

La détective examina la photo en hochant la tête. Dolly avait raison : la jeune femme sur la photo, avec ses yeux immenses, était d'une beauté enfantine, et elle avait sans doute le plus charmant visage que Posie ait jamais vu. Pas étonnant que le pauvre Rufus ait succombé à ses charmes. Elle fourra le cliché dans son sac.

— Ce dossier contient-il d'autres éléments qui pourraient m'aider ? demanda-t-elle. Une adresse, voire des références ?

Dolly se remit à fouiller frénétiquement dans les papiers, mais cette fois sans succès. Un claquement sonore dans le couloir les rappela soudain à l'ordre : elles ne voulaient pas risquer d'être surprises à fouiner dans le bureau du directeur. Dolly remit le dossier en place et elles s'éclipsèrent. Dans le couloir, le bruit de l'orchestre était moins présent. La costumière alluma une autre cigarette avant de demander :

— Elle a des ennuis, pas vrai ? Georgie, je veux dire.

Posie secoua la tête d'un air d'excuse.

— Je suis désolée, je ne peux pas vous répondre pour le moment.

Puis, consultant sa montre, elle ajouta :

— Il faut que je parle au directeur, et ensuite je dois filer. J'ai un emploi du temps très serré.

— Je m'en serais doutée, fit l'autre en hochant la tête, l'air un peu déçue.

— Vous savez quoi ? reprit gravement la détective. Nous pourrions nous revoir demain, et je vous raconterais tout. À onze heures, au Lyons Corner House sur le Strand[1] ?

---

1. Importante rue de Londres.

— D'accord, merci, fit Dolly en hochant vigoureusement la tête. Pour aller au bar, montez cet escalier, c'est deux étages plus haut. Blake y sera à coup sûr. Mais vous attendez pas à en tirer grand-chose.

* * * *

Un barman aux gestes nerveux essuyait des verres à un bout du comptoir, prenant soin de garder ses distances. À l'autre extrémité, un trentenaire trapu à la mine furieuse, vêtu d'une veste de smoking en velours, tenait compagnie à une bouteille de bourbon.

Posie l'observa. L'homme se curait les dents avec un petit bâtonnet en bois qu'il replaça ensuite parmi les propres, dans le récipient en verre à la disposition des clients. Réprimant un frisson de dégoût, elle s'approcha de lui, la démarche vive et pleine d'assurance.

— Monsieur Blake, je présume ?

Sans y être invitée, elle prit place sur le tabouret voisin. Elle avait assez d'expérience pour savoir qu'avec ce genre de personnes, il était inutile de perdre son temps en politesses.

— Vous êtes qui, vous ? demanda Blake avec rudesse, dévisageant Posie avec ses petits yeux de cochon enfoncés dans la graisse de son visage aux traits tirés. Vous avez plus l'âge de jouer les danseuses de revue, je prends pas les filles de plus de vingt-cinq ans. En plus, vous êtes quelconque.

Son haleine était chargée d'alcool. Retenant sa respiration, Posie attendit.

— Et vous êtes trop bien sapée pour chercher un autre genre de travail, si vous voyez ce que j'veux dire. Vous voulez quoi ?

La jeune détective avait l'impression que la photo volée allait s'enflammer dans son sac.

— Ces présentations étaient tout à fait délicieuses, je vous remercie, rétorqua-t-elle. Mais non, je ne souhaite pas travailler dans votre charmant établissement. Je suis à la recherche de quelqu'un. Une personne qui a disparu.

— Lionel ? Lionel Le Merle ? s'écria Blake en se penchant vivement vers elle. C'est un parent à vous ?

— Pardon, mais j'ignore de qui vous…, commença Posie.

Puis, se rappelant en un éclair le premier violon dont Dolly venait d'évoquer l'absence inexpliquée, elle reprit :

— Ah, eh bien, non. Je ne peux pas vous aider à ce sujet, je le crains. J'essaie de retrouver une amie. Georgie La Pomme, elle travaillait ici. Elle était danseuse, mais je pense qu'elle ne fait plus partie de votre personnel. Avez-vous une idée de l'endroit où je pourrais la joindre ? Une adresse, peut-être ? Un contact ?

Était-ce un effet de son imagination ? En mentionnant le nom de Georgie, Posie crut distinguer dans les yeux de Blake une lueur apeurée, bientôt assortie d'un éclair de panique à peine masqué. Une mince pellicule de sueur se forma sur son front gras et son visage prit une teinte verdâtre sous les lampes du bar. Il vida son verre d'un trait et s'en resservit un.

— S'il vous plaît, monsieur Blake, insista-t-elle. Je suis au désespoir. Je crains pour sa sécurité.

— Je sais rien de tout ça. Georgie, c'était une de mes meilleures danseuses. Aucune idée de ce qui lui est arrivé. Elle est partie du jour au lendemain. Dommage.

Il cachait quelque chose, cela ne faisait aucun doute.

— Combien de temps est-elle restée ici, exactement ? tenta-t-elle. J'ai oublié…

— À peine un an, rétorqua Blake en haussant négligemment les épaules. Elle est arrivée en même temps que Le Merle.

Posie hocha la tête d'un air doux et innocent. Le directeur évitait son regard.

— Et l'adresse de Georgie…, reprit-elle. L'auriez-vous, par hasard ?

— Non, pas du tout, aboya le directeur. Et puis, pourquoi je vous la donnerais ? Vous êtes qui, d'abord ? Comment vous vous appelez ? Vous me l'avez toujours pas dit.

— Rosemary Parker, lança Posie d'un air détaché en descendant de son tabouret.

Cette fois, elle ne mentait pas : c'était son nom complet.

— Je vous ai envoyé un télégramme, cet après-midi, poursuivit-elle, pour vous informer que je viendrais vous rendre visite ce soir. Peut-être l'avez-vous égaré au cours de vos multiples, euh, occupations ?

Le barman ricana. Bien mal lui en prit.

— Toi, fais pas le malin si tu veux garder ton boulot ! lui cria Blake. Et j'ai jamais reçu, votre fichu télégramme, miss Rosemary, et ça, c'est la vérité vraie.

* * * *

Posie redescendit l'escalier, perplexe. *Cet individu n'est qu'un pauvre ivrogne*, se dit-elle. Cependant, Blake était aussi un très mauvais menteur. Il en savait davantage sur la danseuse disparue qu'il voulait bien l'admettre.

Mais, étrangement, il semblait parfaitement sincère lorsqu'il avait affirmé n'avoir jamais reçu son télégramme… Sur ce point, Posie le croyait.

Le foyer du théâtre fourmillait d'activité. Le personnel se préparait à accueillir le public : les marchandes de cigarettes et les vendeurs de programmes disposaient vivement leurs produits sur des plateaux, tandis que les employés de la billetterie se tenaient prêts, les bras chargés de roses rouges à l'aspect poussiéreux.

— N'oubliez pas ! tonnait un jeune homme mince aux cheveux noirs en bataille. C'est la Saint-Valentin ! Les gens seront d'humeur à ACHETER ! Fourrez vos roses sous le nez des messieurs ! Qu'ils se sentent coupables de ne pas en offrir à leur bonne amie ! Je veux vous voir partout dans le théâtre !

Ce déploiement de cynisme bien orchestré donnait la nausée à Posie. Postée derrière la porte d'entrée dorée, elle jeta un coup d'œil à l'extérieur. Il avait recommencé à neiger.

— Vous avez oublié votre manteau, Miss ! lança soudain quelqu'un derrière elle avec conviction.

Cette voix lui semblait à la fois nouvelle et familière. Posie se retourna et considéra Dolly d'un air stupéfait, mais celle-ci avait déjà posé sur ses épaules un magnifique pardessus en fourrure noire, incroyablement chaud, à la coupe swing très moderne.

— C'est un faux, mais il est très réussi, lui murmura la costumière. J'ai remarqué que vous en aviez pas pris. Vous risquez d'attraper la mort si vous vous couvrez pas. Je l'ai emprunté dans la garde-robe du théâtre, il manquera à personne. Vous me le rendrez demain, d'accord ?

La jeune détective lui adressa un sourire reconnaissant puis remonta le col du manteau pour affronter le froid.

Dehors, la file d'attente était longue, les gens s'agglutinaient sous l'auvent pour se réchauffer. Posie était en train de descendre l'escalier en trottinant, cherchant un taxi du regard, quand elle entendit un éclat de rire suraigu qu'elle reconnut aussitôt.

Pivotant sur sa gauche, elle aperçut la coupe à la garçonne de Babe dont le rire continuait de retentir, couvrant le brouhaha de la foule. Avec un pincement au cœur, Posie constata combien cette femme était belle : la plupart des hommes n'avaient d'yeux que pour elle, au grand dam de leur épouse ou de leur petite amie.

La secrétaire était sur son trente et un : Posie resta bouche bée en découvrant les rangs de perles fines qui ornaient son cou et la cape en renard polaire qui lui couvrait les épaules. De toute évidence, celle-ci était en fourrure véritable, au contraire du manteau prêté par Dolly. Mais comment diable Babe pouvait-elle se permettre pareil luxe avec le maigre salaire qu'ils lui versaient à l'agence ?

Posie remarqua aussi que son employée serrait contre elle un énorme bouquet de roses rouges. Mais c'était à prévoir, non ? La détective s'emmitoufla de son mieux dans son pardessus de théâtre, soucieuse de ne pas attirer l'attention de sa secrétaire, ce qui l'aurait mise dans une situation embarrassante. Un taxi passait justement dans la rue – avec un peu de chance, elle pouvait l'attraper. Le véhicule ralentit, et Posie courut le rejoindre. Tandis qu'elle donnait l'adresse de la course au chauffeur, elle sentit un picotement dans sa nuque : quelqu'un l'observait depuis la file d'attente.

À vrai dire, elle avait même la sensation qu'une paire d'yeux lui transperçait le dos.

Se retournant, elle croisa le regard de Len. Il se tenait près de Babe, deux tickets aux couleurs vives à la main. Posie le dévisagea, le cœur battant. Ainsi, ils étaient venus ici ensemble, pour la Saint-Valentin. Elle continua de fixer son collègue. Que lisait-elle sur ce beau visage ? Il affichait une expression implorante, comme s'il tentait silencieusement de lui faire comprendre quelque chose. Mais qu'y avait-il à comprendre ?

Elle vit Babe glisser son bras sous celui de Len pour l'entraîner en haut des marches, titubant sur ses talons démesurés. À contrecœur, le jeune homme se détourna.

Posie monta dans le taxi.

— Allons-y, chauffeur, s'il vous plaît. Aussi vite que vous le pouvez ! lança-t-elle à travers la cloison de séparation en verre, tout en refoulant un flot de larmes aussi brûlantes qu'inutiles.

Chapitre 4

Au moment où le taxi franchissait le portail de New Scotland Yard, Posie aperçut la silhouette familière d'un individu qui sortait en trombe, enveloppé dans un trench-coat, le visage couvert d'une écharpe. Les phares de la voiture dessinèrent ses contours dans la neige tourbillonnante tandis qu'il se dirigeait vers Victoria Embankment, en bordure de la Tamise gelée.

— Arrêtez-vous ici ! ordonna-t-elle au chauffeur en lui tendant une poignée de monnaie.

Bondissant hors du taxi, elle se lança à la poursuite de l'homme.

— Inspecteur Lovelace !

L'interpellé s'arrêta brusquement sous un réverbère et fit volte-face, surpris et manifestement prêt à fuir.

— Désolée pour le retard, j'ai été retenue, expliqua Posie, hors d'haleine. Je comprends que vous ne m'ayez pas attendue, vous pensiez sans doute que je ne viendrais plus.

— Posie ?

L'inspecteur semblait confus. Soulevant brièvement son homburg noir pour la saluer, il la dévisagea d'un air incertain.

Posie prit alors conscience qu'avec le col du manteau relevé au-dessus de son nez, seuls ses yeux étaient visibles, et encore. Elle balaya les flocons de neige déposés sur ses cils.

— Oui, c'est bien moi, confirma-t-elle. Dans mon télégramme, je vous disais que je serais là à sept heures et demie, mais j'ai été retardée.

— Allons à mon bureau, je vais faire du thé, se contenta-t-il de répondre.

Il tourna les talons, étouffant un soupir las. Sans doute s'apprêtait-il à rentrer chez lui pour partager avec sa femme un dîner de Saint-Valentin dans leur jolie maison neuve de Clapham[1]. Maintenant, ses plans étaient à l'eau.

L'inspecteur traversa la cour enneigée jusqu'aux imposants bâtiments de Scotland Yard. Quelques lumières brillaient encore ici et là, derrière les fenêtres des bureaux, clignotant dans l'obscurité. Rufus se trouvait quelque part dans ces murs, en train de moisir dans une minuscule cellule, comme un véritable criminel. Posie ne put réprimer un frisson.

L'inspecteur Lovelace lui décocha un bref coup d'œil.

— Autant te le dire : je ne t'attendais pas. Tu sembles penser que j'ai reçu un télégramme de ta part ? Eh bien, ce n'est pas le cas.

L'inspecteur était d'un naturel bon enfant et entrait dans la quarantaine. Massif et séduisant à sa manière robuste, il avait une peau pâle piquetée de taches de rousseur et des cheveux d'un roux cuivré. Il entreprit de monter quatre à quatre les marches de pierre usées, fringant comme un jouvenceau.

— En tout cas, la personne à qui tu as confié ces télégrammes mérite une bonne raclée, observa-t-il avec un rire sonore.

Posie tenta de l'imiter, mais son rire à elle sonnait faux.

— Je plaisante, bien sûr ! précisa Lovelace.

1. Quartier du sud de Londres.

Maudite Babe ! À quoi jouait-elle, exactement ? S'agissait-il d'un sabotage de sa part, ou d'une simple négligence ? Dans les deux cas, c'était inadmissible.

* * * *

— Alors, que se passe-t-il ? demanda l'inspecteur Lovelace.

Il s'assit lourdement dans son fauteuil en cuir grinçant avant de tendre à Posie une boîte métallique cabossée remplie de biscuits.

D'une main, elle serrait la tasse de thé fumant qu'il venait de lui préparer. De l'autre, elle attrapa quelques gâteaux, affamée – elle n'avait pas avalé de vrai repas depuis une éternité.

Lovelace l'observa avec un amusement mêlé d'inquiétude. Posie lui rappelait beaucoup une infirmière dont il s'était entiché à l'hôpital de campagne de Passchendaele[1] où, blessé, il avait passé plusieurs mois en 1917. Ce doux souvenir l'amenait à se montrer relativement indulgent envers Posie et ses méthodes parfois peu orthodoxes.

— Tu devrais mieux prendre soin de toi, jeune fille. Mange correctement, sinon, tu ne pourras être utile à personne. D'ailleurs, qui veux-tu aider, en ce moment ? Si tu es venue ici à cette heure tardive, c'est qu'il se passe quelque chose de grave, non ? Mais surtout, en quoi cela me concerne-t-il ?

Entre deux bouchées de biscuit, Posie lui raconta l'essentiel de sa journée. Lovelace hochait gravement la tête : il était au courant du meurtre qui avait eu lieu au Ritz, on ne parlait que de cela dans tout le commissariat.

---

1. Site belge d'une célèbre bataille, aussi connue sous le nom de troisième bataille d'Ypres, livrée pendant la Première Guerre mondiale du 31 juillet au 10 novembre 1917.

Ouvrant son sac en tapisserie, la jeune détective en tira la photo de « Georgie ». La tendant à l'inspecteur, elle lui expliqua comment elle l'avait obtenue.

— Il s'avère qu'en définitive, Lucky Lucy travaillait bel et bien comme danseuse de revue à l'Athenaeum. Je sais que l'inspecteur Oats avait des doutes à ce sujet. Mais apparemment, cette fille n'a pas menti sur tout à Rufus.

L'inspecteur Lovelace prit la photo et l'examina attentivement à la lueur de sa lampe de lecture en verre céladon.

— Tu as raison, fit-il avec un petit sifflement. C'est bien Lucy Gibson, dite Lucky Lucy. Elle s'est coupé les cheveux et les a teints en blond, et elle a fait quelque chose à ses yeux, mais je reconnaîtrais ce visage n'importe où.

Il lui rendit la photo avant de poursuivre :

— Elle figure sur la liste des personnes les plus recherchées dans tous les commissariats de police de Londres, et tous les services de contrôle aux frontières ont reçu l'ordre de l'arrêter. C'est l'une des créatures les plus dangereuses et les plus insaisissables que tu seras jamais amenée à rencontrer : un vrai fantôme, elle ne laisse aucune trace derrière elle, elle ne mouille jamais ses complices. Mais, où qu'elle aille, elle sème le chaos. Et tu affirmes que, pendant toute cette année, elle se trouvait ici, à Londres ? Juste sous notre nez ?

— Exact. Elle était sur scène presque chaque soir.

— Pas étonnant que ce pauvre Oats soit de mauvaise humeur ! Il doit être furieux qu'elle lui ait filé entre les doigts, au Ritz ! Si proche, et pourtant si lointaine… Cette donzelle est très intelligente.

— Et Rufus, dans tout ça ? questionna Posie. On l'a emprisonné à tort pour meurtre ! Et le diamant du Maharadjah ? Il faut qu'on se lance à sa recherche !

— On ne peut rien faire pour ce joyau tant que son propriétaire n'a pas déposé plainte pour vol, répondit l'inspecteur Lovelace avec un sourire bienveillant. Quant à Rufus, attends-moi ici, je reviens dans un instant.

Peu après, il était de retour, un gros dossier noir à la main. Sur la couverture, une étiquette blanche portait la mention « OATS – CONFIDENTIEL ».

— Je viens d'« emprunter » ceci dans le bureau de mon collègue, au bout du couloir, confia l'inspecteur à Posie avec un clin d'œil comique.

Pendant quelques minutes, il feuilleta le contenu du dossier. Puis, le refermant, il croisa les bras, le visage sombre.

— Oats n'est pas un mauvais policier, tu sais. Il manque juste d'imagination. Et il a une sainte horreur des aristocrates, il ne s'en cache pas. Il a mis ton ami sous les verrous pour complicité de meurtre parce qu'il ne dispose d'aucune autre piste. Il espère lui tirer les vers du nez, au cas où il saurait quelque chose.

— Mais Rufus s'est fait mener en bateau, gémit Posie. Il ne sait rien au sujet de ce meurtre. Et il semble également qu'il ignore tout de sa fiancée. J'en sais davantage que lui sur elle, et c'est peu dire !

— Une audience préliminaire aura lieu ici demain. Oats a noté dans le dossier que ton ami pourra être libéré si son père accepte de payer une caution. Mais es-tu bien certaine que Rufus ne trempe pas dans cette sale histoire ?

— Quel mobile pourrait-il avoir ?

L'inspecteur haussa les épaules.

— Peut-être s'est-il impliqué par loyauté pour cette fille ? Peut-être la couvre-t-il ? Les gens de la trempe de Lucy savent se montrer très persuasifs, je t'assure. Rufus pourrait l'avoir aidée à organiser sa fuite, en l'envoyant en Amérique du Sud par bateau, qui sait ? Plein aux as comme il est, ça ne doit pas être bien difficile...

— Vous oubliez qu'elle lui a volé un joyau d'une valeur inestimable, protesta Posie. Vous croyez vraiment que cela faisait partie de son plan d'évasion ?

— Justement, c'est une excellente couverture, non ? Et de l'argent facile : il n'a plus qu'à réclamer la prime de l'assurance.

Posie secoua résolument la tête, les dents serrées. Ouvrant le clapet de son sac d'un coup sec, elle sortit le télégramme envoyé par Brigg & Brooks. Après en avoir pris connaissance, l'inspecteur Lovelace ouvrit de grands yeux.

— D'accord, soupira-t-il. Je reconnais que ma théorie était farfelue. Mais d'après ce que je vois dans ce dossier, ton ami est dans de sales draps. Il est ivre mort la plupart du temps. J'ai envie de pleurer rien qu'en regardant son ardoise à l'hôtel. Et il passe le plus clair de son temps dans des pubs miteux. Alors dis-moi, pourquoi t'encombres-tu de ce lascar ?

Une brusque vague de colère envahit la jeune femme, et elle sentit son visage et son cou s'empourprer. Comptant jusqu'à cinq, elle ravala sa fureur. Quand elle reprit la parole, c'était d'une voix posée :

— Ne me posez plus jamais cette question, je vous prie. Ce que votre cher collègue l'inspecteur Oats semble avoir oublié, c'est que Rufus Cardigeon est l'un des hommes les plus courageux que ce pays ait connus. C'est un héros de la nation ! Ce dossier mentionne-t-il qu'on l'a décoré de la Victoria Cross non pas une, mais deux fois, pour son action dans la Grande Guerre ? La plus haute distinction qu'un citoyen puisse recevoir ! Je parie que tout cela ne figure pas dans ces documents ! Pour ce qui est de la boisson, je suis consciente qu'actuellement, Rufus se trouve dans une situation critique, mais il ne serait ni le premier ni le dernier à tâter de la bouteille pour tenter d'oublier les horreurs dont il a été témoin, ne pensez-vous pas ?

Posie dévisagea Lovelace qui soutint calmement son regard. Au bout d'un moment, il hocha la tête, comme pour approuver ses propos.

— Quel montant ont-ils fixé pour la caution ? reprit-elle.

— Laisse-moi vérifier, répondit-il en faisant courir son index sur une page.

Il cita un chiffre, et Posie sentit les larmes lui monter aux yeux. Son cœur se serra. Elle savait que le père de Rufus était riche, mais il était aussi terriblement radin, c'était de notoriété publique. Toute cette affaire n'allait pas lui plaire.

— Ici, ils disent que l'identité de la victime reste inconnue, marmonna l'inspecteur Lovelace.

D'affreuses photos glissèrent alors d'une des pochettes du dossier, se répandant sur le bureau.

— Sapristi, quel carnage ! s'exclama-t-il. Pauvre bougre…

Un par un, il examina les clichés sous sa lampe, les faisant passer à Posie avec désinvolture, comme s'il s'agissait de portraits de famille. Elle s'était trouvée confrontée au cadavre lui-même quelques heures auparavant mais, sur le moment, elle était trop préoccupée par Rufus pour se sentir choquée ou dégoûtée par cette vision macabre. Mais à la vue des images du corps en noir et blanc, elle prit soudain toute la mesure de cet horrible meurtre.

— Le malheureux, soupira-t-elle, prise de nausée devant certains gros plans.

Alors qu'elle relevait les yeux, elle vit une expression stupéfaite se peindre sur le visage de Lovelace. Sans lâcher le cliché qu'il avait à la main, il fouilla dans le fatras sur son bureau pour en sortir une loupe.

— C'est bien ce que je pensais ! s'exclama-t-il triomphalement en tendant la photo et la loupe à Posie. Dis-moi ce que tu vois.

La jeune détective lui obéit. Elle ne remarquait rien d'anormal sur cette image du torse de la victime, avec sa chemise blanche maculée de sang. Comme elle l'avait noté plus tôt, ses vêtements étaient démodés mais de très bonne qualité. L'homme était mort les bras inutilement tendus devant lui, comme pour tenter de se défendre de son agresseur.

— Non, dit-elle. Rien. Désolée.

— C'est très inhabituel, je te l'accorde, déclara l'inspecteur. Pas étonnant que ça t'ait échappé. Regarde les mains : tu as remarqué comme elles sont soignées, et comme les ongles sont coupés ras ?

— Oui, confirma Posie. Mais je ne vois pas...

— Et ces cals épais au bout des doigts ? coupa Lovelace. Cet homme était musicien. Seules des années de pratique d'un instrument peuvent produire ce genre de callosités. Je dirais que ce gaillard était musicien depuis plus de quarante ans. Et je me demande... Oui, il jouait d'un instrument à cordes, sans aucun doute. De la guitare, peut-être, ou...

— Du VIOLON ! s'écria Posie.

— Oui, exactement ! Bien vu, jeune fille. Donc, notre victime était un musicien. On ne devrait pas avoir trop de mal à l'identifier. Nous allons diffuser un avis de recherche auprès de tous les orchestres de la ville, ainsi que dans les cabarets.

— Inutile, lança Posie en se redressant sur sa chaise. Je suis prête à parier que cet homme est Lionel Le Merle, premier violon à l'Athenaeum ! Il n'est pas venu travailler aujourd'hui. Apparemment, ce n'est pas du tout dans ses habitudes.

L'inspecteur dévisagea attentivement Posie.

— Tu veux dire qu'il connaissait Lucky Lucy, qu'il l'a rencontrée sur son lieu de travail ?

La jeune femme hocha la tête, radieuse.

— Mais il ne s'agit pas d'une dispute entre collègues, précisa-t-elle. Cela va bien plus loin, j'en suis certaine. Toute cette affaire sent fort mauvais.

— Je suis assez d'accord, approuva Lovelace, en consultant sa montre.

Laissant échapper un juron, il attrapa son écharpe tricotée main et l'enroula vivement autour de son cou.

— Il faut que j'y aille, sinon Molly va me tuer. Je vais ranger tout ça et laisser un mot à Oats avec le nom de ce Lionel. Je lui dirai que tu viendras demain assister à l'audience préliminaire, si cela te convient. J'imagine que tu ne veux pas manquer ça ?

Hochant la tête, Posie enfila son manteau. Il était temps de se remettre en route, elle avait encore beaucoup à faire.

— Veux-tu que je t'appelle un taxi ? proposa l'inspecteur.

La jeune femme réfléchit un instant. Il faisait terriblement froid dehors, mais elle n'avait plus que quelques pièces en poche. Et elle avait suffisamment puisé dans le coffre-fort de l'agence pour la soirée.

— Non, merci, répondit-elle. Je ne suis qu'à dix minutes de marche.

— Très bien, mais couvre-toi, lui recommanda Lovelace en levant les yeux de la note qu'il griffonnait. Et fais attention à toi. Reste sur tes gardes. Si tu découvres quoi que ce soit, dis-le-nous immédiatement. Ne fais pas cavalier seul, ce pourrait être dangereux. Promis ?

Posie acquiesça consciencieusement, les doigts croisés dans le dos.

* * * *

Elle était en chemin pour rendre visite au père de Rufus, à son club situé au numéro 11 de St James, sur Pall Mall.

Mais elle avait menti à l'inspecteur. Sa destination ne se trouvait pas du tout à dix minutes de marche. Peut-être l'aurait-elle été à la belle saison, en prenant des raccourcis par les parcs qui restaient ouverts tard le soir. Elle aurait traversé St James, longeant l'île artificielle qui hébergeait des centaines de pélicans, puis franchi le pont en dos d'âne. Mais on était en février, et il neigeait : même en marchant vite – ce qui n'était pas chose aisée avec des talons hauts –, il lui faudrait une bonne demi-heure.

Posie bifurqua sur Whitehall et descendit la rue aussi vite qu'elle le pouvait sans perdre l'équilibre. Londres était recouverte d'un épais manteau blanc, épais et collant. Comme cela arrive souvent lorsque la neige est fraîche, tout semblait enveloppé d'un étrange silence. Même le carillon de la tour de Big Ben, pourtant toute proche, qui sonnait huit heures trente, paraissait discret et lointain – un petit tintement métallique qui aurait pu provenir d'une maison de poupée.

On aurait dit que les habitants avaient soudainement fui la ville.

Les bureaux du gouvernement, qui s'étendaient de chaque côté de la large avenue, semblaient clos et déserts, et même la demeure du Premier ministre sur Downing Street était plongée dans l'obscurité. Whitehall était habituellement une artère très animée mais, ce soir-là, Posie ne croisa qu'une personne, un fonctionnaire courbé en avant pour se protéger du vent. Vêtu d'un manteau noir dont les pans flottaient derrière lui, il brandissait un parapluie inutile. Quelques instants plus tard, un taxi passa près d'elle en faisant crisser ses pneus, puis le silence retomba. L'atmosphère avait quelque chose d'irréel.

Et dans ce monde silencieux étouffé par la neige, Posie se mit à imaginer des choses.

Elle avait l'impression d'entendre des pas tout près d'elle, comme si quelqu'un la talonnait. Un claquement de souliers masculins, parfaitement inadaptés à cette neige – tout comme sa propre tenue, d'ailleurs. À un moment donné, elle s'arrêta sous un réverbère et se retourna brusquement pour affronter son poursuivant.

— Qui est là ? lança-t-elle d'une voix forte, s'efforçant de ne pas laisser transparaître sa peur. Qui est-ce ?

Il n'y avait personne. Du moins, elle ne *voyait* personne.

Trafalgar Square se trouvait juste en face, généralement si accueillante avec ses lumières vives et ses lions de pierre familiers. Elle se hâta dans cette direction.

Mais même cette place s'était métamorphosée. Les vendeurs de journaux qui s'y pressaient habituellement avaient plié bagage, et les noceurs qui l'envahissaient le soir pour boire du champagne s'étaient réfugiés au chaud.

Seuls quelques misérables, des soldats revenus de la Grande Guerre amputés d'un membre ou de leur raison, étaient assis sous des abris de fortune en carton humide, mendiant un peu d'argent aux rares passants. Ils offraient un spectacle cruel, la vie ne leur avait pas fait de cadeau.

Posie se souvenait des célèbres photographies de l'Armistice à Trafalgar Square, parues dans les journaux trois ans auparavant, quand cette guerre effroyable avait pris fin. Elle-même ne se trouvait pas sur place : elle était encore en opération dans les champs marécageux d'Amiens avec la Brigade des ambulanciers, ramassant les corps des dernières batailles. Mais elle savait qu'une foule inimaginable s'était rassemblée sur la place. Des milliers d'hommes avaient grimpé sur les lions de la fontaine et escaladé la colonne Nelson, arrachant furieusement les affiches invitant les citoyens à s'enrôler dans l'armée.

Elle distribua ses dernières pièces aux vétérans qu'elle croisa puis reprit son chemin jusqu'à Pall Mall.

C'était étrange. Elle n'arrivait pas à chasser l'idée que quelqu'un la suivait, et elle se retourna à plusieurs reprises, le cœur battant.

Chaque fois, elle ne vit personne.

Arrivée au niveau de Piccadilly, elle aperçut les lumières bleues et blanches du cirque qui scintillaient comme des yeux de chat à travers le rideau de neige puis, au loin, les éclairages vifs du quartier des théâtres. Elle essaya de ne pas penser à Len et Babe, ensemble…

Alors, elle se prépara à affronter sa tâche la plus ingrate de la soirée.

Lord Cardigeon, le père de Rufus, dixième comte du nom, était réputé pour son manque de délicatesse. Dans ses meilleurs moments, il évoquait un volcan en sommeil. Posie savait que les derniers exploits de Rufus devaient l'avoir mis en rage. En outre, il serait sans doute épuisé par le long voyage en train depuis sa demeure ancestrale, Rebburn Abbey. Dans ces circonstances, ce n'était pas le moment idéal pour solliciter son attention. Et si le télégramme qu'elle avait rédigé à l'adresse de son club avait subi le même sort que les deux précédents, la visite de Posie risquait de surprendre le comte. Mais elle n'avait pas le choix : Rufus l'avait suppliée d'aller le voir.

Les immenses façades de pierre jaune pâle des clubs de Londres s'étiraient à perte de vue le long de Pall Mall. Des torches à huile flanquaient l'entrée de chacun d'entre eux. Ils étaient l'apanage exclusif des hommes, mais seulement des hommes de la meilleure espèce : on *naissait* membre de ces clubs, on ne pouvait pas le *devenir*. Ces endroits rappelaient à Posie les palais italiens de la Renaissance : vus de l'extérieur, ils paraissaient sereins, mais ils recelaient de terribles secrets en leur sein.

Ce soir, Pall Mall était calme, en effet. Il ne restait plus aucune trace des hordes de femmes qui s'étaient enchaînées aux grilles pour réclamer le droit de vote en 1914, avant le début de la Grande Guerre qui avait tout changé. Il n'y avait que quelques voitures avec chauffeur qui attendaient poliment dans l'ombre neigeuse que leurs nobles propriétaires daignent émerger de leur antre.

Posie localisa enfin le numéro 11.

Et voilà qu'elle l'entendait de nouveau : ce bruit de souliers derrière elle, aussi discret que les pas d'un chat sur la neige, qui s'interrompait une seconde trop tard, comme un écho.

Ainsi, elle ne s'était pas trompée : elle était bien suivie.

Elle se retourna vers la rue. Les torches qui brûlaient à l'entrée du club l'éblouissaient et, au-delà, tout était plongé dans l'obscurité.

— Qui est-ce ? lança-t-elle de nouveau inutilement, le cœur battant à tout rompre.

Bien entendu, personne ne répondit, mais une ombre fugace, à peine un éclair noir, passa vivement devant le numéro 11 avant de se fondre dans la nuit. Posie sentit que des yeux inconnus l'observaient, la transperçaient.

Mais pourquoi ?

Elle regarda fixement l'endroit où l'ombre s'était dissimulée et, juste au moment où elle se disait que son poursuivant avait disparu ou s'était mis en quête d'une proie plus intéressante, un éclat de lumière aveuglante déchira les ténèbres, illuminant les marches de pierre pendant une fraction de seconde.

Elle perçut le crépitement d'une lampe de photographe et une odeur crayeuse vint lui chatouiller les narines. Qui diable la suivait pour la prendre en photo ?

Jamais Posie n'avait ressenti pareille peur. Elle monta quatre à quatre l'escalier. Un portier à la mine lugubre, coiffé d'un haut-de-forme, lui ouvrit la porte vitrée à contrecœur.

— Vous devez rester dans l'entrée, Miss, déclara-t-il d'un air condescendant. Les femmes ne sont pas autorisées à aller plus loin.

— Je suis parfaitement au courant, merci ! rétorqua-t-elle un peu plus sèchement qu'elle ne l'aurait fait dans d'autres circonstances.

Le hall d'accueil faiblement éclairé était désert. Les murs étaient ornés de grands panneaux de bois et couverts d'étagères bourrées à craquer de trophées en argent bien lustrés et de coupes de sport. Des photos d'un brun délavé, datant du début du siècle, étaient posées un peu partout. S'avançant vers les étagères, Posie s'aperçut que la plupart montraient des équipes de cricket posant sur les pelouses de villages du Kent et du Surrey. Cet endroit lui rappelait les salles de jeu du collège privé de son frère où elle s'était rendue une fois. Il lui avait fièrement montré une photographie de ce genre où il figurait au milieu d'autres joueurs. Pauvre Richard – il était mort, depuis.

— Puis-je vous aider, madame ? demanda un majordome hors d'âge en entrant d'un pas traînant.

Sur son visage, la désapprobation le disputait à l'admiration. Ce fut la désapprobation qui l'emporta.

Elle demanda à voir Lord Cardigeon et regarda l'homme s'éloigner, soudain nerveux.

Posie s'aperçut alors qu'elle n'était pas seule dans ce hall : tout au fond, une cabine téléphonique était occupée. Sous un rideau de batiste vert, elle distinguait les jambes d'un homme vêtu d'un smoking sombre et chaussé de souliers noirs vernis. Elle tendit l'oreille mais ne perçut aucune bribe de conversation.

Et sur sa droite, derrière un discret comptoir en bois, un employé du club venait d'apparaître. Il se mit à prendre des notes, frénétiquement, avant de trier des messages qu'il plaça dans de petits casiers derrière lui.

À sa gauche, une porte dérobée s'ouvrit brusquement.

— Qu'est-ce que c'est que cette histoire ? Qui êtes-vous ? Fichues bonnes femmes qui fourrent leur nez partout ! Même ici, on ne peut plus être tranquille ?

Le père de Rufus, un verre de whisky ambré à la main, fixait Posie d'un œil furibond. Petit et replet, il portait encore sa tenue de campagne et, manifestement, il avait commencé à boire depuis un bon moment. Son visage était plus rouge, plus rude et plus rond qu'à l'époque où Posie l'avait rencontré, dans son enfance. Elle fut soulagée de le trouver maintenant légèrement comique plutôt qu'effrayant. Mais peut-être était-ce dû au fait qu'elle était désormais plus grande que lui.

Elle lui murmura son nom et fut récompensée en voyant le comte se détendre un peu. Il esquissa un hochement de tête approbateur : il avait toujours apprécié Richard, le frère de Posie qui, par le passé, exerçait sur Rufus une influence positive. À présent que Richard était mort, il était bien entendu au-delà de tout reproche. Contrairement à ce pauvre vieux Rufey.

— Je suis venue vous parler de Rufus, expliqua la jeune femme à mi-voix en se penchant près de l'oreille poilue de Lord Cardigeon. Il se trouve dans une situation très délicate. Y a-t-il un endroit, ici, où nous pourrions en discuter en privé ?

— Non, bien sûr que non ! tonna le comte. Vous n'êtes pas autorisée à franchir les limites du hall d'entrée, c'est interdit aux femmes. Alors parlez ici, ma fille.

Avec un soupir, Posie désigna les jambes de l'homme dans la cabine téléphonique derrière eux, et l'employé qui s'affairait derrière son comptoir.

Lord Cardigeon agita la main d'un air dédaigneux, comme pour chasser une mouche.

— Pas de problème avec ceux-là. Allons, faites vite.

Posie s'empressa de sortir de son sac le télégramme fatidique de Brigg & Brooks et le lui tendit. Elle se mordilla nerveusement la lèvre tandis qu'il le lisait. Elle vit son visage pâlir, puis rougir avant de virer au cramoisi. Lord Cardigeon semblait sur le point d'exploser. Ou de s'évanouir.

— J'ai pensé qu'il fallait que vous le sachiez, l'objet n'était pas assuré, lui dit-elle précipitamment, aussi discrètement que possible. Je ne crois pas que Rufus ait eu le temps de vous en informer.

Comme son interlocuteur vacillait, elle lui rapprocha vivement un fauteuil décoratif en osier sombre. *Pourvu qu'il ne cède pas sous son poids*, songea-t-elle. S'effondrant sur le siège délicat, Lord Cardigeon se mit à s'éventer avec le télégramme froissé. Elle s'accroupit près de la chaise.

— Ce n'est pas tout, sir, souffla-t-elle, lui arrachant un grognement. Une audience préliminaire aura lieu demain matin à Scotland Yard. Rufus a besoin de vous.

Le comte posa sur la jeune femme son regard globuleux. Pour la première fois, elle y lut quelque chose qui ressemblait à de l'espoir ou, du moins, un soupçon de gratitude.

— De quoi a-t-il besoin ? demanda-t-il. D'un avocat ? Je recruterai le meilleur de la ville pour sortir mon garçon du cachot et prouver son innocence.

Posie secoua la tête d'un air sombre.

— Je pense qu'ils seront ravis de le libérer tant qu'il ne quitte pas Londres, sir. Il n'est pas encore officiellement suspecté de meurtre. Il s'agit d'une simple audience préliminaire, ils vont réclamer une caution.

— Combien ?

— Cinq mille livres, sir.

Quand Lord Cardigeon commença à se balancer sur son siège, la jeune femme se redressa, jugeant plus sage de mettre entre eux un peu d'espace au cas où il réagirait violemment. Il lui rappelait un peu un Rumpelstiltskin[1] de cauchemar sur le point de partir en fumée. Pour finir, le comte se leva et dévisagea Posie pendant un long moment, le regard dur, comme si tout était sa faute.

Elle déglutit, apeurée, avant de fouiller de nouveau dans son gros sac en tapisserie pour en extraire sa carte de visite. Elle était petite et soignée, avec des coins bien carrés et, contrairement à celle de M. Irving, l'encre était d'assez bonne qualité pour ne pas déteindre sur les doigts.

— Prenez ceci, Lord Cardigeon. Vous me trouverez à l'adresse indiquée. J'ai juré à Rufus de l'aider et je tiendrai parole. Je ne trahis jamais mes promesses. Je blanchirai son nom et je m'efforcerai de vous restituer l'objet dérobé, sir. Je dispose déjà de quelques pistes dans cette affaire.

— Et que diable pourrait bien faire une gamine comme vous ? aboya grossièrement le comte en fourrant la carte dans une poche de sa veste de tweed sans même la regarder.

Tournant les talons, il se dirigea vers la porte dérobée par laquelle il était entré. Elle crut qu'il allait disparaître sans même un mot d'adieu mais, au dernier moment, il pivota vers elle.

---

1. Dans le folklore germanique médiéval, Rumpelstilskin est une créature surnaturelle comparable au gobelin ou au kobold.

— Suivez mon conseil et restez en dehors de cette sale histoire, lui lança-t-il avec un rire forcé. Vous savez que ce fichu machin est ensorcelé ? Il détruit tout ce qu'il touche.

Il lui claqua la porte au nez et Posie resta un instant à fixer le battant, immobile, cogitant de toutes ses forces. Elle était sur le point de repartir braver la nuit – et son éventuel poursuivant – quand elle entendit une voix inconnue l'appeler discrètement par son nom, depuis l'autre bout du hall.

Perplexe, elle se retourna. Personne ne pouvait savoir qu'elle était ici. Elle découvrit alors, appuyé contre la cabine téléphonique, une main écartant nonchalamment le rideau de batiste, le plus bel homme qu'elle ait vu de sa vie – en dehors de Len, bien entendu. Elle reconnut le pantalon de smoking, les chaussures. C'est lui qui, pendant tout ce temps, était au téléphone. Ou du moins, faisait *semblant* de l'être.

Elle leva un sourcil interrogateur.

L'homme, qui devait avoir une trentaine d'années, avança vers elle. Il se déplaçait d'un pas léger, avec la grâce d'un danseur de ballet. Son épaisse chevelure noire était gominée et coiffée en arrière, retombant un peu sur sa nuque.

— Caspian della Rosa, annonça-t-il avec un large sourire en tendant à Posie une main gantée de blanc.

La jeune femme crut déceler, derrière son ton plein d'assurance, un léger accent étranger.

Derrière lui, l'employé du club, très occupé à disposer des papiers sur un plateau, ne leva même pas la tête.

Posie serra la main de l'homme avec circonspection.

— Puis-je vous aider ? dit-elle. Vous semblez connaître mon nom.

— Oui, murmura-t-il sans lâcher sa main. Venez boire un verre avec moi. C'est encore la Saint-Valentin, après tout, et une jolie fille comme vous devrait sortir en ville. C'est amusant que nous nous rencontrions ainsi, dans cet endroit, vous ne trouvez pas ? Vous savez, parfois, les trésors les plus sublimes et les plus rares se trouvent juste sous notre nez. Ils n'ont pas besoin de gardien ou de protecteur : ils se contentent d'exister, intrinsèquement fabuleux. Et vous, *bella*, êtes exactement ce genre de créature.

Caspian della Rosa avait débité sa tirade sans la quitter des yeux, et Posie prit conscience qu'il avait quelque chose de carnassier, presque menaçant. Son sourire révélait des canines un peu plus longues que ne l'auraient voulu les canons de beauté. Ses yeux noirs lançaient des éclairs qui ressemblaient à une promesse d'aventure. Posie sentit les battements de son cœur s'accélérer un instant, et elle lui octroya l'un de ses rares sourires assorti d'un battement de cils.

— Venez avec moi, *bella*. Vous ne devriez pas courir après des vieillards dégoûtants dans ce genre de clubs, ni vous lancer à la recherche de vilains diamants poussiéreux. Laissez-moi vous emmener dans un petit endroit que je connais bien.

Posie se figea. Pendant sa conversation à voix basse avec le comte, le mot « diamant » n'avait pas été prononcé une seule fois, elle y avait veillé. Et puis, comment cet homme connaissait-il son nom ? Là encore, elle avait pris soin de le chuchoter à l'oreille de Lord Cardigeon. Non, il y avait dans ce mystère quelque chose de beaucoup plus sinistre qu'une simple indiscrétion.

Son instinct lui soufflait que cet homme était dangereux. Il fallait qu'elle s'en aille.

Elle était très consciente de la poigne d'acier qui lui enserrait la main et des yeux sombres qui la fixaient, exigeant toute son attention.

— Merci, monsieur della Rosa, dit-elle en souriant.

Elle retira sa main, doucement mais fermement, puis fit mine d'ajuster son serre-tête et de lisser la fausse fourrure de son manteau.

Des gestes anodins.

— Je crains, reprit-elle, d'avoir pris d'autres engagements pour la soirée. Ma visite ici n'était qu'une étape, je dois retrouver un ami en ville.

Elle insista sur le mot « ami ». Tout en pensant à Len, qu'il soit maudit.

L'homme lui décocha de nouveau son sourire carnassier.

— Eh bien, vous êtes une demoiselle fort occupée. J'aurais dû m'en douter. Une autre fois, peut-être ? Et si vous me donniez votre carte de visite, comme à votre ami le gros comte ? Pour que je puisse vous contacter ?

— Je n'avais que celle-ci, je le crains, répliqua-t-elle en secouant la tête.

Elle faillit rougir à ce mensonge – son sac en contenait un bon paquet rangé dans une pochette de soie.

— Peu importe, dit l'homme en haussant les épaules. Je vous retrouverai de toute façon.

Posie se figea en entendant cette menace à peine voilée.

— Bonne nuit, miss Parker, conclut Caspian della Rosa.

Il s'inclina profondément puis s'éclipsa vivement par la même porte que Lord Cardigeon, juste avant lui.

La jeune femme le suivit des yeux, soulagée, mais secouée par cette rencontre. Puis elle aperçut par terre quelque chose de brillant qui ne s'y trouvait pas l'instant précédent, quelque chose que della Rosa avait dû faire tomber de sa poche dans sa hâte à quitter les lieux. Elle se pencha pour ramasser l'objet, une petite pochette d'allumettes noire. Un croissant de lune argenté y était gravé au-dessus d'une inscription : « LL ». Sans doute un cadeau publicitaire provenant de quelque night-club huppé.

Du regard, elle chercha quelqu'un à qui remettre la pochette, mais le vieux majordome et l'employé avaient tous les deux disparu.

Elle se dirigea donc vers les casiers derrière le comptoir en bois. Ils étaient remplis de messages et de paquets emballés dans du papier brun. Elle parcourut les noms des nombreux membres du club. Mais elle ne trouva aucun Caspian della Rosa, et rien qui s'en rapprochât. Alors, se sentant soudain épuisée, elle laissa tomber les allumettes dans la grande poche de son manteau.

* * * *

Comme elle n'avait plus d'argent pour un taxi et qu'elle craignait qu'on la suive de nouveau, Posie n'avait qu'une solution : serrant sa fausse fourrure autour d'elle pour se protéger du froid, elle se mit à courir. Elle rejoignit les lumières électriques de Piccadilly Circus aussi vite que ses chaussures à talons hauts le lui permettaient, puis sauta à l'arrière du bus numéro dix qui passait à point nommé. Jusqu'à son arrêt, elle resta assise près du chauffeur, observant sans relâche les autres passagers pour tenter de repérer quelqu'un qu'on aurait payé pour la filer, ou qui lui aurait manifesté un peu trop d'attention.

— Tout va bien, ma belle ? Vous m'avez l'air sacrément nerveuse, observa aimablement le contrôleur avec un fort accent cockney lorsqu'il poinçonna son billet.

Posie hocha la tête et sourit, sans pour autant relâcher sa vigilance. Elle descendit à South Kensington et finit à pied le trajet de deux minutes qui la séparait de la maison de Nightingale Mews où elle logeait. Elle fut accueillie par le bruit de la radio et la voix de Mme Rapier, sa logeuse, qui chantait à tue-tête au son de son émission préférée, et par l'odeur du poisson grillé qui filtrait sous la porte de la petite cuisine au rez-de-chaussée. D'habitude, tout cela l'incommodait mais, ce soir, elle y puisa un étrange réconfort.

Avant de se mettre au lit, la jeune détective observa nerveusement la rue à travers ses fins rideaux à carreaux bleus et blancs, comme si elle s'attendait à voir un inconnu la guetter sous le réverbère d'en face.

Mais il n'y avait rien à voir que de la neige. De la neige, et encore de la neige.

Mardi 15 février 1921

Chapitre 5

L'AUDIENCE préliminaire qui se tint le lendemain matin, au petit tribunal de Scotland Yard, se déroula dans un calme morne. Avec ses menottes et son smoking graisseux, Rufus semblait si misérable que le dixième comte du nom parut presque ravi de débourser les cinq mille livres exigées pour la libération de son fils.

Posie resta assise au fond, dans la petite galerie publique déserte. Quand l'audience s'acheva, elle regarda le père et le fils disparaître par une porte sur sa gauche. Elle n'avait aucune envie de s'immiscer dans leur intimité et s'apprêtait à partir quand elle s'aperçut que l'inspecteur Oats était planté devant elle, un morceau de papier à la main et, sous son bras, le dossier noir orné de la fameuse étiquette « OATS – CONFIDENTIEL ». Il lui avait paru moins sinistre la veille.

L'homme se racla sentencieusement la gorge.

— Il semble que je vous doive des remerciements pour nous avoir fourni le nom de la victime du Ritz, dit-il d'un ton plus accusateur que reconnaissant en lui agitant la note sous le nez. Et selon Lovelace, vous avez découvert que Lucky Lucy travaillait dans un théâtre des environs depuis un an ?

— Oui, répondit modestement Posie. À l'Athenaeum. Tout comme M. Le Merle, la victime. Mais Lucky Lucy a quitté son emploi il y a quelques semaines. Peut-être devriez-vous enquêter au théâtre, cet endroit me paraît louche. Tout comme son directeur, M. Blake : il en sait plus qu'il n'a bien voulu me le dire, en tout cas.

L'inspecteur émit un reniflement méprisant avant de ranger le morceau de papier dans son dossier qu'il referma d'un claquement sec.

— Écoutez-moi bien, ma petite : si je passais mes journées à courir après les vauriens de tous les lieux interlopes de Londres, je n'arriverais jamais à faire mon boulot. Croyez-moi sur parole : il est inutile d'enquêter dans ce théâtre. L'oiseau que nous cherchons s'est envolé, et je ne compte pas perdre un temps précieux à fouiller un nid vide. Je vais mettre mes hommes sur d'autres pistes… on verra si on arrive à débusquer Lucky Lucy. Comme un renard dans son terrier.

Posie était sur le point de lui demander de quelles autres pistes il pouvait bien disposer dans la mesure où ils venaient juste de découvrir l'identité de la victime, mais elle se retint.

— Lovelace semble vous tenir en très haute estime. Cependant, ne vous avisez pas de vous mêler de mon enquête, poursuivit Oats, en brandissant un index menaçant. J'ai toujours eu les détectives privés en horreur, mais, Dieu merci, je n'avais jamais croisé de femme dans ce sale métier. Suivez-mon conseil, restez à l'écart de cette histoire.

— Et le diamant du Maharadjah, dans tout ça ? demanda la jeune femme alors qu'il s'apprêtait à tourner les talons. Ne pouvez-vous le chercher en même temps que Lucky Lucy ?

On aurait dit que l'inspecteur venait d'avaler une guêpe. Il prit un instant pour digérer ses paroles, puis s'adressa à Posie en articulant chaque mot, comme s'il avait affaire à une enfant un peu simple d'esprit :

— Ne vous cassez pas la tête avec ça, ma jolie. Votre ami est allé déclarer la disparition de cette pierre avec son père. Une fois que toute la paperasse aura été remplie, je mettrai ça sur ma liste. Je demanderai à mes contacts de Hatton Garden d'ouvrir les yeux, c'est là que traînent les trafiquants de diamants. Mais pour être honnête, ça ne fait pas partie de mes priorités et, même si c'était le cas, si j'étais vous, je ne me ferais pas d'illusions : ce caillou a sans doute quitté le pays à l'heure qu'il est, pour être découpé en mille morceaux et revendu à Anvers ou New York.

L'inspecteur coiffa son homburg, incontournable accessoire des agents de Scotland Yard. Il dévisagea Posie avec condescendance.

— L'intérêt d'un diamant, c'est qu'il est facilement transportable, comme la drogue. C'est moins encombrant que l'or. Bon, je ne vais pas passer ma journée planté ici à discuter avec vous. Bonne journée, miss Parker, et n'oubliez pas ce que je vous ai dit.

Sur ces mots, il tourna les talons. Tout en le regardant, enveloppé dans son trench-coat, quitter la sinistre salle d'audience, Posie eut le sentiment qu'il venait de lui confier un détail important, sans qu'elle parvienne à mettre exactement le doigt dessus. Comme si Oats lui avait fourni un indice essentiel, mais que celui-ci était masqué par une brume particulièrement épaisse.

* * * *

Le Lyons Corner House du Strand était bondé. C'était l'heure du café et toutes les tables étaient occupées. Les serveuses, élégantes mais épuisées, s'affairaient autour de clients affamés, leur apportant toutes sortes de gâteaux et de friandises nappées de crème.

Posie repéra aussitôt Dolly. Installée près de la fenêtre, elle observait la rue tout en piochant d'un geste machinal dans une boîte en fer rouge contenant des biscuits Peek Frean's Marie, enfreignant ainsi la règle d'or du Lyons qui interdisait d'apporter de la nourriture de l'extérieur. Les deux femmes se saluèrent chaleureusement, puis Posie s'assit et commanda du thé pour deux ainsi qu'une assiette de Chelsea buns[1].

— Je vous invite, déclara-t-elle en poussant discrètement la boîte de biscuits sur le rebord de la fenêtre pour la mettre hors de vue.

Dans la lumière vive du jour, Dolly paraissait encore plus belle que dans les sous-sols humides et sombres du théâtre. Son visage pâle d'elfe et ses cheveux courts décolorés lui donnaient une allure éthérée et fragile. Le fard argenté et les vêtements noirs qu'elle portait la veille avaient laissé place à un rouge à lèvres écarlate assorti à une robe à pois rouges et blancs. Elle ressemblait à une jolie petite poupée de chiffon.

— Une tige ? proposa-t-elle aimablement à Posie, en tirant une cigarette noire d'un étui argenté cabossé.

Refusant d'un signe de tête, Posie s'attaqua à son gâteau poisseux de miel.

En quelques phrases concises, elle résuma à Dolly l'affaire qui l'avait amenée à réclamer son aide la veille. Elle évoqua même l'assassinat de Lionel Le Merle et lui révéla que Georgie, la danseuse de revue, était en réalité une célèbre criminelle connue sous le nom de Lucky Lucy.

1. Petits pains briochés couverts d'un glaçage au miel.

Dolly l'écoutait bouche bée, laissant sa cigarette se consumer tandis qu'un petit monticule de cendres se formait sur son assiette.

Posie lui remit l'une de ses cartes de visite et, au contraire de Lord Cardigeon, la costumière sembla très impressionnée. Elle étudia longuement le rectangle de carton avant de le ranger avec soin dans son sac à main rouge.

— Et vous avez toujours voulu devenir détective, alors ? s'enquit-elle d'un air admiratif. C'est ce qui vous a fait tenir le coup, pendant la guerre ? C'était votre grand rêve ? Au milieu de ce fichu carnage, vous vous répétiez, « Un jour, j'aurai mon agence de détectives » ?

— Non. Non, pas vraiment, répondit Posie en riant.

Elle n'avait jamais envisagé le sujet sous cet angle.

— J'ai toujours aimé résoudre des énigmes, reprit-elle. À sa mort, mon père m'a légué une petite somme d'argent, et je me suis dit « Pourquoi pas » ? Je n'avais personne au monde et aucune attache nulle part. Alors je suis partie tenter ma chance à Londres. Et vous ? Avez-vous toujours souhaité être costumière dans un théâtre ?

Dolly éclata d'un rire si sonore que toutes les têtes se tournèrent dans sa direction.

— Sapristi, non, jamais de la vie ! s'exclama-t-elle en expédiant un rond de fumée vers le plafond. Je voulais être infirmière. J'ai même fait des études pour ça mais, avant la guerre, j'ai eu beau me démener comme un diable, j'ai jamais réussi à décrocher le moindre boulot. Si j'ai été recrutée par cet hôpital de campagne dans les Flandres, c'est juste parce qu'il manquait de personnel, vu qu'on n'était pas nombreuses à pouvoir supporter le spectacle, l'odeur et le bruit des tranchées. En plus, je parlais la langue : ma mère était française, de Paris, alors ça les arrangeait bien. Je suis fière de mon boulot là-bas. Et je suis fière de ce que je faisais avant la Grande Guerre, aussi.

Le ton de Dolly était devenu légèrement agressif, comme si elle mettait Posie au défi de la contredire.

— Pardon ? murmura celle-ci, déconcertée. Que faisiez-vous avant la Grande Guerre ?

— J'étais suffragette. Je me suis enchaînée avec des dures de dures. Je suis restée en prison pendant plus de six mois. C'est pour ça qu'aucun hôpital digne de ce nom voulait de moi, et les docteurs non plus. Avec un casier pareil, on va pas bien loin.

Posie hocha la tête avec compassion. Elle-même n'avait pas rejoint le mouvement des femmes, mais elle l'avait admiré de loin.

— Après la Grande Guerre, poursuivit Dolly, je suis rentrée à Londres et je me suis retrouvée exactement dans la même poisse : pas de travail, pas d'argent, pas de famille, la même chambre de bonne puante et la même réputation qui me collait à la peau, parce que j'étais une militante pour les droits de la femme qui avait fait un séjour à l'ombre. C'était une sale période pour moi, je peux vous le dire.

— Mais vous avez quand même réussi à vous faire embaucher à l'Athenaeum ?

— J'ai jamais bien compris pourquoi, s'esclaffa la costumière allumant une nouvelle cigarette. Il y a environ un an, tout a changé dans ce théâtre : le propriétaire, les artistes, les spectacles. Blake aussi, il était nouveau. Il est arrivé avec son cousin Reggie, le responsable des programmes. Ils avaient besoin d'une costumière de toute urgence, et le directeur posait pas de questions. Il était prêt à payer plus que ce que j'espérais et, après deux ans de chômage, ce boulot était un don du ciel. Je crois que

Blake a jamais jeté le moindre coup d'œil à mon CV ! Personne s'est demandé si je savais manier l'aiguille, moi la première… Mais je me suis dit qu'avec tous les bonshommes que j'avais raccommodés, ça devait pas être bien compliqué de coudre des plumes et des paillettes !

Posie éclata de rire. Elle se sentait beaucoup mieux, l'optimisme de Dolly lui remontait le moral.

— Vous me tiendrez au courant si vous apprenez quelque chose au sujet de Lucky Lucy ou que vous la voyez, d'accord ? demanda-t-elle. Ou si vous vous souvenez d'un détail qui pourrait m'être utile ? Même si ça concerne M. Blake – je suis certaine qu'il cache quelque chose. Les policiers sont des incapables, ils n'ont même pas l'intention de mener des interrogatoires au théâtre, alors je suis seule sur le coup. Il faut vraiment que je sorte mon ami Rufus de ce pétrin.

Dolly acquiesça tout en rassemblant ses affaires. Posie observa qu'elle manipulait son étui à cigarettes avec le plus grand soin.

— Il appartenait à mon fiancé, murmura-t-elle en remarquant le regard de Posie. C'était son étui porte-bonheur, il disait qu'il lui porterait chance s'il le gardait contre son cœur, qu'il le protégerait des balles, pauvre petit gars. Mais il a pas pu le protéger de la noyade quand sa tranchée a été inondée, pour sûr. Alors je le garde en souvenir de lui…

Elle rangea l'objet avec un sourire triste.

— Vous avez un bon ami ? s'enquit-elle.

La jeune détective secoua la tête. C'était trop compliqué à expliquer.

Sortant d'un grand sac en papier le manteau de fausse fourrure que la costumière lui avait prêté, elle en vérifia les poches avant de le lui rendre. Elles contenaient quelques épingles à cheveux, son ticket de bus et l'étrange pochette d'allumettes trouvée la veille au club.

Lorsqu'un rayon de soleil fit scintiller le croissant de lune argenté sur le paquet, l'image de Caspian della Rosa ressurgit d'un coup dans la mémoire de Posie, et elle songea que ce symbole nocturne lui allait comme un gant : dans son esprit, il était devenu une sorte de vampire cauchemardesque et macabre.

— Sapristi ! s'écria Dolly en s'emparant des allumettes, une lueur épouvantée dans ses yeux immenses. Vous savez d'où ça vient ?

Posie secoua la tête en riant.

— Aucune idée. D'un night-club pour la jeunesse dorée de Londres, peut-être ?

— Plaisantez pas avec ça, chuchota Dolly avec le plus grand sérieux. C'est un club privé qui s'appelle La Luna. Je sais pas grand-chose à ce sujet, mais Lucky Lucy faisait partie de ses membres, ça c'est sûr. Et elle en était fière. Je l'ai entendue en parler une fois, elle se doutait pas que j'écoutais. Seuls quelques élus savent où se trouve cet endroit. Et il ouvre rarement, pas comme un club normal. Certains musiciens de l'orchestre y vont aussi. Après un spectacle, je les ai vus s'entasser discrètement dans un taxi. Comme s'ils partaient en mission secrète.

— Mais qu'est-ce qu'il se passe dans ce club ? interrogea nerveusement Posie, sans être certaine d'avoir envie d'entendre la réponse.

— Franchement, j'en sais rien. Ils boivent, ils fument, ils se droguent, ils dansent ? Qui sait ? En tout cas, je suis sûre qu'il s'y trame rien de bon. D'ailleurs, comment vous avez eu cette pochette ?

Jusqu'à présent, Posie ne lui avait rien caché. Inutile, à présent, d'omettre des éléments qui pouvaient se révéler essentiels.

— Je l'ai ramassée par terre, un homme l'a laissée tomber par mégarde, hier soir. Un certain Caspian della Rosa.

La costumière poussa un petit cri suraigu et plaqua sa main sur sa bouche, comme si on venait de la frapper.

— Quoi ? Qu'y a-t-il, Dolly ? On dirait que vous avez vu un fantôme ! Ce nom vous évoque-t-il quelque chose ?

— Vous pouvez le dire, souffla-t-elle d'un air terrifié. Fichtre ! Le comte Caspian della Rosa est l'homme le plus riche et le plus dangereux de Londres. C'est le propriétaire de l'Athenaeum. Quand il vient, ça nous flanque une frousse de tous les diables. C'est un sale type, même s'il se donne des airs aimables. Me dites pas qu'il est mêlé à cette affaire ?

La détective fronça le nez et se mordit la lèvre.

— Ça commence à en prendre le chemin, murmura-t-elle.

— Oh, mon chou ! s'exclama la costumière en étreignant la main de Posie. Soyez prudente. Et il faut que vous sachiez autre chose : vous avez dit qu'il avait laissé tomber cette pochette par mégarde. Eh bien, aussi sûr que je m'appelle Dolly, je vous fiche mon billet que le comte l'a fait exprès. Pour vous attirer. C'est un piège, Posie, et vous en êtes la cible.

Chapitre 6

Pour la première fois depuis des jours, un ciel d'un bleu éclatant s'étendait au-dessus de Londres, sans le moindre nuage. Cependant, le froid restait mordant, et la neige entassée sur les trottoirs du Strand ne semblait pas vouloir fondre le moins du monde. Les vendeurs de marrons grillés et de journaux, groupés devant le nouveau bâtiment de Bush House, s'activaient joyeusement même si, de près, on remarquait qu'ils frissonnaient. Posie s'aperçut que certains des plus jeunes avaient fourré des couches de journaux sous leur mince manteau pour avoir un peu plus chaud, et ce rembourrage leur donnait une démarche curieuse, comme s'ils se déplaçaient en crabe. Ils offraient un contraste frappant avec les hommes élégants en costume noir et chapeau melon qui franchissaient sans discontinuer les portes dorées en verre poli pour entrer ou sortir de l'édifice.

L'heure du déjeuner approchait et, en s'engageant dans Kingsway, Posie fut ravie de constater qu'avec le beau temps, les employés de bureau avaient décidé de braver le froid : ils étaient sortis en masse pour rallier cafés et pâtisseries. La jeune femme avançait d'un pas vif, évitant les groupes de filles enjouées qui marchaient de front le long du grand boulevard. Elle ne craignait pas qu'on la suive : si vraiment quelqu'un tentait de la filer, il aurait beaucoup de mal à ne pas perdre sa trace sur les trottoirs bondés.

C'est ce visage de Londres que Posie appréciait par-dessus tout : une ville animée où des gens de tous horizons se pressaient frénétiquement dans les rues, une ville à mille lieues de la cité fantôme qu'elle avait traversée la veille au soir. La jeune femme sentait l'air glacé et la lumière vive de midi lui rosir les joues, l'emplissant de joie de vivre.

Elle contourna une artiste de rue pleine de ressources qui, incapable de dessiner sur le trottoir en raison de la neige, proposait des caricatures à un penny. Une foule dense s'était regroupée autour d'elle. Posie devait envoyer un télégramme urgent. Elle avait décidé qu'elle ne pouvait – et ne *voulait* – confier à Babe Sinclair aucune nouvelle mission, aussi se rendait-elle en personne dans le grand bureau de poste au coin de High Holborn en face du métro.

L'endroit était plein à craquer et, pendant qu'elle faisait la queue, elle eut tout loisir de penser à sa secrétaire. Pour l'heure, elle allait feindre l'ignorance : elle ferait comme si de rien n'était et l'observerait discrètement en attendant le moment opportun pour exiger des explications. Posie s'efforça de refouler la scène dont elle avait été témoin la veille, devant le théâtre : son aversion pour cette femme était probablement le pur fruit de la jalousie – car elle était indubitablement jalouse. Cependant, cette antipathie provenait également d'un sentiment plus tenace : depuis le début, la jeune détective avait l'intuition qu'en embauchant Babe, ils avaient en quelque sorte introduit le loup dans la bergerie. Leur employée agissait-elle en solitaire ou, comme Posie le redoutait, était-elle habilement manipulée telle une marionnette par quelqu'un de plus haut placé ? Et, si tel était le cas, par qui ?

Il régnait un froid humide dans le grand hall du bureau de poste, la jeune femme frissonnante s'enveloppa plus étroitement dans son épais manteau de tweed marron.

En attendant son tour, elle s'efforça de songer à des choses plus réjouissantes.

* * * *

En ouvrant la porte vitrée de l'agence de Grape Street pour entrer dans la salle d'attente, Posie était perdue dans ses pensées. Elle était bien décidée à rejoindre son bureau sans croiser Len ni Babe, et elle avait presque traversé la pièce quand elle s'aperçut brusquement qu'un homme était assis près du feu, occupé à lire un journal. Un vrai client !

— Puis-je vous aider ? lui demanda-t-elle en retirant son chapeau et ses gants.

Au même moment, Mister Minks se faufila dans la salle et bondit sur les genoux de l'homme où il se mit à ronronner avec satisfaction. Ce chat était un incorrigible séducteur.

— Oh, je vous demande pardon ! s'écria-t-elle. Mister Minks, viens ici tout de suite !

L'homme leva la tête de son exemplaire du *Times*. Il caressa brièvement le chat, puis le fit descendre d'un geste nonchalant avant d'épousseter son pantalon. Âgé d'une quarantaine d'années, il était petit et râblé. En dehors d'une chevelure brune particulièrement rebelle, il ne présentait aucun signe distinctif mais, étrangement, Posie avait l'impression de le connaître.

Il sourit, plissant les yeux dans une expression amicale. Il était vêtu avec élégance, mais son costume et ses chaussures semblaient plutôt bon marché. À ses pieds reposait un grand sac de sport en toile d'où dépassait le manche d'une raquette de tennis. Le nouveau venu dégageait une forte odeur de menthe, et le regard de Posie fut soudain attiré par le sachet de berlingots qui gonflait la poche de sa veste. Cet homme n'était pas policier, elle en était certaine : il n'en avait pas la prestance.

— Je vais attendre ici, près du feu, miss Parker, dit-il. Prenez votre temps, installez-vous. Il fait sacrément froid dehors, n'est-ce pas ? C'est votre bureau, là-bas ?

D'un signe de tête, il désigna la porte juste en face. Posie hésita un instant avant d'acquiescer.

— Je viendrai frapper dans quelques minutes, histoire que vous puissiez retirer votre manteau et vous réchauffer un peu. Votre secrétaire pourrait peut-être nous préparer du thé ? demanda-t-il en se tournant vers la pièce où résonnaient les claquements furieux de la machine à écrire.

Il s'exprimait avec l'accent d'un gentleman de classe moyenne.

Décontenancée par cette situation, la jeune femme hocha la tête et se dirigea vers sa porte, partagée entre agacement et satisfaction face à l'étrange comportement du nouveau venu (dont elle ignorait toujours le nom). Cela dit, en termes de véritables clients, elle n'avait guère de points de comparaison. Elle raviva le feu dans l'âtre de son bureau avant de s'installer à sa table de travail propre et bien rangée. Là, elle attrapa un bloc-notes et un crayon, puis elle attendit.

Et attendit.

Après un moment qui lui sembla interminable, on frappa enfin.

— Entrez ! s'écria-t-elle d'une voix enjouée.

Elle sursauta en voyant apparaître Len dans l'encadrement, chargé d'un lourd plateau où reposaient une théière et des tasses dépareillées.

— On fait la paix ? lança-t-il nerveusement.

Désarçonnée, Posie lui décocha un regard affolé. Il entra néanmoins.

— Et mon client ? demanda-t-elle en se levant pour se ruer dans la salle d'attente.

Celle-ci était déserte. Le *Times*, soigneusement replié, avait retrouvé sa place sur la table basse près d'une pile de magazines et de journaux. Posie se précipita sur le palier et scruta la cage d'escalier sombre. Personne. Elle courut dans le bureau de Babe.

— Avez-vous vu un homme d'une quarantaine d'années, avec les cheveux en bataille ? Il était ici à l'instant.

La secrétaire lui adressa un regard ahuri et secoua la tête.

— J'ai vu personne, Miss, c'est la vérité vraie. Je vous jure. Personne de toute la matinée, à part M. Irving, évidemment.

— Très bien, merci, marmonna Posie.

Voilà qui était fort surprenant. Mais peut-être était-ce ainsi que les véritables clients se comportaient. Peut-être celui-ci s'était-il rappelé qu'il avait rendez-vous ailleurs ? Peut-être sa pause déjeuner touchait-elle à sa fin ? Ou était-il en retard pour son cours de tennis ?

Lorsqu'elle revint s'asseoir à son bureau, Len avait servi le thé. Planté devant la fenêtre, il observait les toits gris. Une nuée de pigeons tournoyait au-dessus des bâtiments.

— Ils croient que c'est le printemps, pauvres bougres, commenta-t-il entre deux gorgées de thé. Regarde comme ils volent gaiement.

La jeune femme attrapa sa tasse en lui décochant un regard noir. Len prit place en face d'elle.

— Je te dois une explication, Po. Je sais que tu m'as vu hier soir, et ça me brise le cœur de penser que tu as pu t'imaginer des choses qui n'ont pas eu lieu. Qui *n'existent pas*.

— J'ignore de quoi tu parles, répliqua-t-elle sèchement, ignorant les prunelles vertes qui la dévisageaient, implorantes.

Malgré sa colère, elle continuait de le trouver terriblement séduisant.

— Je t'ai vu de mes propres yeux, finit-elle par dire en croisant brièvement son regard. N'essaie pas de me convaincre que cette scène n'a pas eu lieu ou n'a pas existé. Quoi qu'il en soit, tu n'as pas à te justifier. Tu peux consacrer ton temps libre à ce que tu veux, fréquenter qui tu veux, ce ne sont pas mes affaires.

Alors, Len eut un geste qui acheva de la désarçonner.

Se penchant au-dessus de la table, il prit la main de Posie. Elle sentit un frisson électrique lui parcourir tout le corps. Toujours furieuse, elle se crispa mais ne retira pas sa main.

— Bien sûr que tu m'as vu, reprit le jeune homme. Avec Babe. Tout ce que je veux dire, c'est que ce n'est pas ce que tu crois. Hier soir, elle est venue dans mon bureau vers six heures, toute triste avec ses grands yeux de biche, pour m'expliquer qu'elle avait deux billets de théâtre mais que le gars qui devait l'accompagner venait de la planter à la dernière minute. Elle m'a demandé de le remplacer. Elle m'a fait pitié, je suppose. Elle semblait au bord des larmes.

— Quand je vous ai vus tous les deux, elle me paraissait plutôt guillerette, opposa froidement Posie.

— Eh bien, lorsque j'ai accepté, elle s'est très vite rassérénée, en effet. De toute façon, mes propres plans pour la soirée étaient tombés à l'eau peu de temps auparavant. Elle s'est empressée d'aller se pomponner, elle a mis ses plus beaux bijoux, et elle m'a invitée à souper avant le spectacle. Elle voulait aller au Simpson, sur le Strand.

— *Au Simpson !* s'écria Posie, choquée.

Il s'agissait d'un excellent restaurant aux prix extravagants, fréquenté par une clientèle jeune et huppée qui aimait parader dans ce genre d'endroits.

— Elle voulait t'inviter, avec ce qu'elle gagne ici ? ajouta-t-elle.

— Oui, ça m'a étonné, moi aussi, répondit Len, sourcils froncés. Je l'ai remerciée et lui ai proposé, si elle avait un petit creux, d'aller plutôt manger un *fish and chips* sur le pouce du côté de Shaftesbury Avenue. Plus rapide et moins cher.

— Et ?

— C'est ce qu'on a fait. Pour être honnête, je n'étais guère à l'aise. On était là, plantés au coin de la rue pour engouffrer ce repas, elle enveloppée dans son luxueux manteau de fourrure… Tout le monde nous regardait. Et Babe n'arrêtait pas de boire. Elle avait acheté une flasque et elle en avalait une bonne lampée toutes les deux minutes. Dieu sait ce que c'était, comme alcool, mais, vu l'état dans lequel elle a réussi à se mettre, ça devait être costaud. Et pour ne rien arranger, il y a eu ce jeune gars qui nous a accostés… Un ancien soldat, à moitié aveugle, boiteux, qui vendait à l'unité de vilaines roses rouges pour la Saint-Valentin. Je n'avais aucune envie d'en offrir une à Babe, mais ce malheureux me faisait pitié. Et là, devine ce qui s'est passé ?

Posie secoua la tête, soutenant son regard. À présent, elle était pratiquement certaine qu'il lui disait la vérité. Et elle était terriblement consciente qu'il lui tenait toujours la main. Sa poigne était ferme, elle sentait qu'il brûlait d'arranger les choses entre eux.

— Elle a acheté toutes les roses, tout le contenu du seau ! poursuivit Len d'un ton animé. Le pauvre diable n'en revenait pas ! Mais dans la file d'attente du *fish and chips*, les gens nous dévisageaient en faisant des messes basses, ils me lançaient des regards mauvais. Une femme a même crié : « Il faut être un butor pour laisser une demoiselle payer elle-même ses roses de la Saint-Valentin ! » Je te jure que j'étais aussi rouge que ces fleurs. Babe les a trimballées toute la soirée, en se donnant en spectacle. Quand nous sommes arrivés devant le théâtre, elle était passablement ivre, alors je lui ai pris les billets de peur qu'elle ne les perde. J'étais affreusement embarrassé. Elle faisait du gringue à tous les hommes autour de nous, et j'étais sur le point de décamper quand je t'ai aperçue. Je n'arrivais pas à le croire !

Il étreignit sa main.

— En te voyant là, j'ai cru mourir, Po, je te le jure. Je savais très bien ce que tu imaginais. Je ne souhaitais qu'une chose : te rejoindre, t'expliquer. Je n'aurais pas hésité à sauter dans ce taxi avec toi.

— Alors pourquoi ne l'as-tu pas fait ?

— Je ne pouvais pas la laisser seule dans cet état, c'était impossible. De toute façon, une minute plus tard, tout était fini.

— Comment ça ?

— Elle a vomi sur le tapis rouge. Un vendeur de programmes a dû nettoyer, pauvre lascar. J'ai mis Babe dans un taxi et ensuite, je suis rentré chez moi.

— Tu ne voulais pas voir le spectacle ?

— Jamais de la vie ! Pas après ce que tu m'as raconté au sujet de cette pièce avec des danseuses déguisées en chenille, il y a quelques semaines.

Il enserra sa main dans les siennes avant de reprendre :

— Peux-tu me pardonner ? Dis-moi que tu comprends.

Posie hocha la tête. Le silence s'installa dans la pièce, seulement perturbé par les claquements étouffés de la machine à écrire provenant du bureau voisin.

— Notre miss Sinclair m'inspire de moins en moins confiance, murmura-t-elle enfin. Je crois qu'on l'a placée ici pour nous surveiller, j'ignore par qui ou pourquoi. Elle essaie de nous causer des ennuis, de saboter mon travail. À mon avis, c'est une usurpatrice.

— Je commençais à me dire la même chose, répondit Len, sourcils froncés. Mais écoute, n'en parlons plus. Cette fille est une idiote. À vrai dire, il y a une chose que j'aimerais faire, plus que tout au monde…

Posie sursauta presque quand il lui baisa la main, son regard planté dans le sien.

Dans un mouvement fluide, il se pencha davantage au-dessus du bureau pour se rapprocher d'elle. Sa bouche était tout près de la sienne. Elle ferma les yeux.

L'instant d'après, leurs lèvres se rencontrèrent. Elle eut la sensation d'être effleurée par les ailes d'un papillon. Len contourna le bureau pour la rejoindre, et elle perçut un désir ardent dans sa façon de prendre son visage entre ses mains. Il se mit à l'embrasser passionnément. Elle s'écarta brusquement, traversée d'une pensée.

— Et ta fiancée, alors ? s'écria-t-elle. Nous ne pouvons pas…

— Chut, souffla-t-il d'un ton apaisant.

Ce n'était pas vraiment une réponse, mais cela lui suffit. Posie referma les yeux et le prit dans ses bras, comme elle en rêvait depuis presque deux ans.

Au même moment, des coups furieux retentirent à la porte.

Chapitre 7

Len et Posie s'écartèrent d'un bond.

Le fragile battant en verre fut poussé avec fracas et trembla sur ses gonds. En se retournant, les deux détectives virent apparaître le comte de Cardigeon, suivi d'un Rufus à la mine penaude.

— On ne savait pas quoi faire, ma vieille, se contenta d'annoncer celui-ci d'une voix teintée de désespoir. Alors on est venus.

Posie se leva vivement tout en arrangeant sa coiffure. Elle offrit son fauteuil au comte qui s'y installa aussitôt et se mit à observer les lieux de son regard de fouine, sans piper mot. Il semblait épuisé. Rufus s'assit sur le bureau, vivante image de l'abattement. Len demeura où il était.

— Du thé ? proposa Posie d'un ton aussi naturel que possible.

— Tu n'as rien de plus fort ? demanda Rufus, une lueur d'espoir dans les yeux.

Elle eut un geste de dénégation et partit chercher d'autres tasses. À son retour, elle s'aperçut que les présentations avaient été faites. Le comte tirait sur un gros cigare.

— J'ai découvert quelque chose, Nosy, murmura Rufus. Il faut que je te raconte.

Il baissa un instant la tête, le visage écarlate. Puis il lança à son père un regard en coin, l'air honteux. Il ouvrit la bouche pour parler, mais rien ne sortit. Il tremblait et transpirait, sans doute parce qu'il n'avait pas bu d'alcool depuis la veille.

— Eh bien ? l'encouragea Posie.

Semblant changer d'avis, il secoua la tête.

— Ce n'est sans doute rien, oublions ça. Mais l'idée de rester une minute de plus dans l'affreux club de mon père m'était insupportable, et comme il m'a interdit de retourner au Ritz...

— Et comment ! le coupa Lord Cardigeon avec indignation. C'est beaucoup trop cher ! Dans notre famille, nous avons toujours été membres du club St James, c'est là que nous logeons lorsque nous sommes en ville, pas au Ritz. Surtout maintenant que nous avons été délestés de sept cent mille livres ! Les policiers sont une bande d'incapables, voilà pourquoi nous nous tournons vers vous. Mon fils semble faire grand cas de vos capacités, miss Parker. Peut-être pourriez-vous partager vos avancées avec nous sur cette affaire ?

Il articula ces derniers mots d'un air à la fois sarcastique et défiant, dévisageant Posie comme si elle se devait de lui offrir une solution sur un plateau.

— Pardon, mais je vous trouve un peu injuste, intervint Len, volant à la rescousse de sa collègue.

— Tout va bien, Len, dit Posie en souriant.

Puis, s'adressant au comte :

— Je crains de n'avoir pas encore résolu l'affaire, sir, mais j'ai bel et bien quelques pistes.

Remarquant que Lord Cardigeon utilisait la carte de visite qu'elle lui avait remise la veille en guise de cendrier, elle réprima un sourire ironique. Puis, aussi brièvement que possible, elle évoqua les récents événements, sans rien omettre. En dehors du fait qu'on l'avait suivie à Pall Mall : ils avaient déjà suffisamment de grain à moudre.

Lorsqu'elle acheva son compte rendu, Len émit un sifflement stupéfait.

Pour conclure son récit, Posie sortit des profondeurs de son sac en tapisserie la photo de Lucky Lucy. Poussant un cri, Rufus s'en empara mais son père lui donna une tape sur la tête et lui arracha le cliché qu'il contempla un long moment en grimaçant.

— Bien, voici ce que je propose, reprit Posie avec autorité. Premièrement, nous devons localiser Lucy – pardon, Georgie. Ensuite, nous pourrons mettre la main sur le diamant, si elle l'a toujours, et obliger cette fille à avouer à la police que Rufus n'a aucun lien avec l'assassinat de M. Le Merle. Il semble qu'elle soit liée à ce mystérieux night-club nommé La Luna, c'est peut-être là-bas qu'elle se cache en attendant que les choses se tassent. Quoi qu'il en soit, elle n'est pas assez stupide pour retourner au théâtre. Par conséquent, nous devons trouver ce club et sa prochaine date d'ouverture. Jusqu'à présent, c'est notre seule piste, alors suivons-la jusqu'au bout. J'ai déjà commencé à poser des questions, mais je n'irai pas jusqu'à interroger ce Caspian della Rosa parce que, pour être honnête, il me donne froid dans le dos. Je suis prête à parier que lui aussi trempe dans cette affaire.

Le comte laissa échapper un son qui tenait à la fois du grognement et de la quinte de toux, comme s'il s'étranglait avec la fumée de son cigare.

— Ce ne sont pas des pistes ! aboya-t-il. Tout ça, c'est du vent ! Pourquoi diable vous focalisez-vous sur ce night-club ? C'est une chimère, un miroir aux alouettes ! Vous perdez votre temps !

— Tout est lié, sir, objecta Posie. J'en suis certaine. En localisant ce club, nous dénicherons la fille.

Depuis l'autre bout de la pièce, Len fusilla le comte du regard.

— Votre Seigneurie, lança-t-il sans grande déférence, dans toute cette histoire, un élément ne laisse de me surprendre : si le diamant du Maharadjah a tant de valeur et si, pardonnez-moi, vous avez tant besoin d'argent, pourquoi ne l'avez-vous pas vendu ? Je trouve étrange que vous l'ayez laissé moisir dans un coffre de banque...

Rufus enfouit sa tête dans ses mains. Sans lui prêter attention, Len poursuivit :

— Il doit exister un marché pour un joyau pareil, non ? Londres grouille de riches étrangers, je suis certain que l'un d'entre eux aurait été ravi de s'en porter acquéreur. Ou vous auriez pu le céder à un diamantaire, le faire découper en pierres plus petites. J'avoue que je ne comprends pas.

Le visage déjà rouge du comte vira au cramoisi. Pour la première fois depuis un bon moment, Rufus prit la parole :

— C'est à cause de la légende des Cardigeon. On ne peut pas vendre ce diamant. Nous avons conclu un pacte, fait une promesse.

Le comte, qui semblait se ressaisir peu à peu, acquiesça lentement.

— Il n'est pas question de le céder, confirma-t-il, et il n'est pas question non plus de le porter. Mon idiot de fils le savait très bien. L'endroit le plus sûr, c'était la banque.

— Et il n'était pas non plus question de l'assurer, Votre Seigneurie ? demanda Len d'un air faussement innocent.

Lord Cardigeon serra les poings mais ne répondit pas.

Posie et Len échangèrent un regard incrédule. À présent, les choses leur semblaient claires : soit le comte était dans une situation financière plus délicate qu'il ne voulait bien l'avouer, soit il avait cédé à sa pingrerie légendaire. Dans un cas comme dans l'autre, il avait chargé Rufus de payer lui-même les lourdes primes d'assurance afin d'alléger ses propres charges.

Se levant de son fauteuil, Lord Cardigeon se mit à faire les cent pas. Puis il écrasa son cigare sur la carte de visite noircie de Posie et leur tourna le dos pour contempler les pigeons par la fenêtre. Il avait calé ses pouces dans les passants de son élégant gilet de ville, comme s'il était sur le point de prononcer un discours officiel.

— Autant vous raconter cette satanée histoire par le menu, finit-il par soupirer. Très honnêtement, elle est incroyable.

À leur grande surprise, il se révéla un excellent conteur…

* * * *

« C'était en 1858, le vice-roi des Indes venait d'être nommé. Décidant qu'il ne parviendrait pas à effectuer tout seul le tour de l'Inde, il fit venir certains de ses amis pour qu'ils lui prêtent main forte.

Mon arrière-grand-père, le septième comte de Cardigeon, avait connu le vice-roi à l'école. Il se rendit en Inde et devint capitaine dans la magnifique petite ville-État de Gwilim. Non que Gwilim eût besoin d'un gouverneur, à vrai dire : elle était très bien gérée par le Maharadjah local, qui vivait dans un superbe palais blanc au milieu de jardins verdoyants où les paons paradaient gaiement. Au grand plaisir du septième comte, le Maharadjah organisait des fêtes grandioses et mon arrière-grand-père s'en donnait à cœur joie…

Tout ce petit monde s'entendait à merveille jusqu'à ce qu'un jour, la ville soit envahie par des insurgés avides de changement et prêts à en découdre avec quiconque se mettrait en travers de leur chemin. Mon arrière-grand-père et le Maharadjah partirent avec leurs soldats à l'assaut de l'armée rebelle et, durant quelques jours, la région fut le théâtre d'un sanglant cauchemar.

Un à un, les frondeurs furent vaincus jusqu'à ce qu'il ne reste plus qu'une poignée d'hommes retranchés dans une grande forteresse sur la colline qui dominait la ville.

Après deux jours de violents combats, mon arrière-grand-père se retrouva face au dernier rebelle.

Celui-ci, désarmé et grièvement blessé, lui proposa un marché : en échange de sa vie et de sa liberté, il lui donnerait un objet très précieux. Lorsque le septième comte lui demanda de quoi il retournait, l'homme lui présenta un diamant scintillant aussi noir que l'enfer, de la taille d'un œuf de caille.

Il lui raconta que, quelques jours plus tôt, les forces rebelles s'étaient introduites dans la salle du trésor du Maharadjah et s'étaient emparées de son plus beau joyau. Il expliqua à mon arrière-grand-père que le diamant était réputé dans toute l'Inde pour son inégalable beauté, mais que personne ne voulait le porter en raison d'une malédiction vieille de plusieurs siècles.

— Je vous le donne, sir, déclara le rebelle, mais sachez qu'il est imprégné du sang d'une multitude d'hommes. Il possède un pouvoir très puissant.

Mon arrière-grand-père était un homme cupide : il s'empressa d'empocher la pierre. Puis il tua l'homme malgré sa promesse, persuadé qu'il lui avait servi une fable – une histoire désespérée contée par un homme désespéré.

Ce n'est que quelques jours plus tard, lors d'un banquet organisé dans le palais blanc pour célébrer la fin de la guerre, que le septième comte mentionna avec désinvolture qu'un rebelle lui avait narré une légende au sujet d'un joyau volé. Il tut cependant le fait que cette pierre était en sa possession. À sa surprise, le silence se fit et toute la tablée se tourna vers lui, muette d'horreur.

— Avez-vous vu ce diamant, Votre Seigneurie ? lui demanda le Maharadjah à voix basse.

Jouant les innocents, le septième comte répondit que non.

— Et cet homme vous a-t-il dit où il se trouvait à présent ? s'enquit d'une voix terrifiée la Maharani, la jeune et belle épouse du Maharadjah.

Comme mon arrière-grand-père secouait la tête, tous les convives poussèrent un soupir. De déception ou de soulagement ?

— Ce n'est pas tant sa valeur qui importe – bien qu'elle soit inestimable – que son pouvoir, chuchota le Maharadjah au septième comte. Cette pierre accable de chagrin et de désespoir quiconque l'a en sa possession ne serait-ce que quelques jours. Il faut la conserver sous clé. Ma famille la garde depuis cinq siècles enfermée dans ce palais.

Dès le lendemain, mon arrière-grand-père s'empressa de plier bagage et réserva une couchette sur le prochain bateau en partance pour Southampton. Il n'avait qu'une hâte : mettre le plus de distance possible entre lui et son aimable hôte le Maharadjah.

Pendant toute la traversée, il eut l'impression que le diamant lui brûlait les doigts. À peine eut-il débarqué en Angleterre qu'il se rendit chez Brigg & Brooks, à Londres, pour faire évaluer le joyau. En découvrant qu'il valait réellement une fortune, mon arrière-grand-père devint comme possédé. Il emportait la pierre partout avec lui et la plaçait sous son oreiller avant de s'endormir le soir.

Mais peu à peu, le pauvre bougre se mit à perdre la raison. Il était persuadé qu'il était suivi, que le rebelle qu'il avait tué dans la forteresse de Gwilim hantait notre manoir de Rebburn Abbey, que la belle Maharani venait le visiter la nuit, sanglotant et l'implorant de lui rendre son diamant. Un an jour pour jour après être entré en possession de la pierre, il se tira une balle dans la tête.

Et, de façon incroyable, mon grand-père connut un destin similaire.

Le joyau fut mis sous clé, ce qui était une bonne chose, jusqu'à ce que le huitième comte atteigne sa majorité : il avait tout juste vingt-quatre ans et devait épouser une charmante jeune fille. Cette histoire de malédiction lui semblait ridicule, il décida donc d'ouvrir le coffre-fort et d'offrir le diamant à ma grand-mère comme cadeau de mariage. Mais le moment venu, il ne put se résoudre à s'en séparer, pas même pour le donner à sa femme. Il le voulait pour lui seul. Après les noces, la situation se dégrada : il s'aperçut qu'il n'arrivait plus à fermer l'œil. Il restait assis dans son bureau toute la nuit, épuisé, fasciné par la pierre qu'il tournait et retournait entre ses doigts, comme un simple d'esprit. Bientôt, il prit l'habitude de la porter sur lui pendant la journée aussi, au bout d'un cordon de cuir accroché à son cou.

À vingt-cinq ans, perdant complètement la tête, il se pendit dans son bureau, sans avoir retiré ce maudit diamant de son cou. C'est ma grand-mère, alors enceinte, qui découvrit son corps. Elle décida que c'en était trop et enferma de nouveau la pierre dans le coffre-fort.

Heureusement, la tragédie s'arrête là : mon propre père était un homme sensé, il prit les choses en main. Il écrivit au Maharadjah de l'époque et lui raconta toute l'histoire. C'était en 1899. Il présenta ses excuses sincères et affirma être prêt à renvoyer la pierre à Gwilim.

Lorsqu'il lui répondit, le Maharadjah lui apprit qu'ils savaient depuis le début que le diamant avait été volé par le septième comte, et qu'ils étaient soulagés d'en être débarrassés.

Lui et mon père conclurent un pacte solennel : le joyau devait être assuré et enfermé dans un coffre-fort de banque à Londres, à l'écart de quiconque pourrait être tenté par ses pouvoirs… Et c'est un pacte que j'ai été très heureux de respecter. Jamais je n'ai touché cette pierre, je n'en ai pas éprouvé l'envie une seule fois. J'ai toujours insisté auprès de Rufus sur l'importance de la garder sous clé. Mais il semblerait que, ces derniers temps, la malédiction ait de nouveau frappé…»

* * * *

— Peuh! railla Len. Je n'y crois pas un instant! Un objet ne peut avoir de tels pouvoirs. C'est grotesque! Ce ne sont que des affabulations.

Posie le dévisagea avec sérieux.

— Non, Len. Moi, j'y crois. Le joyau en lui-même n'a peut-être pas de pouvoirs, mais je conçois très bien qu'on puisse adhérer à cette histoire de malédiction et agir en conséquence. C'est comme dans *Les Habits neufs de l'empereur*[1] : les gens croient ce qu'ils pensent être censés croire.

— Quoi qu'il en soit, reprit Len, que comptez-vous faire du diamant si vous le récupérez, Sir?

— Soit je le remettrai au coffre, soit j'insisterai pour le renvoyer à Gwilim, répondit Lord Cardigeon en haussant les épaules. Après tout, il leur appartient *de droit*.

— Tiens donc, s'esclaffa le jeune homme. Pourtant, quand vous pensiez qu'il avait été volé et que vous étiez sur le point de toucher une grosse prime d'assurance, c'est à vous qu'il appartenait *de droit*, non?

Le comte se mit à trembler de rage, il semblait prêt à frapper Len, mais, par bonheur, il fut arrêté dans son élan par quelqu'un qui toquait à la porte.

— Entrez! cria Posie, pensant que, pour une fois, Babe allait peut-être se rendre utile.

Ce en quoi elle se trompait: c'était Dolly, avec ses grands yeux et ses allures d'oiseau exotique. Dans sa main minuscule,

---

1. Conte de Hans Christian Andersen.

elle tenait une enveloppe bleue et un télégramme. Posie la salua d'un sourire contrarié.

— C'est le facteur ! claironna gaiement la costumière en entrant dans le bureau déjà passablement encombré.

Tout le monde la dévisagea.

— C'était en bas, sur le paillasson, expliqua-t-elle. Je me suis dit, autant vous les monter. Mais j'arrive comme un cheveu sur la soupe, j'ai l'impression.

Elle tendit les lettres à Posie et alluma une cigarette.

— Vous m'avez l'air très occupés, là-dedans, ajouta-t-elle. Joli bureau, au fait.

Tout en ouvrant le télégramme, Posie observait Rufus qui avait quitté son coin de bureau pour se rapprocher de Dolly avec des gestes de somnambule. Comme envoûté, il lui arracha des mains son étui à cigarettes et le porta à ses lèvres, tout cela sans la quitter des yeux.

— Bon sang, j'en avais un comme celui-ci, autrefois, murmura-t-il. Exactement le même, en réalité. Je l'avais dans ma poche de poitrine à la bataille d'Ypres, et vous savez quoi ? Il m'a sauvé la vie ! Il a arrêté une balle qui me visait droit au cœur. Après ça, je me suis dit que ce serait mon porte-bonheur.

— Qu'est-ce qu'il est devenu ? lui demanda Dolly à mi-voix, l'air fasciné.

— Je l'ai perdu une semaine après mon retour à Londres, répondit-il avec un rire triste. On me l'a volé un soir que j'étais à moitié ivre, au Dog and Duck[1] de Holborn. Depuis, ma chance a tourné.

— Vraiment ? souffla-t-elle, captivée.

1. Célèbre pub londonien.

Le comte et Len laissèrent échapper en même temps un rire railleur – pour la première fois, ils semblaient d'accord sur quelque chose.

Rufus et Dolly se tenaient à quelques centimètres l'un de l'autre, comme pris dans un champ magnétique. Len marmonna que les gens étaient vraiment crédules s'ils pensaient les objets dotés de pouvoirs.

— Mais d'ailleurs, qui êtes-vous, ma fille ? lança sans manière Lord Cardigeon à Dolly.

Tirée de sa transe, celle-ci bredouilla son nom et l'intitulé de son poste au théâtre, comme pour un entretien d'embauche.

À la mention de l'Athenaeum, le comte émit un grognement rageur et décocha à Dolly un regard assassin avant de se tourner vers son fils.

— Misérable ! Écarte-toi d'elle tout de suite ! Tu me sembles avoir un faible pour les fausses blondes, surtout quand elles entretiennent des liens douteux avec les théâtres ! Tu t'es brûlé les ailes une fois, mon garçon, quand vas-tu tirer les leçons de tes erreurs ?

Entretemps, Posie avait pris connaissance du télégramme. Elle le tendit à Len qui le lut tout haut :

> TON TÉLÉGRAMME DE CE MATIN M'A CONTRARIÉ. POURQUOI CET INTÉRÊT SOUDAIN POUR **LA LUNA** ?
>
> BIEN SÛR QUE JE SUIS AU COURANT. C'EST LE NIGHT-CLUB LE PLUS EN VOGUE ACTUELLEMENT À LONDRES.
>
> SON EMPLACEMENT EST SECRET. LA MOITIÉ DE MES HOMMES INFILTRÉS SONT PRÊTS À FAIRE UNE DESCENTE DÈS QUE NOUS AURONS UN TUYAU. RESTE EN DEHORS DE ÇA, POSIE. S'IL TE PLAÎT.
>
> BIEN À TOI, R. LOVELACE
>
> PS. JAMAIS ENTENDU PARLER DE CE COMTE DELLA ROSA. INCONNU AU BATAILLON.

— Mais c'est exactement pour ça que je suis venue, j'ai fait aussi vite que possible ! s'exclama Dolly, radieuse. En revenant au théâtre tout à l'heure, je suis passée devant le foyer des artistes. Il y avait toute la section des vents de l'orchestre. Il m'a semblé les entendre parler de La Luna, alors j'ai pris sur moi d'écouter à la porte. Et j'avais raison : un musicien a dit à un autre que « c'était pour ce soir », qu'ils iraient après le spectacle. Et qu'il ne fallait pas oublier les hautbois.

— Les hautbois ? répéta Len, interloqué. Mais qu'est-ce que ça signifie ? C'est un code ? Vous êtes sûre d'avoir bien entendu ?

— Mmh-mmh, fit fièrement Dolly entre deux ronds de fumée.

Rufus continuait de la couver d'un regard adorateur. Posie secoua la tête, s'efforçant d'extraire une logique de tout ce chaos.

— Un instant, Dolly, intervint-elle calmement. Avez-vous entendu l'adresse ? Une indication du lieu où se situe le club ? N'importe quel indice ?

— Il a juste dit : « à l'endroit habituel ». Et aussi, « quatre coups secs ».

— Quel dommage ! s'exclama Posie avec un soupir frustré. On y était presque ! Je suis sûre que La Luna est au cœur de ce mystère. Si seulement on pouvait localiser ce club…

— Nous n'avons qu'à les pister, intervint alors Len. Rien de plus simple, je passe ma vie en filature. Quand ces musiciens de l'orchestre quitteront le théâtre, nous les suivrons en taxi et nous verrons bien où ils vont.

Dolly acquiesça avec enthousiasme.

— Je viens avec vous. Je vous ferai un signe quand ils seront sur le départ, annonça-t-elle en regardant Rufus avec insistance, comme pour l'inciter à l'action.

Alors que ce dernier lui décochait un sourire radieux en retour, Lord Cardigeon s'interposa entre son fils et la costumière, tel un petit rocher sphérique.

— Tu as assez d'ennuis comme ça, mon garçon, ne va pas en plus te mêler à ces histoires louches. Je te rappelle que tu es en liberté sous caution ! Ce soir, tu resteras au club St James, un point, c'est tout. Tu iras te coucher tôt, cela te fera le plus grand bien.

Pour une fois, Posie était encline à donner raison au comte.

— Fort bien, mettons le plan de Len à exécution, lança-t-elle d'un ton résolu. Mais il faut que j'appelle l'inspecteur Lovelace, c'est le fameux tuyau qu'il attendait. Je lui dois ce service. Il suivra ces individus de l'Athenaeum dans une voiture banalisée. Je lui demanderai d'être discret.

— Si tu y tiens, grommela Len.

Il n'était pas en très bons termes avec la police. Il préférait faire cavalier seul.

La jeune détective boutonna son manteau de tweed, prête à descendre dans l'un des bureaux du coin de la rue où les occupants les laissaient utiliser leurs tout nouveaux équipements téléphoniques.

— Posie, mon chou, vous allez avoir besoin d'un déguisement, ce soir, intervint alors Dolly.

L'intéressée se retourna et sourit.

— J'étais justement en train de me dire la même chose, approuva-t-elle. Caspian della Rosa n'a jamais vu Len, mais il m'a clairement repérée. S'il est mêlé à tout cela, comme je le crois, il sera probablement présent. Dans ce cas, soit je dois m'abstenir de participer à cette opération, soit je dois modifier mon apparence.

— Je pourrais vous teindre les cheveux en blond, comme les miens, proposa Dolly avec enthousiasme. C'est très à la mode.

Éclatant de rire, Posie secoua la tête.

— Vous n'êtes pas costumière pour rien, Dolly, je suis certaine que vous me trouverez un accoutrement convaincant.

Alors qu'elle sortait de la pièce, espérant secrètement que les autres allaient l'imiter, elle entendit Rufus pousser un cri sauvage dans son dos.

— Qu'est-ce qui se passe, très cher ? s'enquit Dolly.

— Bonté divine, ça vient d'ELLE ! balbutia-t-il. L'enveloppe bleue ! C'est son écriture, je la reconnaîtrais les yeux fermés ! Cette lettre vient de ma fiancée. Elle donne enfin des nouvelles !

Posie se retourna. Elle avait complètement oublié l'enveloppe bleue.

Chapitre 8

ILS se regroupèrent autour du bureau. L'enveloppe bleu pâle étant adressée à Posie, celle-ci l'ouvrit avec le vieux coupe-papier de son père. Tous se penchèrent pour lire par-dessus son épaule :

Chère miss Parker,

Cessez de fourrer votre nez dans des histoires qui ne vous concernent pas.

Prenez ceci comme un avertissement et oubliez-moi. SINON, VOUS LE REGRETTEREZ.

Quelqu'un que vous aimez sera gravement blessé, ou pire.

Bien à vous,

LL

— Voilà qui est fort sympathique, commenta Len, bras croisés. Et quel sens du drame !

Posie retourna l'enveloppe.

— Regardez : ce pli a été envoyé par le courrier de ce matin. Et il porte le cachet de la poste de Londres. Lucky Lucy n'est pas allée bien loin, alors. À moins, bien sûr…

— À moins que QUOI ? hurla le comte.

Rufus, livide, demeurait silencieux.

— À moins que Lucky Lucy ait rédigé cette lettre, mais que quelqu'un d'autre l'ait postée, répondit Posie, pensive. Ou qu'on l'ait *obligée* à l'écrire.

Elle huma le papier. Il était mince et bon marché, du genre qu'on trouve dans n'importe quel bureau de poste. Mais il s'en dégageait des relents de craie et de soufre qu'il lui semblait avoir sentis tout récemment.

— Qu'est-ce que c'est que cette odeur ? demanda-t-elle à Len, en lui fourrant la lettre sous le nez.

— Celle du magnésium, je la reconnaîtrais n'importe où ! C'est un élément qui entre dans la fabrication des lampes flashs photographiques. Quand j'en utilise pour le travail, mes mains sentent pendant des jours, même en les frottant avec du savon phéniqué.

— Et alors, qu'est-ce que ça prouve ? demanda Rufus, l'air perplexe.

Posie se rappela alors la vive lumière blanche qui l'avait aveuglée, la veille, à l'entrée du club St James, et de la fumée piquante qui l'avait accompagnée.

— Ça prouve que Lucy ou ses complices me suivent, affirma-t-elle. Qu'ils observent mes moindres faits et gestes.

Alors, un peu à contrecœur, elle évoqua les bruits de pas qu'elle avait surpris, et le photographe qui l'attendait au bas des marches.

— Tu aurais dû me raconter ça plus tôt, grogna Len. Cette affaire me semble encore plus sinistre maintenant que nous savons que Lucky Lucy t'a dans sa ligne de mire. J'espérais que sa lettre n'était qu'une vaine menace.

— C'est exactement pour cela que nous devons impliquer la police, répliqua Posie d'un ton rassurant en lui tapotant le bras.

Cette lettre ne l'inquiétait pas le moins du monde.

Pour toute réponse, Len leva les yeux au ciel.

La jeune femme se tourna alors vers Rufus, sourcils froncés. Quelque chose la tracassait.

— Tout à l'heure, tu voulais m'informer de ce que tu avais découvert. Tu es sûr que ce n'est pas important ?

— Non, ce n'est rien, marmonna-t-il avec une grimace. Ça peut attendre.

— Très bien, soupira Posie. Si tu le dis. Je te tiendrai au courant des événements de la soirée. Qui sait, peut-être retrouverons-nous Lucky Lucy ?

Rufus lui retourna un sourire sans conviction.

— J'aimerais que vous arrêtiez tous de l'appeler Lucy, déclara-t-il, l'air malheureux. Une fois, j'ai vu ses papiers d'identité officiels – un passeport, je crois, mais il ne ressemblait à aucun de ceux que j'ai pu voir. Le nom qui y était inscrit était Georgie. Georgie La Pomme.

****

Il était dix heures et demie du soir. Len et Posie étaient assis à l'arrière d'un taxi à l'arrêt. La rue où donnait l'entrée des artistes de l'Athenaeum était très sombre et assez silencieuse pour que leur parviennent les rumeurs du public sortant du théâtre de l'autre côté du bâtiment.

— C'est bientôt l'heure, dit Len, en consultant le cadran luminescent de sa montre-bracelet.

Un autre taxi était garé derrière eux, mais celui-ci était conduit par un chauffeur de la police et occupé par l'inspecteur Lovelace ainsi que deux subalternes de Scotland Yard. Tous trois avaient revêtus un smoking noir.

Posie gardait les yeux fixés sur l'entrée des artistes, demeurée close jusqu'à présent. Elle se sentait aussi bizarre que l'était son allure : lorsqu'elle était montée dans la voiture vingt minutes plus tôt, Len l'avait dévisagée d'un air incrédule, les yeux écarquillés, avant de détourner vivement le regard sans offrir le moindre commentaire. La jeune femme portait une longue perruque noire enroulée en chignon exotique au niveau de la nuque, sa peau était recouverte de deux couches de brou de noix qui masquaient parfaitement son pâle teint de rose. Lorsque la détective avait protesté que tout ceci était terriblement exagéré, Dolly l'avait gentiment rabrouée.

— Mais non, trésor ! Vous ressemblez à une danseuse de flamenco, et alors ? L'exagération, c'est la marque de fabrique des gens de théâtre. Le secret, c'est de se fondre dans leur groupe et pour ça, il faut en rajouter, sinon, vous allez détonner.

Ainsi Posie se retrouvait-elle affublée de lunettes noires et d'un fourreau écarlate très échancré, coupé dans une mousseline moulante. Sa bouche était maquillée d'un rouge à lèvres voyant. Par bonheur, des rangs de fausses perles scintillantes couvraient un peu son décolleté, mais elle aurait préféré être chaussée d'une paire de chaussures confortables et vêtue d'une robe qui n'entravait pas ses mouvements.

Len ne s'était pas déguisé, mais il était encore plus beau que de coutume dans son smoking orné d'une rose rouge en boutonnière. Posie ne l'avait jamais vu aussi élégant. Mais pour l'heure, il lui évoquait surtout un chien de chasse sur le qui-vive, les sens en alerte et le corps tendu d'impatience, prêt à entrer en action. Elle percevait son désir de battre le pavé, d'arpenter les rues, de rejoindre le théâtre des événements. *Alors c'est ça, un enquêteur de l'ombre*, songea-t-elle, un peu déstabilisée. Au fond, elle était plutôt soulagée de ne connaître de lui que la version enjouée et détendue qu'il offrait en dehors de ses heures de travail, parce qu'il commençait à la rendre nerveuse.

Soudain, l'entrée des artistes s'ouvrit à la volée, et quatre hommes chargés d'instruments de musique sortirent d'un pas pressé, leur silhouette sombre se découpant sur la lumière vive brillant à l'intérieur. L'instant d'après, rasant les murs, ils devinrent des ombres dans l'obscurité de la rue. Alors, surgissant de nulle part, un taxi sombre à l'enseigne éteinte s'arrêta brusquement le long du trottoir où se tenait le quatuor qui, aussitôt, bondit dans l'habitacle.

— Démarrez ! souffla Len au chauffeur. Suivez ce taxi et surtout, n'allumez pas les phares. En avant !

— Et Dolly ? demanda Posie, en mordillant nerveusement une branche de ses lunettes.

Len se contenta de hausser les épaules. Le moteur rugit mais, au moment où le véhicule allait s'ébranler, la porte de service s'ouvrit de nouveau sur une silhouette minuscule, qui fusa dans leur direction. Posie ouvrit la portière en grand, et un Pierrot hors d'haleine bondit à l'intérieur. Derrière eux, le taxi chargé de policiers avait commencé à avancer, collant son pare-chocs contre le leur.

— J'arrive pas à croire que vous alliez partir sans moi ! gémit Dolly, en redressant son calot noir.

— Chut ! Pas si fort ! lui intima Len d'un ton agacé.

— Qu'est-ce qui lui arrive ? chuchota la costumière à Posie. En se soulevant, les sourcils noirs peints sur son visage grimé de blanc produisaient un effet assez comique.

— Je crois qu'il est en mode filature, s'esclaffa la détective à mi-voix. Cela lui fait perdre tout sens de l'humour.

Len les ignora royalement, et un silence nerveux s'installa dans l'habitacle. Avec la neige, il y avait moins de monde que d'habitude en ville, mais les rues restaient passablement encombrées de groupes sortant des théâtres et des restaurants. Devant eux, le taxi prit la direction de Trafalgar Square avant de s'engager dans le Strand. Là, il accéléra pour se mettre à rouler à vive allure.

— Gardez vos distances ! Gardez vos distances ! Ils ne doivent pas remarquer qu'ils sont suivis ! lança Len au chauffeur alors qu'ils passaient devant les Tribunaux et l'entrée de Fleet Street.

Au loin, la cathédrale Saint-Paul, la plus belle du monde, brillait comme un phare au sommet de Ludgate Hill.

Tous les bâtiments abritant les journaux et les imprimeries de Londres étaient regroupés ici, à Fleet Street, et Posie remarqua que la plupart d'entre eux étaient encore éclairés, projetant de longues ombres bleutées dans les rues enneigées. Devant ces édifices, des camionnettes et des charrettes attelées attendaient, leurs conducteurs prêts au départ. Il régnait une atmosphère à la fois fébrile et festive qui n'était pas sans évoquer Noël.

— Ils bouclent le prochain numéro, expliqua Len en connaisseur.

Il leur désigna l'immense pendule Art déco noire et blanche qui surplombait l'entrée du siège du *London Evening Press*. Il était presque onze heures.

— L'édition de demain matin est en train de sortir des presses, reprit-il. Mais attendez… Où vont-ils, à présent ? Ils tournent en rond, ma foi !

Devant eux, le taxi venait de bifurquer à gauche pour remonter Chancery Lane, prenant les virages à toute vitesse. Arrivé en haut de l'artère, il s'engouffra dans High Holborn et tourna de nouveau à gauche, juste avant le viaduc. Cette partie de la ville était beaucoup plus calme, car elle hébergeait essentiellement des immeubles de bureaux et des appartements résidentiels. Le taxi ralentit, longea un square sombre puis freina brusquement. Il y eut un bref moment d'agitation tandis que les quatre occupants bondissaient à l'extérieur. L'instant d'après, la voiture avait disparu dans la nuit.

— Attendez ! ordonna Len. Nous allons compter jusqu'à dix avant de sortir, compris ? Et on ne leur saute pas dessus : nous devons les *suivre*, pas les prendre en embuscade.

Leur propre taxi s'arrêta dans l'obscurité, et ils descendirent. Derrière eux, le véhicule qui transportait les policiers fit de même, déposant l'inspecteur Lovelace et ses deux agents en smoking avant de s'éloigner pour les attendre.

Posie ne chaussa pas ses lunettes noires : elle avait besoin d'y voir clair pour bien observer les alentours. À vrai dire, les lieux n'étaient guère frappants : une petite place pavée déserte, encadrée d'arbres squelettiques aux branches chargées de neige, quelques bancs en fer éparpillés çà et là, et une cabane en bois fermée tout au fond, ornée d'un grand panneau sur lequel on avait peint « ICI, ON VEND DU THÉ ET DES SANDWICHS ». C'était typiquement le genre d'endroits où les ouvriers venaient se restaurer le midi.

La place était faiblement éclairée par un unique réverbère projetant une fragile lueur ambrée sur la neige gelée. Il n'y avait pas un chat. La nuit était sombre, sans lune.

L'inspecteur Lovelace les rejoignit, les deux sergents sur ses talons. Quand Posie l'avait informé, dans l'après-midi, de cette expédition, il avait passé une bonne demi-heure à tenter de la dissuader d'y participer. Comprenant que c'était peine perdue, il avait fini par accepter à contrecœur qu'ils fassent équipe. L'absence flagrante de night-club dans les environs ne semblait pas le réjouir mais, à sa décharge, il ne lui fit aucun reproche.

— On dirait qu'on les a perdus, hein ? dit-il simplement, en soufflant dans ses mains pour les réchauffer. Peu importe. Ce plan avait peu de chances de fonctionner, de toute manière. Ils ont dû nous repérer, changer d'idée et décamper. Mais avant, ils ont sans doute jugé amusant de nous faire traverser toute la ville. Il n'y a rien, ici. Allez, rentrons.

— Non, murmura Len en portant une main à son oreille, comme pour apprécier un chant d'oiseau. Écoutez bien. Vous entendez ? Qu'est-ce que c'est que ce bruit ?

Tous le dévisagèrent comme s'il avait perdu l'esprit, jusqu'à ce que soudain, dans le silence de la place enneigée, ils perçoivent un son étouffé mais indiscutable.

BOUM.

Puis de nouveau, à intervalles réguliers : BOUM, BOUM, BOUM.

— Une contrebasse ! chuchota Dolly, tout excitée. Ou un tambour, peut-être. En tout cas, c'est de la musique. Mais d'où ça vient ? Ce square est aussi animé qu'un cimetière.

Ils se mirent à balayer les lieux du regard.

— Rainbird ! Binny ! Allez voir là-bas ! ordonna Lovelace.

Les deux hommes se dirigèrent vers le kiosque à sandwichs, d'une démarche prudente qui leur donnait l'allure d'un couple de manchots s'efforçant de ne pas glisser sur la banquise. Néanmoins, ils revinrent bredouilles. Alors, Posie et Dolly firent le tour de la place, se soutenant mutuellement pour ne pas trébucher, avec leurs talons hauts, sur les plaques de verglas. Soudain, Posie repéra quelque chose au loin.

— C'est là, j'en suis sûre, murmura-t-elle pour elle-même.

Elle avança tout au fond du square, vers la gauche, tout près du kiosque.

Un escalier pourvu d'une rambarde en fer forgé s'enfonçait dans le sol, surmonté d'une enseigne victorienne gothique, en forme d'arche, qui annonçait :

GENTLEMEN

— C'est juste des toilettes, souffla Dolly qui l'avait rejointe.

Toutes deux jetèrent un regard prudent en bas de l'escalier.

Au pied des marches sombres, elles aperçurent une vieille trappe en bois qui ne devait pas excéder deux mètres carrés. Elle semblait humide, et ses gonds paraissaient rouillés. Manifestement, ces toilettes étaient inutilisées depuis des années. En haut, juste devant elles, une chaîne métallique et un cadenas brisé reposaient au milieu d'une pile détrempée d'emballages de sandwichs et de mégots de cigarette.

— Non, répliqua Posie. Ce sont des toilettes *condamnées*, ce qui n'est pas du tout la même chose.

Au même instant, un autre BOUM retentit, très proche, cette fois. Elles sentirent le sol trembler légèrement sous leurs pieds. Se retournant vers le reste du groupe, Posie fit de grands signes pour inviter les autres à les rejoindre.

— C'est là, j'en suis certaine ! annonça-t-elle avec exaltation.

L'inspecteur Lovelace semblait peu convaincu.

— Il n'y a pas de lumière, observa-t-il. Si des gens se trouvaient là-dessous, on verrait de la lumière filtrer par les fentes de la trappe, non ?

Il examinait celle-ci depuis le sommet de l'escalier quand un nouveau BOUM le fit sursauter.

— Oui, c'est bel et bien ici, approuva Len, aux anges.

Lovelace passa alors à l'action.

— Rainbird, va tout de suite chercher des renforts. Trouve un téléphone et appelle le Yard pour leur réclamer des hommes armés en civil. Il nous faut aussi des agents de la brigade des stupéfiants et les spécialistes des licences de nuit. Je parie que ces gens enfreignent une bonne centaine de lois, et je vais les épingler.

— Allez-vous aussi inviter l'inspecteur Oats ? lui demanda Posie avec appréhension.

— Non, répondit Lovelace. Cette histoire ne le concerne pas. Du moins, pas encore.

— Juste une chose, sir, intervint nerveusement Rainbird. Où sommes-nous *exactement* ?

Pendant un instant, son supérieur sembla pris de court. Il fouilla les alentours du regard.

— Radnor Square ! s'exclama-t-il enfin en déchiffrant avec soulagement la plaque émaillée qui se trouvait derrière eux.

— Je dirais que nous nous trouvons juste derrière Hatton Garden, ajouta aimablement Len.

Rainbird acquiesça et disparut dans la nuit.

— « Hatton Garden », hein ? répéta l'inspecteur.

En voyant une lueur intéressée s'allumer dans ses yeux, Posie voulut le questionner mais, au même moment, elle aperçut des voitures qui s'arrêtaient de l'autre côté de la place.

— On devrait se dépêcher, des gens arrivent. Nous allons attirer leur attention en restant plantés ici comme si nous n'avions aucune idée de la marche à suivre.

— Ce qui est la stricte vérité, commenta ironiquement Len.

— Venez, reprit Posie. Je sais quoi faire.

Elle bluffait, mais une chose était sûre : ils devaient agir vite, car des claquements de portière retentissaient déjà au loin.

— Suivez-moi tous !

Attrapant Len par le bras, elle l'entraîna en bas des marches. Avant qu'il ait le temps de protester, elle frappa quatre coups secs sur la trappe puis chaussa vivement ses lunettes de soleil.

Pendant quelques secondes interminables, rien ne se passa. Dolly, encadrée par l'inspecteur Lovelace et le sergent Binny, transpirait d'appréhension sous son épaisse couche de maquillage.

Soudain, la trappe bougea.

Il n'y eut aucun craquement, les gonds rouillés n'émirent pas le moindre grincement : le panneau bascula en douceur vers le haut avant de se décaler sur la gauche. Posie remarqua alors que la trappe en elle-même était un simple élément de décoration, masquant un épais caisson métallique et un joint de caoutchouc. Une lueur verdâtre, chargée de fumée, émanait de l'ouverture. On aurait dit l'entrée d'un sous-marin.

— Ça, alors ! souffla Len.

Au même moment, une tête massive apparut.

— Mot de passe ? lança son propriétaire d'un ton impatient.

L'homme semblait perché au sommet d'un escalier ou d'une échelle. Il tenait dans une main une liste de noms et dans l'autre un bout de crayon.

Fichtre, songea Posie. *Voilà qui n'était pas prévu.*

Sentant Len se crisper à ses côtés, elle décida de jouer le tout pour le tout.

— Je n'en ai pas la moindre idée, mon chou ! s'exclama-t-elle avec un rire mutin. Caspian m'a seulement dit de venir ici ce soir et de frapper quatre fois sur cette drôle de petite porte. Il ne m'a pas parlé de mot de passe. Mais il m'a donné ceci.

Elle brandit alors la pochette d'allumettes qu'elle avait, fort heureusement, pensé à prendre avec elle.

— Bon, c'est quoi, vot' nom ? grogna l'homme.

Oh, bon sang de bonsoir !

Encore un détail auquel, stupidement, ils n'avaient pas pensé. Tout à coup, Posie se souvint de son accoutrement exotique.

Elle déclama alors le premier titre aristocratique qui lui vint à l'esprit : celui de la noble victime de l'affaire Carino.

— Je suis la comtesse, articula-t-elle d'un ton hautain, soulevant brièvement ses lunettes noires pour décocher au cerbère un regard qu'elle espérait cinglant. La comtesse Faustina.

Elle était elle-même surprise de la justesse de sa performance. Près d'elle, Len étouffa un petit rire.

— Nan, marmonna l'homme en parcourant sa liste d'invités. J'ai pas de Faustina. Désolé, ma jolie, mais toi et ta bande, vous feriez mieux de décamper fissa.

Pendant un instant, Posie eut l'affreuse sensation d'avoir perdu la bataille. Dans l'escalier derrière eux se massaient à présent plusieurs individus superbement vêtus et manifestement fort ivres.

— Dépêche-toi, lourdaud ! s'écria l'un d'entre eux d'un ton pédant.

Posie décida d'insister.

— Écoutez-moi bien, mon brave : vous allez trouver Caspian sur-le-champ, lui expliquer que je suis ici et que vous refusez de me laisser entrer. Il va se mettre dans une rage noire, je peux vous l'assurer. Vous ai-je précisé que lui et moi sommes cousins germains ?

Sa témérité arracha à Dolly une exclamation étouffée, mais une expression apeurée se peignit sur le visage du cerbère.

— Dites-lui simplement que sa cousine la comtesse est bloquée à l'entrée, répéta la jeune détective, et je ne donne pas cher de votre emploi, croyez-moi.

L'homme jeta un bref coup d'œil à la foule amassée derrière elle.

— D'accord, Vot' Grâce. J'suis désolé, je savais pas. Donnez-vous la peine d'entrer.

Il s'effaça. Posie scruta la lumière verte et embrumée en contrebas. Elle distingua un escalier en métal poli, large et d'aspect moderne, qui formait un angle droit.

Rajustant son étroite robe rouge, elle s'engouffra dans l'ouverture, laissant sa main courir sur une rambarde lisse et froide. Elle descendit une vingtaine de marches, rassurée par la présence de Len dans son dos. Arrivée en bas, elle découvrit un spectacle qui la laissa bouche bée.

Chapitre 9

— GRANDS dieux ! souffla Len. C'est immense !

Devant eux s'étendait un espace tout en longueur, bas de plafond, aux allures de caverne. Cette salle faisait la taille d'un véritable théâtre et semblait aménagée comme tel : un bar s'étirait sur toute la longueur du mur de droite, et une scène encadrée de rideaux pailletés se dressait au fond. Les lieux étaient bondés, il devait y avoir plus de soixante-dix personnes massées près du bar, et deux cents de plus assises en groupes autour de tables rondes éparpillées dans la pièce.

Les invités portaient des costumes fabuleux – ici un ange, là un diable. Il y avait même une femme déguisée en sirène, avec une queue articulée. Dolly avait raison : s'ils avaient débarqué sans s'être apprêtés, on les aurait tout de suite remarqués, et qui sait quel terrible sort ils auraient subi pour avoir commis pareille faute de goût ?

Les murs et le sol étaient intégralement revêtus d'épais panneaux métalliques. Posie leva la tête : le plafond en était couvert, lui aussi, et percé çà et là de petites ouvertures en forme de croissant de lune.

— Des bouches d'aération, commenta l'inspecteur Lovelace d'un ton admiratif. Je dois reconnaître qu'ils sont ingénieux. Avec tous ces panneaux en plomb, l'endroit est presque parfaitement insonorisé ! Comme s'il n'existait pas. Ça doit avoir coûté une fortune…

— Vous avez une table libre par ici, monsieur, intervint alors une jolie serveuse en s'adressant à Len auquel elle indiqua le centre de la salle.

Elle portait une minuscule robe noire et argentée qui ne masquait rien de ses courbes généreuses – à peine davantage qu'un costume de bain. Sous ses couches de brou de noix, Posie se sentit rougir violemment.

— Qu'est-ce que je vous sers ? demanda la fille tandis qu'ils s'asseyaient.

La jeune détective se ressaisit.

— Nous prendrons la même chose que d'habitude, Miss, répondit-elle avec assurance.

Elle qui, en général, ne fumait pas, sortit une cigarette de l'étui que Dolly avait posé sur la table. Le sergent Binny lui offrit du feu. Elle pria pour que personne ne remarque que ses mains tremblaient et pour ne pas s'étouffer avec la fumée.

— Très bien, approuva la serveuse d'une voix caressante. Je reviens dans un instant.

— Ma parole, quelle comédienne tu fais ! s'exclama alors Len avec une grimace. La comtesse Faustina, rien que ça ! Tu as un sacré culot.

Chacun, à sa manière, observait les alentours, le plus discrètement possible. Sur la grande scène, un groupe de jazz achevait son morceau sur un dernier crescendo. Le club n'était éclairé que par la lueur verte d'un phare tournant au centre de la scène. Ce faisceau, qui servait normalement à guider les bateaux jusqu'au port, était assez puissant pour traverser toute la salle, fendant comme une lame l'atmosphère enfumée.

Leurs boissons arrivèrent : cinq martinis à la pomme verte, épais et sirupeux – tout Londres en raffolait, ces temps-ci. Len posa sur la table un billet d'une livre, l'air aussi désinvolte que s'il en avait plein les poches. Souriante, la serveuse le fit disparaître avant de lui rendre un peu de monnaie. Posie goûta à son cocktail et faillit s'étrangler.

— Regardez ! chuchota Dolly, tout excitée. Regardez qui est au premier rang !

Tendant le cou, ils aperçurent une foule de femmes qui se pâmaient autour d'une table proche de la scène. Un homme venait d'arriver. Tandis qu'il se débarrassait de son grand manteau de fourrure, la lumière verte l'éclaira un instant, révélant un visage magnifique encadré d'une chevelure noire ondulée évoquant celle d'un dieu grec – un visage qui faisait la couverture des magazines et figurait sur les affiches de tous les cinémas ou les flancs de la plupart des bus de Londres.

— Ivor Novello ! s'exclama le sergent Binny. Sapristi, quand ma femme saura ça ! On est allé le voir au Carnival, ce type est une star de cinéma !

— Pour l'amour du ciel, Binny, calmez-vous, grommela Lovelace, en s'efforçant de masquer son propre enthousiasme. Ayez l'air naturel. Comme si vous fréquentiez des acteurs célèbres chaque jour que Dieu fait.

Observant à nouveau les alentours, il hocha la tête d'un air surpris avant de reprendre :

— Il y a du beau linge, ici, hein ? Des vedettes comme s'il en pleuvait. Franchement, je suis impressionné. Je m'attendais à quelque chose de beaucoup plus sordide.

Sous les vivats du public, Novello grimpa d'un pas allègre le petit escalier sur le côté de la scène. Les musiciens de jazz s'étant éclipsés, il alluma un micro et régla le tabouret du piano avant d'y prendre place. Un projecteur se braqua sur son visage. Se tournant vers l'assistance, il lui offrit son plus beau sourire puis entonna l'un des morceaux qui l'avaient rendu célèbre durant la Grande Guerre, sous les applaudissements et les acclamations. Profitant de l'agitation, Posie et Len balayaient la foule du regard en espérant identifier Lucky Lucy. Le fait qu'ils ne l'aient jamais rencontrée en personne ne leur simplifiait pas la tâche. Au bout de quelques minutes, cependant, Posie eut la certitude qu'aucune des jeunes beautés qui foisonnaient autour d'eux n'était Lucy.

— Je vois M. Blake, le directeur du théâtre, accoudé au bar, murmura-t-elle discrètement à l'inspecteur Lovelace. Et cet homme, là-bas, avec les cheveux noirs en bataille, je l'ai croisé au théâtre. C'est Reggie, il supervise la vente des programmes.

Il semblait, en effet, qu'une grande partie des individus présents autour d'eux, y compris le barman, faisaient partie du personnel de l'Athenaeum, comme s'ils avaient été transplantés par magie dans ce monde souterrain. Reggie conduisait avec force courbettes un groupe de jeunes mondains costumés vers une table proche de la scène.

— Toute la crème de Londres est là, chuchota Len.

— Oui, confirma Posie. Si Lucky Lucy est toujours en ville, nous sommes assurés de la trouver ici ce soir. Si ce n'est pas le cas, c'est qu'elle a décampé depuis longtemps et que la lettre reçue aujourd'hui est un leurre.

Novello venait de se lever pour saluer le public, rayonnant sous les vagues d'applaudissements. C'est alors qu'une petite blonde d'une beauté stupéfiante le rejoignit sur scène. À sa vue, l'assistance tout entière sembla retenir son souffle. Un projecteur fut braqué sur elle.

— C'est elle ? demanda Len à Dolly, les yeux exorbités. C'est Lucy Gibson ?

— Non, répondit Dolly, sourcils froncés. Mais elle lui ressemble beaucoup.

— Je vous prie d'accueillir chaleureusement miss Kitty La Roar, qui va interpréter une de mes nouvelles chansons ! annonça Novello dans son micro.

La foule se mit à l'acclamer tandis qu'il retournait s'asseoir au piano.

Miss La Roar portait une robe de soirée à paillettes argentées. À chacun des mouvements qu'elle esquissait pour se déplacer sur la scène, on l'aurait crue suivie d'une armée de lucioles. S'emparant d'un micro, elle bondit gracieusement sur la queue du piano pour s'y étendre langoureusement. Quand Novello plaqua son premier accord, elle se mit à chanter tête en bas. Sa voix sulfureuse portait loin dans la salle aux étranges lueurs vertes. Dès les premières notes, quelques couples se dirigèrent vers une piste de danse non loin de la scène.

— Ne regardez pas tout de suite, lança l'inspecteur Lovelace, les yeux rivés sur Kitty, mais on nous observe. Des hommes de l'autre côté du bar fixent notre table depuis quelques minutes. À mon avis, quelqu'un ne va pas tarder à venir nous demander quelle est la nature exacte de nos liens avec ce Caspian della Rosa. Il va falloir que tu te fasses discrète, Posie. Ou que tu trouves les toilettes…

— J'ai une idée, déclara Len d'un ton résolu.

Attrapant les mains de Posie, il la fit lever si vite qu'elle crut que sa perruque de flamenco allait basculer.

— Comtesse Faustina, veuillez m'accorder cette danse, reprit-il. Ils ne peuvent pas nous interrompre devant tout le monde.

La détective lui emboîta le pas. Au même moment, elle entendit Dolly pousser un cri de surprise :

— Nom d'un chien ! Les types qui nous surveillent travaillent *tous* à l'Athenaeum ! Ce sont des musiciens de l'orchestre, je les connais !

Posie se tourna légèrement vers le bar. Collés au miroir qui s'étirait derrière le comptoir, une dizaine d'hommes pivotèrent dans sa direction, observant ses moindres faits et gestes. Elle sentit son cœur s'emballer.

— Détends-toi, lui recommanda Len, l'entraînant sur la piste.

Il se planta devant elle et l'enlaça avec une aisance d'expert. Plaquant une main dans le bas de son dos, il l'obligea à se rapprocher de lui. Puis il la fit tourner au rythme de la musique, souriant calmement, les mouvements fluides. Seul le regard perçant qu'il lançait de temps à autre par-dessus l'épaule de sa cavalière trahissait sa nervosité.

Posie détestait danser – elle craignait d'avoir l'air ridicule – mais elle avait encore plus peur d'être démasquée et se força à afficher un grand sourire, feignant de s'amuser comme une folle. Elle se tenait si près de Len qu'elle percevait les battements réguliers de son cœur et, au creux de ses reins, là où il avait posé sa main, elle sentait... *Que diable ?*

— Qu'est-ce que tu as fourré dans ta manche ? siffla-t-elle, mécontente. Ça me fait mal. Remonte un peu ta main. Juste ciel...

Elle s'immobilisa presque, manquant bousculer un autre couple. Elle venait de comprendre que Len était armé.

— Un revolver ? chuchota-t-elle avec colère. Depuis quand te promènes-tu avec ton artillerie ? On n'est pas au Far West, tu sais !

— En effet, répondit Len en l'entraînant dans une pirouette. Cet endroit pourrait se révéler beaucoup plus dangereux. Quoi qu'il en soit, je l'ai toujours sur moi. C'est mon arme de service, je ne l'ai jamais rendue.

Cet aveu la laissa bouche bée. Et puis, comme Len opérait un demi-tour, elle se retrouva face au public et s'aperçut que c'était la débandade.

— Une descente de police ! hurla quelqu'un.

Une nuée d'agents était en train de dévaler l'escalier au fond du club, les invités couraient dans toutes les directions en criant. Dans le même temps, le long miroir du bar s'escamota d'un coup, et les hommes postés au comptoir disparurent par l'ouverture secrète qui se referma aussitôt.

— Rattrapez-les, les gars, du nerf ! vociféra Lovelace tandis que ses hommes se précipitaient en masse vers le bar.

L'espace d'une seconde, Posie entrevit la silhouette de Caspian della Rosa, avec sa crinière léonine, qui se découpait derrière le zinc. Les mains posées sur le revêtement en métal poli, il observait la scène avec l'air navré d'un capitaine dont le bateau est sur le point de sombrer. À cet instant, elle acquit la certitude que ce club lui appartenait. C'était son enfant chéri, son chef-d'œuvre – le mystérieux et magnifique bijou de sa couronne.

Soudain, la salle fut plongée dans le noir. Les gens se mirent à crier de plus belle.

— Couche-toi ! s'écria Len en plaquant Posie contre le sol.

Elle entendit un clic révélateur près de son oreille : son compagnon venait d'armer son revolver.

La lumière revint alors – pas la lueur verte du phare, mais un éclairage cru qui, en se reflétant sur les parois métalliques, donnait au club des allures d'hôpital ou de vaste chambre froide. La pièce était jonchée de tables retournées et de verres cassés. Heureusement, personne ne semblait blessé. Sur la scène,

Novello et Kitty La Roar étaient assis à l'endroit même où ils se trouvaient avant l'irruption de Scotland Yard – devant le piano, en train de siroter du champagne.

Près du bar, l'inspecteur Lovelace avait menotté M. Blake et Reggie qui lui décochaient des regards assassins. Quelques bobbies corpulents tentaient de briser le miroir à coups d'épaules, mais tous leurs efforts demeuraient infructueux.

— Interdiction de quitter les lieux ! Que personne ne bouge ! hurlait vainement le sergent Binny au milieu de la confusion générale.

Une vendeuse de cigarettes, accroupie près de Posie, sembla juger que le moment était bien choisi pour disparaître, mais Len lui attrapa le bras.

— Il faut qu'on parte nous aussi, Miss. Savez-vous s'il existe une autre sortie que celle de Radnor Square ?

Acquiesçant, la fille leur fit signe de la suivre.

— Il y a une sortie de secours derrière les loges, expliqua-t-elle. Allons-y vite. Mais restez derrière moi, cet endroit est un immense gruyère, il y a des centaines de tunnels et vous pourriez facilement vous perdre.

Posie et Len lui emboîtèrent le pas, jouant des coudes à travers la foule qui commençait à s'amasser dans un long couloir sombre. La paroi métallique sur leur gauche était percée d'une série de petites portes semblables dont la partie supérieure était pourvue d'une sorte de fenêtre en forme de croissant de lune. Au milieu du chaos, ils perdirent bientôt leur guide de vue. Len parut satisfait.

— Autant aller fouiner un peu pendant que tout le monde est occupé ailleurs, tu ne crois pas, Po ? Une occasion pareille ne se représentera pas de sitôt, la police va fermer ce club.

— Et Caspian della Rosa ? demanda Posie avec appréhension.

Elle n'avait aucune envie de le croiser après la spectaculaire intervention de l'inspecteur Lovelace – intervention dont elle était indirectement responsable.

— Bah ! Ses acolytes et lui doivent avoir déjà pris la poudre d'escampette. Ils ne vont pas attendre ici qu'on vienne les cueillir. Tu as entendu cette fille : il y a des tas de passages secrets, par ici.

— Attends un peu, le coupa la jeune femme, soudain mal à l'aise. Et Dolly ? Je n'arrive pas à croire que je l'aie oubliée ! Et si elle était en danger ? Il faut qu'on retourne la chercher.

— Non ! s'écria Len avec une brusquerie qui la fit sursauter.

— Et pourquoi cela ?

— Je n'aime pas cette fille, elle ne m'inspire pas confiance. Et franchement, je suis surpris que tu te sois liée aussi vite avec elle. Tu ne la connais même pas ! Je trouve ses airs innocents très suspects. Elle est trop naïve pour être vraie, je suis sûr qu'elle fait semblant. Qui te dit qu'elle n'est pas du côté de ce mystérieux Caspian della Rosa ? C'est elle qui nous a parlé de cette soirée, qui nous a incités à y venir. C'était peut-être un piège. Alors suis mon conseil et ne t'approche plus d'elle.

— Quoi ? explosa Posie. Ne sois pas ridicule ! C'est la première fois que je t'entends proférer pareilles énormités ! Pourquoi diable Caspian della Rosa voudrait-il faire écrouler son merveilleux château de cartes en orchestrant une descente de Scotland Yard ? *Bien sûr que je fais confiance à Dolly.* Elle est loyale à cent pour cent. Je suis toujours mon instinct et, jusqu'à présent, il ne m'a jamais trahie. Contrairement au tien…

Tout au long de cet échange houleux, l'inquiétude de Posie vis-à-vis de Dolly n'avait cessé de croître. Elle était résolue à rebrousser chemin quand les lumières s'éteignirent de nouveau. Elle sentit Len se figer en même temps qu'elle.

Une série de coups de feu troua l'obscurité. Chacun s'aplatit au sol. Le silence retomba. Peu après, de nouvelles détonations retentirent, terriblement proches – les balles en rafale fusaient le long du couloir, ricochant dangereusement sur les parois de métal, comme si la personne qui tenait l'arme était déterminée à dégager le passage.

— Vite, entre là.

Posie sentit qu'on la poussait en avant puis entendit un claquement sourd. Len venait de leur faire franchir l'une des petits portes sur leur gauche. Ils attendirent, serrés l'un contre l'autre dans l'espace réduit – probablement un placard. Derrière la fenêtre en forme de croissant, tout était sombre et silencieux. Ils scrutèrent les ténèbres en retenant leur souffle.

— Quelqu'un vient, chuchota Len.

Deux hommes arrivaient en discutant à voix basse, se guidant à la lueur d'une allumette. Lorsqu'ils approchèrent de la porte, Posie reconnut la voix mielleuse et l'accent de Caspian della Rosa. Elle se sentie prise de vertiges. Était-ce elle qu'ils cherchaient ? Voulaient-ils lui mettre la main dessus ? Savaient-ils qu'elle était ici ?

— Nous avons pu tout faire sortir, Dieu merci, marmonna le compagnon de della Rosa, lui aussi avec un léger accent étranger.

— En effet. Et ces idiots de Blake et Reggie ne parleront pas. La police peut faire le ménage ici, ce n'est pas une grande perte. De toute façon, nous avions besoin d'un nouveau lieu, celui-ci commençait à sentir le renfermé. La prochaine fois, nous ouvrirons ailleurs. Et surtout, nous avons le butin.

— Tu l'as mis en lieu sûr ?

— Évidemment, je suis un professionnel ! Pas comme cette espèce d'idiote.

— Chut, fais attention à ce que tu dis ! s'inquiéta son interlocuteur.

— Et pourquoi diable ? Au moins, nous avons décroché un joli bonus dans cette affaire. On se le garde en réserve pour plus tard ?

Les deux voix s'éloignèrent. Peu après, les gens commencèrent à se relever pour courir vers la sortie.

Len souffla bruyamment. Comme Posie, il avait l'air de se sentir nerveux, nauséeux et à l'étroit dans cette espèce de sous-marin obscur. Le jeune homme gratta une allumette.

— Sortons d'ici, l'exhorta Posie. Je suis sûre que l'inspecteur Lovelace a ramené l'ordre, maintenant. Il doit se demander où on est.

— Tout comme moi, murmura Len, en déplaçant prudemment la flamme. Où sommes-nous donc ?

La flamme s'éteignit et il se tut un instant. Quand il reprit la parole, Posie décela une note de panique dans sa voix.

— Je viens de toucher une jambe froide comme la pierre, chaussée d'un escarpin, chuchota-t-il. J'ai d'abord cru que mon imagination me jouait des tours, qu'il s'agissait juste d'un mannequin ou d'un accessoire quelconque pour la scène. Alors, j'ai tâté de nouveau. Et maintenant, j'ai des doutes.

Craquant une nouvelle allumette, il l'approcha d'un coin de leur minuscule cachette. Tous deux étouffèrent un cri d'horreur en découvrant le corps d'une femme – une femme qu'ils n'avaient jamais vue qu'en photo.

C'était Lucy Gibson, indubitablement : abattue d'une balle dans la tempe, elle avait les yeux vides et grands ouverts. Un revolver reposait dans sa main droite. Son visage et ses lèvres avaient pris par endroits une teinte bleu pâle.

Elle était aussi belle morte que vivante. Mais cette fois, Lucky Lucy n'avait pas eu de chance.

Chapitre 10

— ALLONS, cherchez bien. Il est gros comme un œuf de caille, vous ne pouvez pas le manquer. Le premier qui le trouve aura droit à une récompense.

Posie déployait mille efforts pour inciter les hommes de Lovelace à retourner tout le club afin de mettre la main sur le diamant du Maharadjah, mais ils étaient fatigués et voulaient rentrer chez eux. L'inspecteur avait accepté qu'ils consacrent dix minutes à cette fouille, et le temps imparti était écoulé.

— C'est peine perdue, Posie, dit-il en fourrageant dans ses cheveux roux. Lucky Lucy a été tuée de sang-froid, sans doute à cause de ce caillou. Ce club est le dernier endroit où l'assassin l'aurait planqué. Rends-toi à l'évidence.

Len qui, par principe, n'était jamais d'accord avec la police, acquiesça avec conviction.

— Très bien, finit par concéder la jeune femme.

Au fond, elle savait qu'ils avaient tous deux raison.

L'électricité ayant été rétablie, la salle était de nouveau inondée d'une lumière crue, il y régnait un sentiment de déception et d'échec presque palpable. Cette descente n'avait pas donné les résultats escomptés : les policiers avaient finalement réussi à escamoter le miroir derrière le bar pour découvrir une série de pièces désertes et de couloirs tortueux, mais n'avaient récupéré que des étuis d'instruments de musique – de hautbois, pour l'essentiel – que les fuyards avaient abandonnés à la hâte. Et, bien sûr, le cadavre de Lucy Gibson.

Posie regarda le corps qu'on avait extrait du placard pour l'étendre dans la lumière vive du couloir. Une vague de tristesse et de fatigue mêlées la submergea jusqu'au vertige. Pauvre créature ! Quels que soient ses méfaits, qu'elle supposait nombreux, Lucky Lucy n'avait pas mérité de mourir de cette façon – abattue et balancée au fond d'un placard. Tout cela à cause de ce maudit diamant. À moins que d'autres raisons, encore inconnues, aient motivé ce meurtre ? Qui pouvait avoir tué une si jolie femme ?

L'air éreinté, l'inspecteur Lovelace marmonnait ses instructions au sergent Rainbird qui les notait frénétiquement sur son carnet. Son collègue Binny supervisait une équipe de photographes de la police qui s'agitaient et tournaient autour du corps pour obtenir les meilleurs clichés possibles. Sans relâche, les flashs éclairaient violemment le visage de Lucy Gibson. Pâle et tacheté de bleu, il portait encore des traces de fards à paillettes gris sur les paupières. L'air était chargé de l'odeur soufrée et douceâtre de ce que Posie savait désormais être du magnésium.

Intéressé par les méthodes des photographes, Len s'était rapproché pour les observer, se désintéressant des enquêteurs de la police scientifique qui les avaient rejoints sur les lieux du crime. Après avoir cherché des indices dans le placard, ceux-ci avaient vaporisé une fine poudre noire sur les doigts de la malheureuse Lucy avant de les presser contre du papier carbone pour prélever ses empreintes. Un médecin légiste était en train d'examiner à la loupe l'impact de la balle dans la tempe de la victime.

— Photographiez-moi ça ! lança-t-il soudain. Je vois quelque chose de bizarre, c'est probablement important.

— À quelle distance, dois-je prendre la photo, doc ?

Tout ce baratin, c'était bien beau, mais Posie avait besoin d'éléments concrets. Elle voulait que le corps lui raconte une histoire : les morts ne pouvaient parler qu'à travers les indices qu'ils laissaient derrière eux. S'accroupissant sur ses hauts talons à côté du cadavre, la jeune détective le scruta une fois de plus, s'imprégnant du moindre détail.

Elle examina les étranges taches bleutées qui constellaient le visage. N'avait-elle pas entendu quelque part que ce genre de marques apparaissait généralement sous l'effet d'un poison ? Mais lequel, exactement ? Elle remarqua que l'annulaire de la main gauche présentait un hématome violacé et que le vernis sur les ongles était fortement écaillé.

Elle prit également note de la tenue de Lucy : une robe de laine noire coûteuse, mais étonnamment sobre, assortie à des chaussures de cuir confortables. De toute évidence, Lucy ne s'était pas habillée pour danser au club. Les autres filles de La Luna portaient toutes de courtes robes de bal pailletées, et elles étaient couvertes de bijoux. Lucy, en revanche, semblait vêtue pour un après-midi dans la haute société londonienne ; elle avait l'allure d'une femme respectable – du moins, si l'on omettait le fait que c'était une comédienne et la poule d'un gangster.

Posie était en train de se redresser à grand-peine quand elle crut percevoir de nouveau la voix de celui qui avait accompagné Caspian della Rosa dans le couloir sombre, un peu plus tôt, quand Len et elle s'étaient réfugiés dans le placard. Étourdie, elle tituba, cherchant autour d'elle le visage de celui qui parlait, mais les flashs des photographes l'éblouissaient. Sa vision se brouilla et le décor se mit à tourner. Les ténèbres menaçaient de l'engloutir.

Était-elle en train de perdre la tête ? Elle décida que oui : ces hommes devaient avoir décampé depuis longtemps, maintenant.

— Posie ? Ça va ?

La voix de l'inspecteur Lovelace semblait venir de très loin. Elle sentit deux paires de bras solides la soulever.

— Peut-être que les cadavres l'indisposent ? lança alors le sergent Binny qui, avec l'un des photographes, l'aidait à se remettre debout.

— Non, rétorqua Lovelace. Je parie qu'elle n'a rien avalé de toute la journée, n'est-ce pas, Posie ? On ne peut pas se contenter de biscuits, dans la vie, tu sais. De temps à autre, il faut faire un vrai repas. Len !

L'interpellé les rejoignit aussitôt.

— Emmenez Posie se restaurer quelque part. Je suis sûr que vous connaissez un endroit encore ouvert à une heure trente du matin. J'aimerais me joindre à vous, je meurs de faim moi aussi, mais je dois finir la paperasse... Oh, mais voilà quelqu'un qui ne va pas arranger mes affaires ! Désolé, j'étais obligé de l'appeler. Techniquement, c'est *son* cadavre, après tout.

Au bout du corridor se profilait la silhouette familière de l'inspecteur Oats. Jetant un bref coup d'œil au corps de Lucy Gibson, il émit un reniflement hautain et ordonna qu'on le couvre pour l'emmener à la morgue. Alors, il balaya les alentours d'un regard méprisant.

— C'est une sale affaire que vous avez sur les bras, Lovelace, marmonna-t-il. De quoi s'agit-il ? D'une descente qui a mal tourné ?

Apercevant Posie, il la dévisagea d'un air soupçonneux.

— Qui est cette donzelle ? s'enquit-il.

La jeune détective se rappela alors qu'elle était déguisée. Retirant sa perruque, elle secoua la tête pour remettre en place ses courts cheveux coupés au carré.

— Oh, non ! Encore *vous* ! grogna Oats. L'enquiquineuse de service. Et votre ami le Lord M'as-tu-vu, il est aussi dans les parages ?

— Rufus ? s'exclama Posie. Non, bien sûr que non, il est au club de son père, à St James.

— Ah ah ! Dans ce cas, c'est là que je vais aussi, aboya Oats en tournant les talons. À présent, il va devoir rendre des comptes non pas sur une, mais deux morts inexpliquées. Caution ou pas, je vais le remettre sous les verrous dans l'heure, et nous verrons ce qu'il a à dire !

Son raisonnement était d'une telle bêtise que Posie en resta bouche bée.

— Un instant, tenta Len.

— Vous vous trompez sur toute la ligne, mon vieux ! s'écria Lovelace dans le dos de l'inspecteur Oats. Et vous allez vous couvrir de ridicule : la personne qui a assassiné Lucky Lucy est en lien avec ce club clandestin, cela ne fait aucun doute. C'est ici qu'il faut chercher le coupable, Rufus Cardigeon n'a rien à voir avec ce meurtre.

Mais Oats avait déjà disparu dans la nuit, animé d'intentions très claires – même s'il se fourvoyait complètement.

* * * *

Posie avala deux œufs au plat, plusieurs tranches de bacon et une saucisse, le tout accompagné d'une part de tourte aux pommes de terre. Quand la serveuse revint avec sa grosse théière en métal pour remplir sa tasse, la détective recommanda la même chose.

Elle mangeait en silence sous le regard attentif de Len. Une cigarette turque à la main, appuyé contre le dossier graisseux de la banquette, il observait discrètement les lieux pour voir s'il reconnaissait quelqu'un.

Ce café était vraiment un trou à rats. Il était niché entre Fleet Street et Inner Temple, dans une venelle qui servait de raccourci aux employés de bureaux. Ouvert vingt-quatre heures sur vingt-quatre, il était fréquenté par des journalistes sur les dents, des imprimeurs de nuit et une foule de personnages qui n'appartenaient à aucune catégorie indentifiable mais semblaient juste avoir besoin de tuer le temps. L'établissement ne comportait pas d'enseigne, seulement une inscription peinte en blanc sur la vitrine sale qui devait dater du déluge : *PAS DE HARENGS FUMÉS AUJOURD'HUI – DÉSOLÉS.*

L'endroit était géré par une femme nommée Sal. Au cours des années précédentes, Len avait passé ici de nombreuses heures entre deux filatures, ou en attendant le tuyau d'un des avocats pour lesquels il travaillait. Mais ce soir, il ne voyait personne de sa connaissance. Il n'y avait là que deux pauvres bougres qui semblaient avoir combattu dans les tranchées et, tout au fond de la salle, un jeune journaliste. Ses lunettes en demi-lune sur le nez, il écrivait à la hâte un article pour son journal. De temps à autre, il se frottait nerveusement le front de ses doigts tachés d'encre, barbouillant de noir son visage boutonneux. Il donnait l'impression d'être nouveau dans le métier.

Sal apparut près de leur table, énorme et splendide sous son tablier en toile cirée.

— Je m'suis dit qu'ça vous ferait plaisir, m'sieur Irving, annonça-t-elle avec panache en posant devant Len une assiette de *spotted dick*[1].

---

1. Pudding anglais traditionnel à base de suif, de mélasse et de fruits secs, bouilli ou cuit à l'étouffée.

Len lui adressa un sourire reconnaissant : le dessert était magnifique. Sous le regard intéressé de Posie, Sal versa une louche de crème anglaise sur le gâteau puis s'éloigna.

— Ne le mange pas ! souffla la jeune femme en voyant Len attraper sa fourchette.

— Et pourquoi pas ?

— J'en ai besoin.

Vive comme l'éclair, elle s'empara de l'assiette qu'elle porta jusqu'à la table du fond où le journaliste peinait sur son article. Elle posa avec soin le pudding devant lui.

— Hello ! dit-elle gaiement en plaçant l'une de ses cartes de visite près de l'assiette.

Puis elle attendit la réaction du jeune homme.

Il la dévisagea en plissant les yeux, apparemment surpris de découvrir une autre personne éveillée à cette heure de la nuit.

— Euh… Oui ? marmonna-t-il en prenant la carte de ses doigts tachés.

— Pour quel journal travaillez-vous ?

— L'*Associated Press*. Pourquoi cette question, Miss, euh… Parker ?

— Voulez-vous un peu de pudding ? Tenez, prenez. Il est tout à vous. Comment vous appelez-vous ?

— Sam Stubbs, assistant journaliste. Voici ma carte de presse.

Le jeune homme dévorait le gâteau des yeux, comme s'il venait de se rappeler qu'il était affamé. S'armant d'une fourchette, il l'attaqua goulûment. Posie l'observait avec satisfaction, secrètement amusée : il était si facile d'embobiner certains hommes, surtout avec des puddings à l'ancienne qui leur rappelaient leur enfance.

— J'ai un scoop pour vous, monsieur Stubbs, lança-t-elle. Et, non, je ne veux pas d'argent. Je suis certaine que mes révélations vont vous faire oublier ce que vous étiez en train d'écrire. Elles pourraient même lancer votre carrière. Mais elles doivent *absolument* paraître dans l'édition de demain. Et vous devez *absolument* me citer comme source.

Relevant la tête d'un coup, le journaliste repoussa ses lunettes sur son nez.

— Poursuivez, dit-il en mâchonnant le bout de son crayon.

Posie lui exposa en détail les événements de la soirée : la découverte du club La Luna, la descente de police, le cadavre de Lucky Lucy. Elle épela soigneusement le nom de Caspian della Rosa. Sam Stubbs nota le tout dans une sténographie nerveuse qui ne ressemblait en rien à celle utilisée par Babe Sinclair.

— Avez-vous fini ? demanda la jeune femme au bout de quelques minutes.

Il parcourut rapidement les pages de son carnet avant de hocher la tête.

— Je me pose quand même une question, miss Parker, déclara-t-il, sourcils froncés, en attrapant un pardessus de tweed et un chapeau d'allure modeste. Si vous ne voulez pas d'argent, qu'avez-vous à y gagner ?

— Disons que je m'attends à certaines retombées, répondit-elle avec un sourire aimable. Et j'espère également que vous pourrez m'apporter votre aide au cours des prochains jours. L'*Associated Press* est l'un des meilleurs journaux de la ville : il doit disposer d'excellentes archives. Je crois que je vais avoir besoin d'y accéder. Et vous êtes exactement la personne qu'il me faut pour cela.

* * * *

— Qu'est-ce qui t'a pris ? demanda Len d'une voix irritée en donnant un coup de pied dans un paquet de neige tandis qu'ils remontaient le Strand.

Ils contournèrent un homme et son petit garçon qui, à bord d'une charrette chargée de seaux, étaient occupés à saler généreusement la route.

— L'inspecteur Lovelace va être furieux contre toi, nigaude ! poursuivit le jeune homme. Cette descente était censée rester secrète. Sans compter qu'elle s'est plutôt mal passée. À présent, tout Londres va être au courant ! Et pourquoi avoir jeté ton dévolu sur cet imbécile boutonneux à peine sorti de l'école ? Si tu tenais tant à nous faire exploser cette histoire à la figure, j'ai des tas de contacts dans les journaux. Bon sang, Po ! Est-ce que tu as perdu la tête ?

Souriante, Posie lui prit le bras pour traverser en direction de l'Aldwych[1]. Les cloches de Saint-Clément sonnaient juste trois heures du matin.

— Je sais que tu as des contacts, Len. Mais aucun d'entre eux n'était présent ce soir. Dans la vie, tout est question d'opportunité, non ? Sam Stubbs se trouvait au bon endroit au bon moment. J'ai besoin que cette nouvelle paraisse demain, au plus tard dans l'édition de midi.

— Et pourquoi, si je puis me permettre ? s'enquit Len d'un ton sarcastique.

— Nous devons débusquer Caspian della Rosa. Le démasquer. Jusqu'ici, il est parvenu à passer inaperçu. Personne ne sait rien sur lui, pas même la police ! Mais tout cela va changer. Il faut qu'il sache que nous l'avons repéré.

---

1. Théâtre du West End londonien.

— Seigneur ! Il trempe sans doute dans une foule de magouilles mais, jusqu'à présent, tu n'as aucune preuve directe qu'il soit lié à l'une d'entre elles, y compris nos deux meurtres ou le vol de ce fichu diamant. Qu'espères-tu obtenir ?

— Il va falloir attendre, déclara Posie avec conviction. Mais, aussi sûr que deux et deux font quatre, je ne laisserai pas Rufus porter le chapeau. Je vais résoudre cette affaire.

Len la dévisagea un instant puis sembla décider qu'il en avait assez dit. Un vent froid balayait la rue sombre. À l'idée de la longue et coûteuse course en taxi qui l'attendait pour rejoindre Leytonstone, il réprima un grognement. Comme si elle lisait dans ses pensées, Posie se tourna vers lui et sourit.

— Je me suis dit qu'on pourrait dormir au bureau, cette nuit. Il est tout près. En outre, nous devons reprendre le travail dans seulement cinq heures. Quel intérêt de rentrer chez nous ? Je me demande pourquoi on ne fait pas ça plus souvent !

— Que vont dire les gens ? s'exclama Len, soufflé. On ne peut pas dormir tous les deux là-bas !

— Quels gens ? s'esclaffa Posie. Mister Minks ?

Marmonnant dans son col, le jeune homme piqua un fard mais continua de marcher. Ils regagnèrent Grape Street pratiquement sans parler. Ils se tenaient toujours maladroitement par le bras, Posie sentant confusément qu'elle venait de franchir une limite invisible entre eux, et que Len songeait peut-être qu'il passait pour un dragon de vertu. En arrivant à l'agence, ils furent soulagés de retrouver chacun leur bureau, d'allumer leur feu et de refermer leur porte respective sur ce qui s'était révélé une journée aussi difficile qu'interminable.

En s'installant sur le petit tapis couleur crème devant sa cheminée, son manteau étalé sur elle en guise de couverture, Posie ne pouvait se départir de l'idée que, parmi tous les étranges et terribles événements vécus aujourd'hui, un élément, ici même, lui semblait anormal.

Elle était fatiguée. Tellement, tellement fatiguée…

Dans un effort surhumain, elle battit des paupières pour garder les yeux ouverts. Il manquait quelque chose. Mais, tandis qu'elle luttait pour tenter de comprendre ce qui la perturbait, elle se laissa emporter par une vague de sommeil bienvenue.

Mercredi 16 février 1921

Chapitre 11

La lumière grise du matin filtrait dans le bureau. Posie émergea avec difficulté, le corps endolori, devant le feu éteint. Une pluie de grêlons claquait contre la vitre de la fenêtre.

La pendule du bureau indiquait huit heures. Posie se leva dans un bruissement d'étoffe – elle portait toujours la robe de mousseline rouge de la veille. Attrapant ses vêtements de travail sur le dossier de son fauteuil, elle se rendit dans la petite salle de bains pour se changer. Elle se sentait sale, fatiguée, et rêvait de prendre un bain chaud, mais elle se contenta de se laver le visage à l'eau glacée avec du savon Pears[1] dans le minuscule lavabo à l'émail craquelé.

Quand elle entra dans la cuisine, Len chantonnait en achevant de préparer le thé. Lui en offrant une tasse, il s'accouda au comptoir en mélamine verte.

— Bonjour ! lança-t-il gaiement.

— On dirait que tu ne m'en veux plus d'avoir vendu notre histoire à cet « imbécile boutonneux » hier soir, observa Posie. Tu devrais te surveiller, tu sais : on dirait Dr Jekyll et Mr Hyde…

1. Premier savon translucide au monde, créé par la marque britannique Pears en 1807.

— Désolé, dit Len, en haussant les épaules. J'étais fatigué. Et j'imagine que tu as de bonnes raisons. Jusqu'à présent, tu ne t'es jamais trompée.

Sous l'effet du thé fort et sucré, ils se ranimaient peu à peu. Posie s'apprêtait à partir quand quelque chose la frappa.

— Où est Mister Minks ? Ce n'est pas son genre de sauter le petit déjeuner.

Elle se dirigea vers les rideaux en velours déchirés que le chat aimait escalader et les secoua, comme s'il pouvait s'être caché dans leurs plis.

— Je pensais qu'il était avec toi cette nuit, murmura Len d'un air inquiet.

Il aimait plus ce chat qu'il ne voulait bien le reconnaître. *C'est ça qui clochait, hier soir*, songea alors Posie, horrifiée. L'agence n'était pas la même sans Mister Minks. Il avait disparu depuis la veille !

Les deux détectives se dévisagèrent un instant, gagnés par la panique, avant de se ruer dans des directions opposées. Ils fouillèrent les lieux de fond en comble, ce qui ne leur prit guère de temps : les trois petits bureaux, la salle d'attente, la cuisine, le palier et sa minuscule salle de bains. Len arpenta l'escalier à plusieurs reprises pendant que Posie frappait à la porte des bureaux du rez-de-chaussée et explorait les moindres recoins du hall d'entrée.

De retour dans l'agence, ils repartirent de zéro, retournant armoires et tiroirs, allant jusqu'à remuer les cendres dans les cheminées.

— Et s'il était sorti sur le rebord de la fenêtre pour chercher un morceau de poulet et qu'il était tombé ? murmura Posie, en s'efforçant de réprimer le tremblement de sa voix.

— Impossible, opposa Len, en remontant la fenêtre à guillotine pour contempler l'abîme en dessous. Nous avons pour règle de ne rien laisser ouvert. En deux ans, nous n'avons jamais eu le moindre problème. Mister Minks ne s'échapperait pas d'ici, il y est trop bien. Qu'a-t-il pu se passer ?

Au même moment, une terrible pensée leur traversa l'esprit. *Babe.*

À cet instant, ils entendirent des clés grincer dans la serrure de la porte d'entrée. Se ruant dans la salle d'attente, ils virent entrer la secrétaire et lui lancèrent un regard accusateur. Ouvrant de grands yeux, elle leur adressa un sourire interdit.

— Je... Je vous ai ramené ces lettres, elles étaient sur le paillasson, balbutia-t-elle. Il y en a une qui a été livrée par porteur... Mais qu'est-ce qui vous arrive ? Bon sang, je suis quand même pas en retard, hein ?

Posie prit les deux enveloppes sans la quitter des yeux.

— Mister Minks a disparu, dit-elle d'un ton neutre. Vous êtes au courant de quelque chose, Babe ? Vous feriez mieux de me dire la vérité. C'est vous qui avez fermé l'agence hier soir. Avez-vous laissé une fenêtre ouverte ? S'est-il passé quelque chose d'inhabituel ?

Babe les dévisagea en secouant la tête pendant un bref instant et elle s'empourpra. Puis elle fondit en larmes et se mit à sangloter de façon incoercible. Posie soupira. Len, décroisant les bras, s'avança vers la secrétaire pour lui tapoter le dos.

Soit elle est très bonne comédienne, songea la détective avec lassitude, *soit elle ne sait* vraiment *pas ce qui est arrivé au chat. Décidément, ça commence à faire beaucoup de comédiens et de théâtre, dans cette histoire.*

Elle déchira la première enveloppe qui renfermait un télégramme de l'inspecteur Lovelace. Il l'informait qu'une commission d'enquête sur la mort de Lucy Gibson serait présidée par le coroner[1] à onze heures à Victoria. Comme Posie et Len avaient découvert le corps, leur présence était requise. Il ajoutait que l'inspecteur Oats avait de nouveau arrêté Rufus et que celui-ci avait été remis en cellule à Scotland Yard pour des motifs fort douteux. Posie se sentit tellement bouleversée par cette nouvelle qu'elle commença machinalement à décacheter le second courrier.

— Attends ! l'interrompit Len d'une voix forte. Tu ne remarques rien ?

Elle considéra l'enveloppe qu'elle tenait à la main. Elle était bleue, dans un papier mince et bon marché. L'adresse était rédigée de la même écriture que celle qui figurait sur la lettre de la veille.

— Juste ciel ! Elle vient de Lucky Lucy !

Elle en sortit une feuille de papier bleu pliée en deux mais, avant qu'elle puisse l'ouvrir, une touffe de poils soyeux couleur café crème s'en échappa et s'éparpilla en pluie scintillante sur le sol. Babe poussa un petit cri. Posie sentit la terreur lui tordre le ventre, ses yeux s'emplirent de larmes.

— Oh, Mister Minks ! Oh, non !

Len s'était accroupi pour rassembler les poils, lèvres pincées.

— Lis la lettre, lui demanda-t-il calmement.

Posie s'exécuta :

1. Fonctionnaire indépendant chargé, au nom de la Couronne (d'où le nom), d'enquêter sur les causes et circonstances d'une mort violente, non naturelle ou résultant d'un crime, ou de cause inconnue.

Chère miss Parker,

Je vous ai avertie que quelqu'un serait blessé si vous vous obstiniez. Comme vous pouvez le voir, j'ai le chat. Pour le moment, il va bien, à quelques poils près.

Lâchez cette affaire et il vous sera rendu sain et sauf. Pour signifier votre accord, portez aujourd'hui une rose jaune à votre boutonnière, bien en vue. Sinon, vous en subirez les conséquences. Ceci n'est que le début de vos malheurs : je vous promets qu'il peut vous arriver bien pire.

Bien à vous,

LL

Posie se laissa tomber sur le canapé de la salle d'attente, le visage enfoui entre ses mains. Quand elle releva la tête, elle vit que Len s'était assis en face d'elle, les traits crispés. Il était probablement plus inquiet qu'il ne le laissait paraître. Quant à Babe, elle tripotait nerveusement son gros collier d'ambre, le tordant en tous sens. La détective décida de l'ignorer.

— Quelque chose ne colle pas, finit-elle par dire d'un ton irrité. Les cadavres n'écrivent pas de lettres.

— De toute évidence, Lucky Lucy a rédigé ce courrier avant sa mort, rétorqua Len. Mais où a-t-elle planqué Mister Minks ? Nous n'avons pas trouvé de chat, mort ou vif, dans ce fichu night-club, hier soir. Peut-être le meurtrier de Lucy a-t-il également tué Mister Minks ?

— Non, ce n'est pas ça, le problème ! Cette nuit, Lucky Lucy était bel et bien morte, d'accord ? Mais cette lettre a été déposée ce matin par son expéditeur, et quand nous avons fouillé l'immeuble, tout à l'heure, il n'y avait pas de courrier sur le paillasson, ce qui signifie qu'il vient tout juste d'arriver.

Len hocha la tête, l'air dubitatif.

— Soit il s'est produit un contretemps qui a retardé la remise de cette lettre, insista sa collègue, soit elle n'a pas été écrite par Lucy mais par quelqu'un qui se fait passer pour elle – peut-être une personne qui ignore qu'elle est morte, ou qui le sait mais pense que nous ne sommes pas encore au courant…

— Dans ce cas, son écriture est drôlement bien imitée, objecta Len. En voyant le message d'hier, Rufus l'a reconnue sans hésiter. Ce que je ne comprends pas, c'est pourquoi cet individu s'en prendrait à Mister Minks. *Pourquoi ?*

— Pour me faire peur, ou bien pour montrer que c'est lui qui mène la danse, répondit Posie, en se dirigeant vers son bureau. Il doit savoir que ce chat compte beaucoup pour moi.

— Tout ça ne me dit rien qui vaille, grogna Len. Si ce n'est pas Lucky Lucy qui l'a enlevé, ce peut être n'importe qui.

Un instant, son regard se posa sur Babe avant de revenir vers Posie.

— Par où commencer ? reprit-il. Je pense qu'il faut élargir nos recherches à un cercle plus vaste. Celui de tes *nouveaux amis*, peut-être ?

Il s'interrompit pour aller chercher son appareil photo.

— Je suis désolé, mais il faut que je sorte prendre quelques clichés d'un vilain Lord qui a tendance à se coucher dans le mauvais lit… Veux-tu que je t'achète une rose jaune en passant devant le marché de Covent Garden ?

— Bien sûr que non, idiot ! répliqua Posie avec un sourire larmoyant. On retrouvera Mister Minks d'une manière ou d'une autre. Rendez-vous à Victoria pour la commission d'enquête.

* * * *

Assise à son bureau, Posie réfléchissait, les mains jointes devant elle. La priorité, bien entendu, était d'innocenter Rufus de ces meurtres, mais elle ne pouvait s'empêcher de penser à ce pauvre Mister Minks…

Sourcils froncés, elle examina de nouveau la lettre bleue. Devait-elle réellement se montrer plus soupçonneuse vis-à-vis de son entourage ?

Fallait-il, comme Len, douter de personnes qu'instinctivement elle jugeait dignes de confiance, et cesser de considérer Babe Sinclair comme l'unique suspecte potentielle ? Et si *Dolly*, par exemple, avait écrit ce message et volé le chat ? C'était en tout cas ce que Len suggérait en évoquant ses *nouveaux amis*.

Elle se remémora Dolly telle qu'elle lui était apparue le soir de leur rencontre : la cigarette noire où son rouge à lèvres argenté avait laissé la trace d'un croissant de lune. Une étrange créature nocturne dont l'habitat naturel était certainement un lieu semblable à La Luna…

Len avait clairement exprimé sa méfiance envers la costumière, et il était vrai qu'ils n'avaient pas vu Dolly depuis la veille, juste avant la fusillade au club, ce qui lui avait amplement laissé le temps de voler le chat et d'organiser la livraison de la lettre. De plus, Dolly n'était pas forcément au courant qu'ils avaient découvert le corps de Lucky Lucy cette nuit, ce qui expliquerait qu'elle ait malencontreusement déposé ce courrier à Grape Street ce matin.

Mais pour quel motif ? L'argent, tout simplement ?

Posie s'aperçut que son raisonnement s'égarait : ses pensées partaient dans toutes les directions, même les plus incongrues, et se bousculaient les unes les autres. Dolly agissait-elle seule ? Ou bien, comme Len l'avait également suggéré, était-elle à la solde de Caspian della Rosa, dans le cadre d'une opération plus vaste ? Il était vrai que Dolly était une dure à cuire, une survivante-née. Elle semblait d'ailleurs suffisamment fauchée pour être capable de tout. En outre, elle travaillait à l'Athenaeum et, si elle avait affirmé n'avoir jamais mis les pieds à La Luna et avoir une peur bleue du comte Caspian, Posie n'avait aucune preuve de la véracité de ses dires : après tout, Dolly était peut-être, elle aussi, une excellente comédienne ?

Mais Dolly s'abaisserait-elle réellement à de telles méthodes d'intimidation, même pour une somme rondelette ? Posie frissonna, la peau hérissée par la chair de poule.

Ressaisis-toi, s'intima-t-elle. *Lorsqu'on est persuadé d'avoir cerné la personnalité d'un individu, il faut s'accrocher à cette conviction.* Dolly s'était montrée d'une gentillesse exquise en lui prêtant ce manteau de fausse fourrure. Alors oui, la costumière était bien celle qu'elle prétendait être.

La jeune détective se promit de contacter Dolly dans la journée. Elle se sentait un peu coupable qu'après la découverte du cadavre de Lucky Lucy, ils n'aient même pas pensé à retrouver Dolly pour la mettre dans un taxi qui l'aurait ramenée chez elle, en sécurité. Posie allait inviter la costumière à prendre le thé quelque part, et elle ferait également venir Len pour dissiper ses doutes. Quelque chose lui disait que Dolly était vouée à devenir une véritable amie, et pour longtemps…

En voyant l'heure, Posie acheva rapidement de se préparer pour se rendre à la cour du coroner. Dehors, le temps était en train de changer : des nuages effilochés d'un gris violacé parcouraient le ciel, annonçant un orage.

Attrapant son parapluie noir, elle sortit de l'agence en trombe.

Chapitre 12

Le tribunal du coroner se trouvait près de la gare de Victoria, dans un vieux bâtiment de pierre, sombre et intimidant, qui se dressait derrière une clôture noire en fer forgé.

Deux bobbies se tenaient près de la porte. Ils cochèrent le nom de Posie sur leur liste. En pénétrant dans l'édifice, elle fut accueillie par une forte odeur de désinfectant mêlée d'affreux relents de transpiration, et elle songea qu'elle était bien contente de n'avoir jamais eu à mettre les pieds dans un endroit pareil.

S'aspergeant copieusement de son parfum à la violette, elle pénétra dans le tribunal.

* * * *

— Pour commencer, j'appelle miss Rosemary Parker, détective privée.

Posie se leva pour aller se poster avec solennité derrière la barre en bois sombre, à l'avant de la minuscule salle d'audience carrelée de blanc. Elle faisait face au coroner, un petit homme aux yeux perçants qui évoquait un corbeau luisant dressé à ne laisser passer aucun détail.

— Miss Parker est un témoin-clé. C'est elle qui a découvert le corps de la dénommée Lucky Lucy Gibson, poursuivit cérémonieusement le greffier. Posez votre main droite sur la Bible et jurez devant cette commission d'enquête de dire la vérité, et rien que la vérité.

Posie relata les événements de la nuit, puis ce fut le tour de Len, qui répéta ses paroles presque mot pour mot. Le coroner prenait des notes en hochant la tête d'un air sombre, mais il ne leur posa aucune question.

Après s'être rassise, Posie prit le temps d'observer le reste de l'assistance. Comme la séance se tenait à huis clos, tous les gens présents avaient été expressément conviés et il n'y avait pas de tribune publique, ce qui signifiait qu'aucun journaliste ne viendrait les ennuyer. En tout, moins de vingt personnes se trouvaient dans la salle, Len et elle inclus. Elle aperçut les inspecteurs Lovelace et Oats assis ensemble sur un banc dans la travée en face d'elle. Cette proximité semblait les mettre tous deux fort mal à l'aise.

Derrière eux, un homme en uniforme noir, proche de la soixantaine, prenait des notes. Ce devait être leur supérieur à Scotland Yard, supposa Posie – un commissaire ou un commissaire-adjoint, peut-être ? Les sergents Binny et Rainbird se trouvaient un peu plus loin au fond, ainsi que deux autres policiers qu'elle avait croisés lors de la descente à La Luna. Le médecin légiste et l'expert de la police scientifique, qu'elle avait également vus la veille, sur les lieux du crime, étaient installés sur le banc qui reliait les deux branches de la galerie en forme de fer à cheval.

Au bout du banc où étaient assis Posie et Len, Rufus, presque hors de vue, se tenait tête baissée, menotté entre deux agents. Le dixième comte brillait par son absence : sans doute ne l'avait-on pas autorisé à entrer, ce qui n'était pas plus mal.

À côté de Posie se trouvait un petit prêtre trapu vêtu d'une soutane noire et d'une vieille barrette[1] de même teinte, qui

1. Chapeau de forme carrée souvent porté par les ecclésiastiques.

faisait cliqueter sans relâche un chapelet en émail entre ses doigts – il était donc catholique. La jeune détective s'étonna de sa présence : quelle en était la raison ? Était-il ici en tant que témoin ? Allait-il révéler à la commission un détail intéressant au sujet de Lucky Lucy ? Le visage de l'homme était dans l'ombre mais, en y regardant bien, Posie perçut un profil flasque et le scintillement de lunettes rondes à montures dorées. Un lourd parfum d'encens s'échappait de ses vêtements noirs, étrangement rassurant dans ce lieu intimidant. L'homme émettait de temps à autre un bruit de succion. Elle crut d'abord qu'il provenait d'un dentier mal fixé, mais il s'avéra que le prêtre suçait des pastilles qu'il prélevait à intervalles réguliers dans un sac rose et chiffonné, comme au cinéma.

L'audience se déroulait sans heurt – le coroner était un homme efficace qui tenait à boucler la séance avant le déjeuner. Le Dr Poots, médecin légiste, fut appelé à la barre. Il était chargé d'un pesant dossier que le magistrat considéra d'un air hostile.

— Alors, suicide ou meurtre ? demanda-t-il sans ambages. Et ne m'assommez pas avec les détails, allez droit au but.

— Il s'agit d'un meurtre, Votre Honneur. À première vue, la victime semblait avoir été éliminée d'une balle dans la tête, mais je peux désormais vous confirmer qu'en réalité, elle a été empoisonnée avec du cyanure de potassium, ce qui explique la teinte bleutée du visage. Je pense qu'on l'a forcée à boire quelque chose et qu'elle s'est débattue, comme l'atteste l'état de ses ongles. Une mort affreuse, très douloureuse, pauvre enfant. Mais rapide, cependant.

Un long soupir parcourut l'assistance.

— La balle logée dans la tempe a été tirée post-mortem, poursuivit le légiste. Il s'agit d'un artifice maladroit destiné à faire croire au suicide : le revolver a été placé dans la main droite, doigts refermés autour de la détente. Mais notre meurtrier a commis une grossière erreur – peut-être parce qu'il était pressé ?

— Il a commis une erreur, dites-vous ?

— Oui, Votre Honneur. La balle a été tirée sur le côté droit de la tête, mais Lucy n'aurait jamais pu procéder de cette façon. Elle était gauchère.

— En avez-vous la preuve ?

— Oui. Tout l'indique, Votre Honneur : le majeur de sa main gauche présente les callosités caractéristiques associées à l'écriture ou à une profession requérant l'usage intensif des mains. À vrai dire, cela m'a surpris : en général, on ne les constate que chez les écrivains, journalistes, imprimeurs voire les universitaires... Et elle fumait également de la main gauche, j'ai relevé des marques rousses sur le majeur et l'index gauches.

Le coroner prenait des notes minutieuses sur une feuille de papier vert.

— Alors, quelle est l'heure exacte de son décès, docteur Poots ? Et veuillez m'épargner votre jargon médical, je vous prie.

Le légiste acquiesça sans se démonter.

— Plus tôt que nous ne le pensions, Votre Honneur, répondit-il. Son corps a été découvert cette nuit, mais les examens indiquent qu'elle était déjà morte depuis plus de vingt-quatre heures. En fait, je peux même être plus précis : elle est décédée d'un empoisonnement au cyanure lundi 14 entre deux et cinq heures de l'après-midi.

— QUOI ? s'écria l'inspecteur Oats en se levant d'un bond pour s'appuyer à la balustrade en bois. Ce n'est pas possible !

— Silence dans la salle ! tonna le coroner, en brandissant son crayon.

— Ressaisissez-vous, Oats, vous nous faites honte ! siffla en même temps le commissaire en uniforme.

Cramoisi, Oats se rassis, l'air vaincu. Son principal suspect venait d'être innocenté. L'après-midi du lundi 14 février, Rufus se trouvait en effet enfermé dans une cellule de Scotland Yard. Voilà ce qui s'appelle un alibi en béton et, en mettant le jeune homme sous les verrous, l'inspecteur Oats le lui avait offert sur un plateau. Posie sourit de satisfaction devant l'ironie de la situation. Ravie, elle regarda le sergent Binny contourner les bancs pour aller informer discrètement les bobbies qu'ils pouvaient retirer les menottes de leur prisonnier et le libérer. Rufus émit alors un son qui tenait à la fois du hoquet et du sanglot – il allait avoir besoin de réconfort, mais ce n'était pas le moment.

Ainsi donc, songea Posie, *Lucky Lucy s'est échappée de son déjeuner de fiançailles au Palm Court pour trouver la mort à peine quelques heures plus tard.* Ce qui expliquait la sobriété de sa tenue, mais pas sa présence à La Luna au moment de son trépas. Si tant est qu'il ait effectivement eu lieu dans le club clandestin. L'heure précoce du décès était intéressante à plus d'un titre : les deux lettres livrées à l'agence de Grape Street, censément écrites par Lucky Lucy, pouvaient désormais être considérées comme des faux. Quelqu'un s'était délibérément fait passer pour la jeune femme. Mais qui ? Et pourquoi ?

Perplexe, Posie reporta son attention sur la barre des témoins derrière laquelle M. Maguire, l'expert de la police scientifique, venait de prendre place.

De but en blanc, il sortit un revolver étincelant d'un étui de soie blanche et le brandit devant lui. Des cris effrayés s'élevèrent dans l'assistance. À côté de Posie, le prêtre faillit s'étouffer avec un de ses bonbons. Rufus émit un nouveau hoquet.

— Je me passerai de vos petites mises en scène, monsieur Maguire, commenta le coroner en consultant sa montre. Avez-vous quelque chose d'utile à me confier au sujet de cette arme ?

— Oui, Votre Honneur, répondit l'expert, radieux. C'est celle qui a été retrouvée sur les lieux du crime la nuit dernière, dans la main de Lucy Gibson. Il s'agit d'un revolver Webley Mark IV standard, un modèle de 1915 – une fort belle pièce, à vrai dire. Presque tous les officiers qui ont servi pendant la Grande Guerre en ont été dotés. Et le gouvernement britannique a tenu un registre minutieux des personnes auxquelles ces armes ont été attribuées. Chacune d'entre elles porte un numéro de série.

— Et ? l'encouragea le coroner, sourcils froncés.

— Celui qui figure sur le revolver en question indique qu'il a été remis à Lord Rufus Cardigeon avant son départ pour la France en août 1915.

Un murmure parcourut le public et tous les yeux vinrent se poser sur Rufus qui, le visage écarlate, se faisait tout petit sur son banc. Posie sentit ses propres joues rougir de colère.

Pourquoi diable ne m'a-t-il rien dit ? Et soudain, elle se rappela avec horreur qu'il avait peut-être tenté de le faire, hier, dans son bureau, avant que la honte l'emporte : il était incapable d'avouer ce nouvel impair devant son redoutable père.

Car Lucy, en plus d'avoir volé le diamant et le cœur de Rufus, semblait également avoir subtilisé son revolver.

— VOUS VOYEZ ? hurla l'inspecteur Oats en bondissant de nouveau sur ses pieds. Je vous avais dit qu'il trempait dans cette histoire ! Il y patauge jusqu'au cou !

L'inspecteur Lovelace l'obligea à se rasseoir.

Alors, Rufus se leva, la mine défaite.

— Elle m'a volé cette arme, je le jure. Je ne me suis aperçu de sa disparition qu'hier matin. Sur ma tête, je vous l'assure, je n'avais pas idée qu'elle me l'avait dérobée.

— Silence ! gronda le coroner. Cette commission n'a pas vocation à désigner des coupables ou à condamner des suspects. Son rôle consiste uniquement à déterminer les circonstances du décès et à rassembler les faits. Poursuivez, monsieur Maguire, j'imagine que vous n'aviez pas fini ?

Les bobbies assis de chaque côté de Rufus échangèrent un regard incertain, se demandant sans doute s'ils devaient lui remettre les menottes. Pour finir, ils se contentèrent de le serrer de plus près comme pour l'empêcher de s'enfuir s'il lui en prenait l'envie.

— Oui, répondit l'expert. J'ai analysé la balle récupérée sur le lieu du meurtre de Lionel Le Merle au Ritz, et je peux vous assurer que ce Webley est l'arme qui a servi à abattre ce pauvre homme.

L'inspecteur Oats hochait férocement la tête en fusillant Rufus du regard, mais le reste de l'assistance n'avait d'yeux que pour Maguire.

— Cependant, poursuivit l'expert, dans le second meurtre, il s'agit d'une fausse piste. Je peux également confirmer que, même si le meurtrier a placé ce Webley dans la main de Lucy Gibson, que ce soit pour incriminer Lord Rufus Cardigeon ou faire croire au suicide, *ce n'est pas avec cette arme qu'on lui a tiré dessus après sa mort*, mais avec un modèle totalement différent, et fort inhabituel. À vrai dire, ce revolver est si rare que je n'en ai jamais manipulé moi-même. Il s'agit d'un US Browning 9 mm.

— Une arme américaine, donc ?

— Tout à fait, Votre Honneur, mais spécialement conçue pour l'armée belge afin d'en équiper les officiers dans les tranchées. Bien que je n'aie pas eu le revolver lui-même entre les mains, je dois préciser que des balles produites spécialement pour cette arme belge ont également été prélevées dans l'un des couloirs du club La Luna, et que les impacts dans ces murs métalliques indiquent que les coups venaient d'être tirés. En conclusion, le revolver qui a servi à tirer sur Lucy Gibson a également été utilisé dans le club la nuit dernière. À mon avis, notre meurtrier s'y trouvait à ce moment-là.

Assis à côté de Posie, Len émit un sifflement.

— Bon sang ! Ça signifie que c'est probablement ton comte Caspian qui a tué Lucy, tu ne crois pas ? Nous sommes presque certains qu'il brandissait une arme dans le couloir avant qu'il s'échappe !

Le coroner avait pratiquement fini de remplir sa feuille verte. Il s'adressa de nouveau à l'expert scientifique.

— Même si vous ne disposez pas de ce revolver, Maguire, pouvez-vous retrouver son propriétaire à partir des balles ?

— Je m'y efforce, Votre Honneur. J'ai envoyé des télégrammes à Bruxelles et Anvers, dans les principaux centres de recrutement où les registres de l'armée sont conservés. Mais je crains que ce ne soit peine perdue. Tout le monde n'a pas gardé son arme ou ses munitions de la Grande Guerre. En réalité, rares sont ceux qui l'ont fait. Il n'est guère prudent de se promener armé dans des rues pleines de civils. Ça provoque des accidents. Des morts.

De nouveau, l'attention générale se reporta sur Rufus, comme pour lui reprocher sa stupidité. Tandis que Posie, elle, dévisageait Len d'un air courroucé pour les mêmes raisons. Calmement assis à sa droite, il évitait soigneusement son regard.

— Une dernière chose, Maguire : avez-vous déterminé si la victime a été tuée à l'endroit où on l'a trouvée ?

L'expert secoua la tête.

— Impossible à dire, Votre Honneur. Désolé de ne pouvoir vous aider davantage sur ce point.

— Merci, monsieur Maguire. Vous nous avez été très utile.

Le coroner rassembla ses dossiers, posant sa feuille de papier verte sur la pile. Pinçant les lèvres, il abattit son marteau sur la table.

— Je vais maintenant rendre mes conclusions : la mort de Lucy Gibson est la conséquence d'un meurtre ou d'un assassinat par une ou plusieurs personnes inconnues, sur un lieu inconnu. La cause du décès est un empoisonnement au cyanure de potassium. Une balle a été tirée post-mortem dans la tempe de la victime avec un revolver belge. La mort est survenue dans l'après-midi du lundi 14 février. À présent, je vais signer… Grands dieux, un instant !

Le magistrat se mit à farfouiller frénétiquement dans ses papiers avant d'appeler le greffier et de lui chuchoter quelque chose à l'oreille avec insistance. L'autre secoua la tête, l'air marri.

— Gentlemen, nous avons un problème, lança alors le coroner en se tournant vers les inspecteurs de Scotland Yard. Il semble qu'il n'existe absolument aucune donnée administrative sur la demoiselle dont la mort fait l'objet de votre enquête, à l'exception des quelques anciens bulletins de salaire que vous m'avez fournis et qui ne me sont d'aucune utilité pour le certificat de décès que je suis censé signer. Ne disposez-vous d'aucune information officielle sur son compte ? Je croyais qu'elle était célèbre ?

— Elle l'est ! aboya Oats. C'est Lucky Lucy Gibson ! Nous la traquons depuis des années.

— Eh bien, inspecteur, on dirait que vous pourchassiez une ombre ou un fantôme – quelque chose qui n'existe pas, en tout cas. Nous n'avons pas d'acte de naissance, pas de passeport, pas de papiers d'identité, rien qui corresponde à une Lucy Gibson. J'ai vérifié, et mes greffiers ont contacté tous les services possibles : le bureau de l'état civil, l'agence des passeports, nulle piste n'a été négligée. Aucune personne enregistrée dans ce pays sous le nom de Lucy Gibson ne correspond au corps qui se trouve à la morgue. Il semble que nous ayons fait le travail à votre place, inspecteurs, et cela ne me satisfait guère.

Près de Posie, le prêtre replia son sachet de bonbons et attrapa son parapluie, prêt à partir. Le commissaire semblait au bord de l'explosion, les inspecteurs Oats et Lovelace dévisageaient le coroner d'un air incrédule.

— Je vais donc laisser le nom en blanc sur mon rapport, poursuivit le magistrat en tapotant ses papiers. Quand vous aurez trouvé la véritable identité de votre victime, veuillez m'en informer. À présent, cette commission est ajournée, je vais aller déjeuner. J'espère sincèrement pour vous que vous avez d'autres pistes dans cette affaire, messieurs.

À ces mots, les deux hommes se tournèrent vers Posie. Celle-ci se redressa et pivota en direction de Rufus, lequel leva les yeux au ciel.

— Je te l'avais dit que Lucy Gibson n'était pas son vrai nom, s'exclama-t-il avec rancœur. Je te l'avais dit.

* * * *

Ils se regroupèrent sur le trottoir devant le tribunal, gênés de se retrouver ensemble : les deux inspecteurs, Posie, Len et Rufus. Au-dessus d'eux, des nuages orageux s'amoncelaient dans le ciel. L'air sentait déjà la pluie. Soudain, un véritable déluge s'abattit sur eux, et tous ouvrirent précipitamment leur parapluie.

— Ah, il pleut ! s'exclama Oats en tirant sur sa pipe.

Il se trouvait visiblement mal à l'aise de côtoyer Rufus – désormais libre –, et incertain de la suite. Le commissaire venait de passer dix minutes à crier devant tout le monde sur ses deux inspecteurs : désormais, ses hommes devaient faire équipe dans l'enquête, Lovelace prenant la tête des opérations. Ils avaient pour instruction de suivre la moindre piste qui se présenterait, et même de « recourir à cette fille qui se dit détective privée, *si vous devez en arriver là* ». Oats paraissait mortifié de devoir coopérer avec cette pénible donzelle et ses acolytes.

L'inspecteur Lovelace n'avait guère le moral, lui non plus.

— Il faut qu'on démêle cette sale histoire, Oaks, et vite. Dieu merci, la presse n'a pas été autorisée à entrer, grommela-t-il. On s'est assez fait remonter les bretelles comme ça, inutile que l'affaire soit à la une des journaux.

À ces mots, Posie sentit le rouge lui monter aux joues. Si son plan se déroulait comme prévu, les événements de la nuit passée figuraient déjà en couverture de l'*Associated Press*, dans l'édition de midi que venaient de recevoir tous les kiosques à journaux. Et cette fois, c'est à elle qu'on allait sérieusement remonter les bretelles.

— Tu aurais dû me dire, pour cette arme, reprocha-t-elle à Rufus. J'aurais préféré être au courant.

— Désolé, ma vieille, marmonna-t-il en fixant le trottoir. Je voulais t'en parler, et puis je me suis dégonflé. Je sais bien que ça n'arrange pas mes affaires.

Près d'eux, Len alluma une cigarette, penché pour se protéger du vent.

— Un empoisonnement au cyanure, hein ? demanda-t-il, curieux.

— Mouais, marmonna Lovelace. Je ne m'en étais pas aperçu, j'ai honte de l'avouer, mais j'en ai pris pour mon grade… Ce bleu était très pâle, à peine plus foncé que la teinte que prend la peau avec la rigidité cadavérique.

— De toute façon, ça ne nous avance pas, grommela Oats. N'importe quel gazier peut se procurer du cyanure en pharmacie ! Moi-même, j'en ai mis dans notre abri de jardin à Isleworth pour me débarrasser des rats... Et tous les jardiniers s'en servent pour éliminer les escargots.

— Je me demande si..., commença Len, à voix basse, en écrasant son mégot sur le trottoir.

— Quoi ? lui demanda Posie, en voyant son regard s'allumer.

— Je fais peut-être fausse route, mais les photographes utilisent du cyanure tous les jours, dans leur chambre noire.

— Continue, l'encouragea la jeune femme, intéressée.

— Nous savons que tu as été suivie par un photographe... et que même le papier utilisé par ces gens est imprégné de l'odeur du magnésium. Donc...

— Donc ?

— Je ne sais pas, avoua Len. Tout ceci ne nous rapproche pas de l'assassin, ni de ton poursuivant, d'ailleurs. Et encore moins du diamant du Maharadjah.

— Venez, mes amis, lança alors l'inspecteur Lovelace, décidé à prendre les choses en main. Retournons tous au Yard et, après un bon repas chaud, nous mettrons en place un plan d'action.

Posie acquiesça, mais Len et Rufus secouèrent la tête.

— J'ai rendez-vous pour déjeuner, inventa ce dernier en tournant les talons.

Le malheureux faisait peine à voir à courir ainsi sous la pluie dans ses vêtements froissés, sans manteau ni chapeau. Mais Posie comprenait qu'il leur fausse compagnie : ces derniers jours, il n'avait passé que trop de temps à Scotland Yard.

À son tour, Len s'éloigna du groupe.

— Plus tard, peut-être ? dit-il en leur adressant un signe de la main. Je dois d'abord m'occuper de quelques affaires en cours.

Posie fut donc la seule à effectuer les dix minutes de marche jusqu'à Scotland Yard, encadrée par les deux inspecteurs. Ils avançaient en silence, maladroitement, veillant à ne pas entrechoquer leurs parapluies avec ceux des nombreux passants qui se pressaient dans les rues. Cette brusque averse faisait fondre la glace et la neige, les transformant en ruisseaux boueux d'aspect peu attrayant. C'était l'heure du déjeuner, le quartier de Victoria était fort animé. Pourtant, et malgré le claquement de la pluie sur les trottoirs mouillés, Posie eut l'impression d'entendre des pas juste derrière elle, comme si on la suivait – une fois de plus.

Se retournant d'un coup, elle scruta la masse sombre des parapluies et des imperméables, et finit par distinguer le sommet d'une barrette de prêtre qui filait prestement dans la foule. Pouvait-il s'agir d'une simple coïncidence ? se demanda la jeune femme, la gorge nouée.

— Dites-moi, demanda-t-elle aux inspecteurs, pourquoi ce prêtre catholique assistait-il à la commission d'enquête ? J'ai cru qu'il s'agissait d'un témoin, mais il n'a pas été appelé à la barre.

— Quel prêtre ? s'étonna Lovelace tandis qu'Oats secouait la tête, l'air tout aussi perplexe.

— Vous l'avez forcément vu ! s'esclaffa Posie. Ou entendu, en tout cas : il faisait un boucan de tous les diables en suçant ses bonbons, j'ai cru que le coroner allait lui demander de sortir !

— Non, je ne vois pas du tout, dit l'inspecteur Lovelace en s'effaçant pour la laisser franchir les grandes grilles métalliques.

Tandis qu'il les entraînait sur la gauche, vers la cantine du personnel, Posie sentit la terreur l'envahir. Que se passait-il, exactement ? Qui étaient ces gens qui n'existaient pas vraiment ?

Chapitre 13

— Ce qui me déplaît au plus haut point, dans ce dossier, c'est que rien ni personne n'est tout à fait ce qu'il semble être, déclara d'un air soucieux l'inspecteur Lovelace, assis bras croisés derrière sa table de travail.

C'est exactement ce que je me dis, songea Posie. Elle se tenait très droite sur son siège, crispée par la présence de l'inspecteur Oats. Installé près d'elle avec son épais dossier noir sur les genoux, celui-ci semblait tout aussi mal à l'aise.

— La victime n'a pas d'identité réelle, reprit Lovelace, et nous n'avons aucun suspect pour son meurtre. En dehors de ton ami Rufus. Et de la pègre de Londres, bien sûr…

La pluie giflait méchamment les vitres de la fenêtre et, bien qu'il fût encore tôt dans l'après-midi, le ciel était d'un violet sombre. Le bureau semblait plus lugubre qu'à l'habitude, moins accueillant – il n'y avait pas de biscuits, aujourd'hui.

— Nous allons devoir trouver une piste rapidement, poursuivit l'inspecteur, et une bonne. Parce que, je vous avertis, Oats, nous risquons notre poste, dans cette affaire.

Posie était à court d'idées. Elle ne souhaitait rien tant qu'aider son ami Lovelace mais, pour le moment, elle ne parvenait pas à rassembler les pièces du puzzle.

Oats se caressait la moustache en silence. Le regardant à la dérobée, Posie remarqua que son costume avait besoin d'un bon coup de fer à repasser et que sa cravate était tachée – probablement du jaune d'œuf. Il avait piètre allure et semblait épuisé. Et voilà que son emploi était menacé ! Posie éprouva un élan de pitié envers lui, avant de se rappeler le traitement abominable qu'il avait infligé à Rufus ces derniers jours, ainsi que la façon condescendante dont il s'adressait à elle de manière générale. Hier, après l'audience préliminaire, il lui avait ordonné de se mêler de ses affaires alors qu'elle ne cherchait qu'à l'aider. Cet individu n'était qu'un goujat et un incapable !

— Puis-je jeter un coup d'œil à vos documents, inspecteur ? lui lança-t-elle.

Oats la considéra, incrédule, avant de se tourner vers Lovelace qui se contenta de hocher la tête. Le gros homme remit son dossier à Posie avec une mauvaise grâce évidente. La jeune femme le parcourut rapidement à la lumière de la lampe de lecture.

Il contenait, pour l'essentiel, des coupures de presse et des rapports de police soigneusement agencés concernant les méfaits de Lucky Lucy Gibson dont la carrière de criminelle s'étalait sur plus de dix ans. Apparemment, elle était spécialisée dans le vol de pierres précieuses. Posie devait reconnaître que l'inspecteur Oats était plutôt minutieux. À mesure qu'elle tournait les pages, elle découvrait de nouvelles photos de la fille sous différents aspects – sa coiffure et ses vêtements n'étaient jamais les mêmes. Seul le regard, défiant et indomptable, demeurait immuable. La détective prit rapidement connaissance des rapports : Lucky Lucy était suspectée de divers cambriolages dans des hôtels du groupe Mayfair ainsi que du vol spectaculaire des magnifiques diamants jaunes d'une princesse royale ; environ un an plus tôt, elle était parvenue à se faire embaucher comme vendeuse dans une bijouterie réputée de Bond Street et avait dérobé une énorme quantité de bijoux. Lors de chacun de ces crimes, elle travaillait sous le nom que lui connaissait la police, Lucy Gibson. Posie découvrit même des copies baveuses de ses bulletins de salaire, établis à l'époque par la boutique de Bond Street – sans doute ceux transmis au coroner.

Lucy n'avait jamais été arrêtée, jamais jugée. Les déclarations préliminaires des témoins de ses différents crimes remplissaient une grosse enveloppe, mais chacune d'entre elles était barrée d'un mot écrit en épaisses lettres rouges : IRRECEVABLE.

— Sitôt qu'il a été question de témoigner contre elle au tribunal, toutes les personnes convoquées se sont rétractées, commenta Oats qui lisait par-dessus l'épaule de Posie. Lucy et ses acolytes les ont probablement intimidées ou soudoyées. Nous n'avons jamais pu mettre la main sur elle, d'autant que nous ne disposions d'aucune adresse où aller la cueillir, elle était insaisissable.

— C'était une fille intelligente, approuva Posie, en revenant quelques pages en arrière. Qu'est-ce qui a bien pu mal tourner pour elle, cette fois-ci ? Apparemment, elle a commencé sa carrière criminelle en 1911. Elle a été active pendant cinq ans, puis plus rien pendant la Grande Guerre. Elle a repris du service il y a deux ans… Et depuis un an, c'était le calme plat. Ça correspond à l'époque où elle a commencé à travailler au théâtre. C'est étrange qu'elle ne se soit pas manifestée pendant la guerre…

— Pourquoi ?

— Je me disais juste que durant cette période, Londres devait être une cible de choix pour les gangsters : moins de policiers, moins de sécurité, et une foule d'aristocrates terrés ici avec leur fortune en attendant le retour de la paix. Des proies faciles pour une fille de la trempe de Lucky Lucy, non ?

Elle découvrit ensuite un rapport succinct établi après l'inspection qui avait eu lieu la veille au domicile de Lionel le Merle. Il habitait une chambre dans une maison délabrée de Soho qu'il partageait avec la quasi-totalité de l'orchestre de l'Athenaeum. Cette fouille n'avait donné aucun résultat tangible, les policiers n'ayant découvert aucun papier, aucun objet de valeur ou présentant un quelconque intérêt.

— Il n'existe aucune information sur M. Le Merle ? s'étonna Posie. Pas d'antécédents professionnels ou de rapports sur d'anciens crimes ?

— Non, rétorqua Oats d'un ton irrité en faisant claquer sa langue contre son palais. Nous n'avons aucune donnée administrative le concernant. Absolument aucune. Comme s'il n'existait pas, lui non plus. Voilà pourquoi sa mort n'a pas fait l'objet d'une commission d'enquête jusqu'à présent.

— Peut-être se trouvait-il juste au mauvais endroit au mauvais moment ? suggéra l'inspecteur Lovelace.

— Je suis persuadée que non, répliqua Posie en secouant la tête. Lui et Lucy étaient de mèche. M. Blake affirme qu'ils ont commencé à travailler en même temps au théâtre. D'ailleurs, pourquoi ce dossier ne fait-il pas mention de Caspian della Rosa, le propriétaire de l'Athenaeum ? Il joue un rôle clé dans cette affaire, j'en suis certaine. Vous avez entendu l'expert de la police scientifique, lors de la commission : celui qui a logé une balle dans la tête de Lucky Lucy se trouvait au club cette nuit et tirait à tout-va avec la même arme ! Et Len et moi sommes sûrs que Caspian della Rosa y était en personne – du moins, nous l'avons entendu traverser le couloir juste après les coups de feu.

— Ça ne prouve rien du tout, ricana Oats. En outre, je n'avais jamais entendu parler de ce comte della Rosa avant aujourd'hui. Il est inconnu des services de Scotland Yard.

Il décocha à Posie un regard noir dans lequel elle lut qu'il en avait par-dessus la tête de cette sale enquiquineuse, et qu'elle et son aristo de copain méritaient une bonne fessée.

— Alors dites-moi quel genre de criminel anonyme peut surgir de nulle part en provoquant un tel chaos ? lui lança la détective, exaspérée.

Elle referma d'un coup le dossier, sans prendre la peine de consulter les innombrables pages soigneusement dactylographiées recensant les preuves à charges contre Rufus.

— J'imagine que Rufus Cardigeon est maintenant lavé de tout soupçon ? demanda-t-elle d'un ton mielleux.

— Rufus Cardigeon restera suspect tant que je n'aurai pas décidé le contraire ! aboya Oats. Je vous rappelle qu'il est toujours en liberté sous caution. À ce jour, je n'ai aucune preuve de son innocence dans l'assassinat de Le Merle. Ce garçon est une andouille. Il faut être sacrément idiot pour ne pas s'apercevoir qu'on s'est fait voler son arme, non ?

Posie soutint le regard de l'inspecteur Oats. Il était à la fois méprisant et contrarié, comme après l'audience préliminaire de la veille. Il lui avait alors dit quelque chose qui l'avait frappée, bien qu'elle n'y ait pas réfléchi davantage sur le moment. Soudain, elle eut une illumination. Dans sa tête, les pensées commencèrent à se mêler les unes aux autres, jusqu'à lui fournir les pièces essentielles du puzzle. C'était d'une clarté aveuglante.

— OUI ! s'exclama-t-elle avec enthousiasme. Je crois que je vais pouvoir vous aider.

Les deux inspecteurs la dévisagèrent avec une expression d'espoir mâtinée de méfiance.

— C'est quelque chose que *vous* m'avez dit hier, inspecteur Oats.

— Et quoi donc ? bougonna l'intéressé, perplexe.

De toute évidence, il n'avait pas souvenir d'avoir partagé la moindre perle de sagesse avec elle, et certainement pas au sujet de cette affaire.

— « L'intérêt d'un diamant, c'est qu'il est facilement transportable, comme la drogue », cita Posie. Vous vous rappelez ?

— Eh bien, peut-être, je ne sais pas. Cela dit, cet énoncé est assez vrai.

— Où veux-tu en venir, Posie ? demanda l'inspecteur Lovelace avec douceur. Cette histoire est trop importante pour que nous nous focalisions sur la disparition de ce fichu diamant, je le crains.

— Je ne parle pas d'un seul diamant, même s'il serait merveilleux de retrouver celui-ci, bien sûr, objecta la détective. Non, je parle de *diamants*, au pluriel. De centaines de diamants, l'équivalent de milliers de livres. Je parle de *contrebande* ! Lucy était experte dans le vol de pierres précieuses, comme en atteste le contenu de ce dossier. Je pense que nous sommes en présence d'un trafic international de diamants. Voilà pourquoi La Luna, sous couvert d'être le lieu de ralliement des personnages de marque, était un endroit idéal pour ces gangsters : il se situe juste en dessous de…

— HATTON GARDEN ! Le centre diamantaire de la ville de Londres ! coupa l'inspecteur Lovelace d'une voix forte en abattant son poing sur la table. Je me demandais s'il y avait un lien…

Il se tut un instant, sourcils froncés, avant de reprendre d'un ton plus posé :

— Mais ne nous emballons pas. Nous avons fouillé la grande salle de ce club dans ses moindres recoins, en vain. Quant aux centaines de couloirs et de tunnels autour, il nous faudra des semaines avant de les avoir tous parcourus. Quoi qu'il en soit, nous n'avons rien trouvé jusqu'à présent, pas le moindre éclat de diamant.

— Non, objecta Posie d'un ton ferme. Ce n'est pas tout à fait vrai, inspecteur : vous oubliez ces étuis d'instruments de musique. Je suis prête à parier que si vous les confiez à M. Maguire, votre expert scientifique, il y découvrira des particules de carbone qui se révéleront être de la poussière de diamants. C'est ainsi que ces malfrats procèdent : ils font circuler les pierres précieuses dans ces housses.

— Mais qui ? marmonna Oats, un peu perdu.

— Les membres de l'orchestre de l'Athenaeum, pardi ! répliqua Lovelace. Et Posie a raison : si ce mystérieux Caspian della Rosa est le propriétaire du théâtre, il y a de grandes chances pour qu'il soit également le cerveau de la bande. Nous devons lui parler, l'interroger.

— Mais le théâtre n'a rien à voir avec toute cette histoire, s'obstina son collègue.

— Je ne suis pas d'accord, contra Posie. Je pense qu'au contraire, il est au centre de cette affaire. Mais tout se passe en coulisses, pas sur scène. Il s'agit d'une opération très discrète. Et nos deux victimes en faisaient partie.

— Je crois que tu es sur la bonne piste, Posie, approuva Lovelace, une lueur ardente dans le regard. Nous devons agir.

— Mais pourquoi ces deux quidams auraient-ils été assassinés ? Et par qui ? demanda Oats, abasourdi.

— Pour l'instant, je l'ignore, mais nous allons tout mettre en œuvre pour le découvrir, répondit Lovelace d'un ton rassurant. Oats, allez voir les diamantaires, essayez de leur tirer les vers du nez au sujet de Lucky Lucy, Lionel le Merle, voire ce Caspian della Rosa – peut-être trouverons-nous de nouvelles pistes par ce biais ? Cherchez également du côté du théâtre, nous aurions dû commencer par-là. Fouillez les lieux, il nous faut des indices. Et retournez chez Le Merle à Soho, lancez une nouvelle perquisition. Pour ma part, je vais interroger Blake, l'imbécile qui dirige le théâtre, ainsi que son bras droit, Reggie. Ils moisissent actuellement en cellule.

— Et moi, alors ? s'enquit Posie d'un ton pressant. Il nous faut des informations sur le comte Caspian, et vous n'en avez manifestement aucune, à Scotland Yard. Je devrais peut-être me renseigner auprès du club St James où je l'ai rencontré, non ? Sur le moment, j'ai cru qu'il y logeait mais, à bien y réfléchir, je pense que c'est juste ce qu'il essayait habilement d'insinuer. Quoi qu'il en soit, il a dû laisser des traces quelque part – ce n'est pas un fantôme.

Lovelace secoua la tête d'un air navré.

— Seul le personnel de police est autorisé à enquêter là-bas, Posie, je suis navré. Je vais mettre deux de mes hommes sur le coup. Mais si tu veux, tu peux suivre mon interrogatoire avec Blake derrière le miroir sans tain ?

Il était irritant et quelque peu dévalorisant d'être ainsi exclue de l'action, et Posie doutait de toute façon que la police parvienne à découvrir quoi que ce soit sur Caspian della Rosa. Elle soupçonnait qu'il était beaucoup trop intelligent pour laisser des indices.

— D'accord, soupira-t-elle avec un hochement de tête résigné. Mais demandez aussi à vos agents de vérifier les titres de propriété de l'Athenaeum au cadastre. Le nom du comte y figure-t-il réellement ? Ces documents nous fourniront peut-être des informations utiles à son sujet : une adresse, un compte en banque, la mention d'un partenaire commercial…

Elle s'apprêtait à évoquer l'article sensationnel qui devait être sorti dans l'édition du journal de midi et pouvait leur permettre de débusquer le comte, mais l'inspecteur Lovelace lui coupa l'herbe sous le pied en claquant dans ses mains pour les congédier.

— Rendez-vous ce soir à six heures trente précises, vous me ferez vos rapports ! lança-t-il avec autorité.

Posie décrocha son manteau de la patère derrière laquelle était affichée une vieille mappemonde aux couleurs fanées. Oats ouvrit la porte à la jeune femme avec une politesse forcée, son dossier noir calé sous le bras. Il ressemblait à un chien tirant sur sa laisse, impatient de sortir de cet espace confiné, heureux d'avoir un nouvel objectif. Mais Posie s'immobilisa, retenue par un détail.

S'approchant de la carte, elle balaya la poussière qui couvrait l'Europe centrale puis la fixa jusqu'à ce que sa vision se brouille. Soudain, tout devint clair dans sa tête.

— MAIS BIEN SÛR ! s'exclama-t-elle. LA BELGIQUE, C'EST LA CLÉ !

— Quoi, encore ? bougonna Oats.

— La Belgique ! Anvers est bien la capitale mondiale des diamants ?

Les deux inspecteurs acquiescèrent, confus.

— La balle qui devait donner l'impression d'avoir tué Lucky Lucy provenait d'un revolver belge, n'est-ce pas ? Je pense que nous avons pris les choses à l'envers.

— Qu'est-ce qu'elle va encore nous inventer, celle-là ? aboya Oats, les poings serrés de frustration.

— Et si tous ces gangsters étaient belges ? Ou la plupart d'entre eux ? reprit Posie avec une assurance accrue. Nous savons que l'ensemble du personnel du théâtre a changé l'année dernière et qu'un nouvel orchestre ainsi que de nouvelles danseuses ont été embauchés pratiquement du jour au lendemain, dont Lucky

Lucy. Je pense que Caspian della Rosa a racheté le théâtre pour qu'il serve de couverture à ses activités de contrebande, et qu'il s'est montré fort habile : il n'a recruté que des trafiquants qui n'ont jamais été arrêtés, sans antécédents criminels – des gens « propres », qui n'éveilleraient pas les soupçons de la douane lors de leurs déplacements entre l'Angleterre et la Belgique avec des housses d'instruments remplies de diamants !

— Qu'entends-tu par des gens « propres » ? demanda Lovelace, perplexe.

— Je parie que les employés du théâtre sont des Belges disposant de papiers tout ce qu'il y a d'officiels. Si vous ne trouvez rien dans vos archives au sujet de Lionel Le Merle ou de « Lucy Gibson », c'est parce que tous deux ne sont pas des citoyens britanniques ! En revanche, je pense que les services de police belges pourront vous aider. Appelez-les, et demandez-leur s'ils ont des informations sur un violoniste correspondant à la description de Le Merle. Et envoyez-leur une photo de Lucy. Peut-être pourront-ils vous dire comment elle s'appelle en réalité.

Soudain, une nouvelle idée la frappa : Lucy avait menti à Rufus sur pratiquement tout, mais Posie avait l'intuition qu'elle lui avait révélé son véritable nom. De façon un peu ridicule, la jeune détective se sentit soulagée pour lui.

— Non, encore mieux ! s'écria-t-elle alors. Demandez-leur ce qu'ils savent sur Georgie La Pomme, c'est *ça*, le vrai nom de Lucy. Quand elle a rejoint le réseau de contrebande de Caspian della Rosa, il est devenu essentiel qu'elle dispose d'un casier judiciaire vierge pour pouvoir voyager. Elle a donc cessé d'être la célèbre Lucky Lucy et s'est réinventée en revenant à ses racines. Rufus a affirmé qu'il avait vu ce nom sur ses papiers, mais que ceux-ci ne ressemblaient pas à des documents britanniques. Peut-être s'agissait-il d'un passeport belge ?

— Non, s'obstina l'inspecteur Oats. Je n'accepte pas votre théorie. Il est impossible que Lucky Lucy ne soit pas une Anglaise pure souche. Je lui cours après depuis des années, et personne n'a jamais fait mention d'un accent étranger. Pour moi, elle était anglaise, un point, c'est tout.

— C'est là le coup de génie du comte Caspian ! répondit Posie, les yeux brillants d'excitation. Car en recrutant Lucy Gibson, non seulement il s'est adjoint les services d'une Belge experte dans le vol de bijoux, mais aussi d'une comédienne hors pair ! Quoi de plus simple, pour elle, que d'adopter un accent britannique pendant toutes ces années ? J'ai raison, j'en mettrais ma main au feu !

Lovelace, déjà au téléphone, en resta un instant bouche bée.

— Y a-t-il d'autres questions que je dois poser à la police belge ? s'enquit-il en couvrant de la main l'écouteur de l'appareil.

— Oui, demandez-leur, à tout hasard, s'ils ont entendu parler du comte Caspian della Rosa. C'est dommage que nous n'ayons pas de photographie à leur fournir, mais cela vaut le coup d'essayer.

Pendant que l'inspecteur Oats sortait du bureau, l'air complètement désabusé, Lovelace se mit à aboyer des instructions à l'opératrice dans un français impeccable.

DU FRANÇAIS ! Bien sûr ! Posie prit soudain conscience que les bribes d'informations qu'elle avait obtenues jusqu'à présent lui avaient été fournies par Dolly, pour la plupart, laquelle avait surpris bon nombre de conversations au théâtre. Tout cela parce que ces gens ignoraient que la costumière maîtrisait leur langue – elle la parlait même couramment : sa mère était française. Aussi avait-elle tout naturellement compris les échanges entre les membres du personnel et de l'orchestre du théâtre. Si naturellement, d'ailleurs, qu'elle n'avait même pas pensé à préciser à Posie qu'ils s'exprimaient en français...

Au même moment, le tintement bienvenu du chariot à thé retentit. La jeune femme était en train de se demander quel genre de biscuits on mangeait à Scotland Yard quand elle se figea : la dame qui servait le thé était aussi responsable de la distribution des journaux.

Une grosse liasse des éditions de midi fut jetée sans façon sur le bureau de l'inspecteur Lovelace. Au-dessus de la pile figurait un exemplaire de l'*Associated Press* avec, à la une, le titre de l'article écrit par Sam Stubbs :

« LUCKY LUCY ASSASSINÉE – LE COMTE CASPIAN DELLA ROSA SUSPECTÉ ! »

Lovelace était encore au téléphone avec la police belge. Son regard se posa sur le journal et ses traits se figèrent. Posie aurait juré que, sous ses taches de rousseur, son teint devenait livide. Pendant quelques secondes, il fixa la jeune femme en battant des paupières, les yeux emplis de déception et d'incompréhension.

— *Oui, oui, merci**. J'attends de vos nouvelles. *Au revoir**.

Elle attendait sa réaction sans ciller, le cœur battant – comprendrait-il son geste ? – quand on tambourina à la porte.

Un bobby apparut. Lovelace reposa violemment l'écouteur sur le combiné.

— Quoi ? demanda-t-il au nouveau venu avec une rudesse inhabituelle.

— Vous feriez bien de venir tout de suite, m'sieur. Deux types sont en train de s'écharper à la réception. L'un des deux est bien connu de nos services, c'est ce jeune Lord Cardigeon, celui qui vient de passer deux nuits dans nos cellules. M'est avis qu'il s'en prépare une troisième…

Rufus ? Posie et Lovelace se ruèrent vers la sortie, oubliant le journal. Que diable se passait-il, à présent ?

Chapitre 14

DANS le hall d'entrée carrelé de Scotland Yard, Rufus et Len se lançaient des regards noirs d'un bout à l'autre de la pièce, les bras maintenus dans le dos par deux solides agents en uniforme.

Tous deux avaient cessé de se débattre. Un filet de sang s'écoulait du nez de Len.

— LEN ? s'écria Posie, stupéfaite. Au nom du ciel, que se passe-t-il ?

Sa voix résonna avec force, et le sergent de service à l'accueil leva la tête, surpris. Quelques personnes patientaient sur de longs bancs en bois, un ticket orange pâle à la main. Elles tournèrent la tête de concert, avides d'être les témoins d'un potentiel esclandre.

L'inspecteur Lovelace soupira. D'un signe autoritaire, il intima le silence, puis entraîna les trouble-fête au bout d'un couloir jusque dans une salle d'interrogatoire, une grande pièce sombre dont l'unique fenêtre était munie de barreaux. Lorsque tous se furent installés sur d'inconfortables chaises, il réclama des explications.

— DOLLY PRICE ! hurlèrent en même temps Rufus et Len, une note de panique dans la voix, en se dévisageant avec colère.

— Du calme, messieurs, une personne à la fois. Rufus, commencez, je vous prie.

Alors, d'une voix nasillarde, celui-ci raconta que, la veille, il avait invité Dolly à déjeuner aujourd'hui, à treize heures précises, au Lyons Corner House. Elle avait accepté sa proposition avec joie. Avec enthousiasme, même. Sauf qu'elle n'était pas venue.

Il avait attendu une éternité, de plus en plus inquiet à mesure que le temps s'écoulait. Il n'avait pas son adresse personnelle mais savait bien sûr qu'elle travaillait à l'Athenaeum. Celui-ci était tout proche.

— Je m'y suis donc rendu en espérant l'y trouver. Mais le théâtre était fermé. Dehors, il y a un grand panneau qui indique « SPECTACLE ANNULÉ CE SOIR ». J'ai quand même réussi à entrer en douce, j'ai fait plusieurs fois le tour des loges et des salles de costumes, mais il n'y avait pas un chat.

Pris d'une quinte de toux, il s'interrompit et s'essuya la bouche du revers de la manche. De toute évidence, il avait pris la pluie à plusieurs reprises dans la journée. Posie remarqua que sa chemise humide lui collait à la peau et que, si son visage était très pâle, ses joues luisaient d'un rouge ardent. Cela l'inquiéta : les effets combinés de trois jours d'abstinence et d'une mauvaise grippe pourraient se révéler fatals pour son ami.

— Là, je me suis affolé, reprit-il. Tout cela ne me disait rien de bon. Je savais que Posie était ici, à Scotland Yard, et j'ai pensé qu'elle avait peut-être l'adresse de Dolly. J'ai donc accouru aussi vite que possible. Et je suis tombé sur ce mufle à la réception, en train de lancer ses accusations farfelues…

Il pointa un doigt haineux sur Len.

— Je sais qu'il se passe quelque chose de grave, poursuivit Rufus. Ce n'est pas possible autrement, Dolly ne m'aurait jamais posé un lapin.

À ces mots, Len éclata de rire en levant les yeux au ciel.

— Et comment le saurais-tu, bougre d'idiot ? Tu as fait sa connaissance hier ! Je me demande pourquoi tu te montes ainsi la tête, cette fille est une hypocrite et une menteuse. Cette histoire avec Lucky Lucy ne t'a donc pas servi de leçon ? Tu ne t'es pas assez brûlé les ailes comme ça, pauvre imbécile ?

— Tu ne vas pas remettre ça ? hurla Rufus. Je t'interdis de proférer de telles calomnies !

— Ce sera tout ? lança Lovelace. Rentrez chez vous, tous les deux. Je n'ai jamais rien entendu d'aussi stupide. J'ai du pain sur la planche, messieurs, alors s'il vous plaît...

— Je peux parler, moi aussi ? le coupa Len. Je n'ai pas débarqué ici uniquement pour me crêper le chignon avec cet individu, vous savez. J'ai quelque chose avec moi, quelque chose que j'ai montré à Cardigeon à la réception – et c'est là qu'il m'a collé son poing dans la figure. Il s'agit d'une preuve irréfutable !

Alors, il sortit de sa poche un objet argenté. D'un geste théâtral, il le posa sur la table. Posie poussa un cri étouffé.

— L'étui à cigarettes de Dolly ! Bon sang, où l'as-tu trouvé, Len ? Elle ne s'en sépare jamais !

Elle l'ouvrit d'un coup sec. Il était à moitié plein des cigarettes noires et fines qu'affectionnait la costumière.

— Elle est incapable de s'en passer, murmura nerveusement la détective. Elle a certainement des ennuis !

— J'ai trouvé cet étui à La Luna, annonça Len, en croisant les bras. Après la commission de ce matin, j'ai décidé d'y retourner pour tenter de découvrir de nouveaux indices.

— Mais c'est strictement interdit ! opposa Lovelace d'un ton indigné. C'est une scène de crime, mes hommes sont encore en train de l'examiner ! Elle est censée être inaccessible au public, j'ai mis des policiers à l'entrée ! Comment avez-vous réussi à leur passer sous le nez ?

— J'ai raconté à ces flics que j'étais un photographe de la police. Je me suis contenté de brandir mon appareil en expliquant que j'avais laissé ma blouse blanche à l'intérieur, et que j'avais besoin de quelques clichés supplémentaires. C'est l'avantage, avec les photographes, on les laisse entrer partout, ils sont presque invisibles, presque anonymes.

— Et qu'est-ce que vous cherchiez exactement ? demanda Lovelace avec colère.

Len se mit à rougir.

— Quelque chose que je pensais trouver là-bas, soupira-t-il. Quelque chose qui aurait été volé à notre agence de Grape Street, par Lucky Lucy ou ses acolytes… ou par Dolly Price.

— Mais quoi, exactement ? insista l'inspecteur, les yeux écarquillés. Je veux toute la vérité, Irving.

— Un chat, si vous voulez tout savoir. Le chat de Posie.

Un long silence s'abattit dans la salle. Len se frotta les yeux d'un air las, puis il leur raconta la disparition de Mister Minks, le matin même, et l'arrivée de la lettre bleue contenant une touffe de ses poils.

— Quoi qu'il en soit, j'ai fait chou blanc. J'ai inspecté les lieux de fond en comble, y compris les pièces secrètes derrière le bar. Et c'est dans l'une d'entre elles, sous une table, que j'ai découvert cet étui. Bien entendu, je l'ai reconnu tout de suite. Cette misérable n'arrêtait pas de nous le mettre sous le nez, hier…

— Et qu'est-ce que ça prouve, exactement ?

— Eh bien, inspecteur, il me semble que c'est une preuve accablante contre cette Dolly, non ? Elle est dans le coup avec ces gangsters. Depuis quelques heures, j'avais des doutes à son sujet, à vrai dire. Je les ai même confiés à Posie : selon moi, cette fille est une fauteuse de trouble. Mais Posie a refusé de me croire. À mon avis, Dolly est à la solde de ce Caspian della Rosa, elle a volé le chat et fait en sorte de nous attirer dans ce club clandestin…

— Mais pourquoi, espèce de nigaud ? s'écria Posie. Pourquoi aurait-elle fait une chose pareille ? Cela n'a aucun sens.

— Qui sait ? rétorqua Len, en haussant les épaules. Quoi qu'il en soit, nous avons déjoué leurs plans. Quand ces bandits ont compris qu'ils étaient cernés, eux et Dolly se sont échappés par les tunnels cachés derrière le miroir pivotant. Dans sa fuite, elle a laissé tomber cet étui. Voilà pourquoi nous ne l'avons pas revue depuis…

Planté devant la fenêtre, Lovelace semblait réfléchir à cette hypothèse.

— Posie a raison, Len, finit-il par dire. Cela n'a aucun sens. Dolly Price ne correspond pas à la typologie des complices que se choisit le comte. Nous en savons désormais davantage à ce sujet. Elle n'est pas belge, ce n'est pas une criminelle ni une experte en pierres précieuses… je serais plutôt enclin à penser que Dolly a été kidnappée par ces gens. Peut-être ont-ils jugé que le chat n'était pas un élément de chantage suffisant. Avez-vous reçu des menaces de leur part ?

Posie hocha la tête, accablée de remords. Elle sortit de son sac à main la lettre bleue.

— Tenez, dit-elle d'un ton d'excuse en la faisant glisser sur la table. Je n'avais pas conscience du sérieux de l'affaire…

Tandis que l'inspecteur Lovelace en prenait connaissance, une pensée affreuse traversa l'esprit de la jeune femme. Quelque chose qu'elle avait à moitié oublié, et qui prenait soudain une importance cruciale.

— Juste ciel, je viens juste de me rappeler ! murmura-t-elle en évitant le regard de Rufus. Hier soir, au club, Caspian della

Rosa a dit qu'ils avaient « le butin ». J'ai pensé qu'il parlait du diamant du Maharadjah. Ensuite, il a ajouté qu'ils avaient décroché « un joli bonus » et qu'ils allaient « se le garder en réserve ». Et si ce bonus était Dolly ?

Len fulminait en silence, mais le doute semblait le gagner peu à peu. Rufus était bouche bée.

— Je crois que tu as raison, marmonna Lovelace, en hochant la tête d'un air atterré. Mais, avant d'affirmer que Dolly a été enlevée, allons vérifier qu'elle n'est pas chez elle, clouée au lit par la grippe.

Les autres acquiescèrent, mais aucun ne semblait y croire.

— As-tu son adresse, Posie ? reprit-il. Où loge-t-elle ? Dans une de ces maisons réservées aux femmes ? Je vais y envoyer un agent.

— Non ! gémit Posie. Je ne connais pas son adresse ! Je ne connais Dolly que depuis lundi soir…

Désespérée, elle se tourna vers la fenêtre barrée, avide d'air et de lumière. Elle détestait se sentir enfermée ainsi. Tout à coup, une idée lui vint et elle sourit, soulagée.

— Mais cette adresse, vous l'avez, vous, inspecteur, dans les dossiers de la police ! Dolly est suffragette. Elle m'a confié que son militantisme lui avait valu un séjour dans une prison de Londres avant la Grande Guerre. Et je sais qu'elle a conservé le même logement qu'à l'époque. Faites vite, je vous en prie ! J'ai honte de n'avoir pas envisagé plus tôt qu'elle puisse être en danger.

Chapitre 15

L'ATTENTE sembla durer des heures mais, en réalité, il ne s'écoula pas plus de quarante minutes.

Rufus frissonnait sous une couverture pendant que Len lisait et relisait l'article de Sam Stubbs dans l'*Associated Press*, en évitant soigneusement de croiser le regard de ses compagnons. Son beau visage était rouge de colère et d'inquiétude mêlées. Il régnait dans la salle une tension palpable.

L'inspecteur Lovelace était parti interroger M. Blake, et Posie achevait de boire une tasse de thé – il était tiède et insipide. Elle attrapa la bouteille isotherme qu'on leur avait apportée, afin de s'en servir une autre, mais ce n'était guère mieux.

— Il n'est pas mal, cet article, en définitive, reconnut Len à contrecœur en reposant enfin son journal. Sauf que la police n'en ressort pas grandie : ce papier laisse entendre que tu as orchestré ce coup de filet à toi toute seule. Ton nom figure partout. Il y a même un portrait de toi en gros plan, plutôt flatteur, d'ailleurs… En tout cas, ça devrait avoir l'effet escompté : Caspian della Rosa va être furieux, surtout s'il est innocent. Il ne manquera pas de se manifester. Tu l'accuses pratiquement d'être un assassin !

Semblant se morfondre, Len se mit à tambouriner des doigts sur la table, au rythme de la pluie qui frappait la fenêtre. Posie se demanda comment l'inspecteur Lovelace s'en sortait avec Blake et son comparse Reggie. Elle avait entendu Caspian della Rosa affirmer qu'ils ne parleraient jamais. Elle poussa un soupir exaspéré.

Sur le mur peint en gris, la pendule égrenait bruyamment les secondes. Ce son lui cassait les oreilles.

— Viens avec moi, ordonna-t-elle à Len, en tirant sur son bras pour l'obliger à se lever.

Elle avait besoin d'action. Ouvrant l'épaisse porte métallique, elle entraîna Len dans le couloir sombre en direction du hall d'entrée. À présent, il était désert, à l'exception du sergent de service à l'accueil, qui griffonnait sur son bloc-notes au guichet.

Ils sortirent sur les marches du porche. Dehors, il faisait presque nuit. Dans la grande rue derrière la clôture en fer forgé, les lumières des voitures et des attelages scintillaient étrangement à travers la pluie battante.

— Qu'est-ce que j'ai encore fait ? demanda Len d'un ton sarcastique en allumant une cigarette derrière le col de son manteau.

— Rien. Mais je veux que tu me rendes un service. Maintenant. Je vais devenir folle à force d'attendre les bras croisés.

Elle sortit quelques pièces de monnaie de son sac avant de poursuivre :

— Achète deux grandes bouteilles de Scotch. Je me fiche de la qualité, il faut juste que ce soit très fort. Ramène-les dans un sac en papier, bien cachées.

Len prit l'argent, sourcils froncés, avant d'acquiescer d'un air entendu.

— Je comprends. C'est pour Cardigeon, n'est-ce pas ? Moi aussi, je pense que boire un coup lui ferait le plus grand bien, mais je n'aurais jamais cru que tu déciderais de le ravitailler toi-même. Le problème, avec les aristos, c'est qu'ils ne peuvent rien faire sans tâter de la bouteille. Je l'ai constaté plus d'une fois dans les tranchées…

Posie ne répondit pas, trop fatiguée pour le contredire et lui expliquer ses véritables intentions. Len avait beau être un apollon, il se montrait parfois d'une étroitesse d'esprit exaspérante.

— Je serai de retour dans dix minutes, promit-il. Je vais aller au Moonshine Harry, à la gare Victoria.

Il étreignit sa main, lui décocha un clin d'œil et s'éloigna. Depuis le seuil, Posie regarda sa silhouette agile traverser la cour balayée par la pluie, puis disparaître dans l'obscurité. En d'autres circonstances, elle aurait rêvé de l'accompagner, rien que pour être à ses côtés.

Mais les circonstances étaient loin d'être normales. Len se comportait comme un imbécile, et elle était contente d'être débarrassée de lui pendant quelques minutes. Elle avait oublié combien son collègue haïssait les bourgeois et les aristocrates. En définitive, ses récents démêlés avec Rufus n'avaient rien de surprenant. Tout à coup, Len lui fit penser à l'inspecteur Oats, et elle réprima un petit rire : jamais, au grand jamais, elle ne se risquerait à exprimer tout haut cette comparaison.

* * * *

Dix minutes plus tard, le bobby ventru au visage rubicond envoyé à l'adresse de Dolly revint leur annoncer qu'elle n'était pas rentrée dans son meublé de Billingsgate[1] la nuit précédente, et qu'on ne l'avait pas vue depuis.

---

1. Billingsgate est l'un des 25 quartiers de la City de Londres, sur la rive nord de la Tamise.

— Miss Dolly vit dans une chambre au dernier étage, précisa-t-il d'un air soucieux en feuilletant son carnet. Sa voisine du dessous, une vieille dame qui habite juste au-dessus d'une gargote de *fish and chips*, est une véritable mine de renseignements : elle semble s'être fait un devoir de garder un œil sur miss Dolly, et affirme qu'en raison de son emploi au théâtre, celle-ci rentre toujours tard dans la nuit mais n'a jamais découché. Cette dame était sur le point d'appeler la police quand je suis arrivé. Elle est très inquiète…

Posie hocha la tête, le ventre noué. À présent, il semblait évident que la costumière avait été kidnappée, et tout cela était sa faute. L'image du visage sans vie de Lucky Lucy s'imposa dans son esprit. Il fallait sauver Dolly avant qu'elle subisse le même sort, balancée au fond d'un placard comme un vulgaire sac d'ordures.

Mais comment procéder ? Et où diable était Dolly ?

* * * *

Rufus fut renvoyé en taxi jusqu'au club de son père, avec ordre de prendre un bain chaud.

Puis, Len était revenu. Les deux jeunes détectives retournèrent dans la salle d'interrogatoire déserte où Posie, sous le regard ébahi de son collègue, entreprit de vider la bouteille isotherme dans l'évier de céramique au coin de la pièce. Puis elle ouvrit habilement les deux flasques de mauvais whisky que Len s'était procurées chez Moonshine Harry et en transvasa le contenu dans la thermos vide. Elle compléta avec le thé au fond de sa tasse puis, ayant revissé le couvercle, elle secoua rapidement le tout.

Au même instant, l'inspecteur Lovelace apparut sur le seuil.

— Je viens d'avoir le rapport de mon agent au sujet de Dolly. Pas de chance, je suis désolé. Nous allons poursuivre les recherches. Je suis occupé pour le moment, mais retrouvons-nous comme prévu à six heures trente.

Son regard tomba sur le journal posé sur la table.

— Je suppose que tu avais tes raisons pour agir ainsi, déclara-t-il froidement.

La jeune femme tenta alors de les lui expliquer. Comme il n'offrait aucun commentaire en retour, elle posa la question qui lui brûlait les lèvres :

— Votre interrogatoire avec M. Blake et Reggie vous a-t-il permis d'avancer ?

— Non. Nous n'avons pu obtenir la moindre information. Ils sont tous deux muets comme des carpes, il n'y a rien à en tirer.

Dès qu'il eut tourné les talons, Posie entraîna Len dans le hall d'entrée.

— Où se trouvent les cellules, je vous prie ? demanda-t-elle avec un grand sourire au sergent de faction.

Il lui jeta un regard suspicieux avant de lui indiquer le couloir qu'ils venaient d'emprunter. Il fallait aller tout au fond et descendre un escalier en colimaçon : les geôles se trouvaient en bas.

Ils se retrouvèrent devant une grille en fer cadenassée. Derrière, ils comptèrent dix petites portes percées d'une fenêtre grillagée. Sous leurs pieds, le sol de ciment fraîchement aspergé de désinfectant était humide et collant. Et dire que ce pauvre vieux Rufus avait passé ici deux nuits d'affilée ! Posie sentit les larmes lui monter aux yeux.

— Et maintenant, on fait quoi ? souffla Len, mal à l'aise. À quel jeu joues-tu, Po ?

Celle-ci balaya les alentours d'un regard nerveux. Heureusement, le bobby au visage rubicond auquel ils avaient parlé quelques minutes auparavant, à son retour de Billingsgate, sortait justement d'une des cellules du fond en faisant tinter un gros trousseau de clés.

— S'il vous plaît, pouvez-vous m'aider ? lança Posie avec son plus charmant sourire.

Les yeux rivés sur la jeune femme, le policier s'avança vers eux et déverrouilla la grille.

— Je connais M. Blake, le directeur du théâtre, expliqua la détective. Il est ici, n'est-ce pas ?

L'homme hocha la tête en désignant du pouce la porte la plus proche.

— L'inspecteur Lovelace m'a autorisée à lui apporter une bouteille de thé. On nous en a donné là-haut, mais nous ne l'avons pas bu. Auriez-vous l'amabilité… ?

Elle lui tendit la thermos réglementaire et retint son souffle, espérant de tout son cœur que le policier ne s'aviserait pas d'en renifler le contenu. La chance était de son côté : ouvrant la grille de la cellule, il fit passer la thermos par l'ouverture en recommandant d'une voix rude à son occupant de s'estimer heureux.

Posie le remercia avant de remonter aussi vite qu'elle le pouvait à l'étage, Len sur ses talons. Ils sortirent de Scotland Yard et elle aspira de grandes goulées d'air frais, heureuse d'être enfin dehors, d'autant plus qu'elle avait le sentiment d'avoir pris quantité de risques, aujourd'hui. Elle entendit le tintement étouffé des cloches de Big Ben en dépit de la pluie battante.

Il lui restait deux heures avant son rendez-vous avec les deux inspecteurs. Elle se promit d'en faire bon usage.

* * * *

Le siège de l'*Associated Press* sur Fleet Street contrastait fortement avec les bâtiments de Scotland Yard. Pourvu d'immenses baies vitrées jusqu'au plafond, il était inondé de lumière naturelle toute la journée. C'était un édifice de type Art déco très prisé des touristes venus admirer les dernières réalisations architecturales de Londres.

À l'intérieur, les bureaux occupaient un grand espace ouvert où la laque et les métaux argentés régnaient en maîtres. Chacun des sept étages était visible depuis l'immense hall d'entrée, reliés les uns aux autres par des ascenseurs qui montaient et descendaient à une vitesse folle. Ce lieu était une véritable fourmilière où circulaient sans relâche d'élégants journalistes ainsi que de jolies jeunes femmes très maquillées et perchées sur de hauts talons.

— C'est par ici, lança gaiement Sam Stubbs.

Il n'avait plus rien du garçon nerveux et barbouillé d'encre rencontré la veille au café de Sal. Aujourd'hui, ils avaient affaire à un jeune journaliste confiant et désireux de plaire, dont le sentiment, à juste titre, était qu'une carrière prometteuse s'ouvrait à lui. Le scoop offert par Posie ayant manifestement fonctionné à merveille, il lui était désormais redevable.

La salle des archives se trouvait au rez-de-chaussée, tout près de la réception. Comme le reste des lieux, elle était ultramoderne et très lumineuse.

— Vous cherchez quoi, exactement ? demanda-t-il, curieux, en inclinant la tête.

— Des informations sur un certain comte Caspian della Rosa, répondit la jeune femme.

Elle avait besoin de s'occuper et, maintenant qu'elle se savait exclue des opérations à Scotland Yard, elle se sentait soulagée de pouvoir se lancer dans ses propres recherches.

— C'est peine perdue, miss Parker.

— Pardon ?

— Vous pensez bien que si j'avais déniché quoi que ce soit sur ce lascar, je m'en serais servi dans mon article, non ? Après tout, une image vaut mieux qu'un long discours. Mais j'ai eu beau me décarcasser, je n'ai rien trouvé. Pas de photos, pas d'articles, que dalle. Soit votre comte est nouveau en ville, soit il a pris un pseudonyme. Évidemment, si vous découvrez son vrai nom, ça change entièrement la donne.

Posie n'avait pas envisagé ces difficultés. Elle s'attendait à ce que tout soit beaucoup plus simple : l'homme avait forcément laissé des traces, il devait être fait mention de lui quelque part.

— Et Lucky Lucy ? s'enquit-elle. Je suppose que vous avez des dossiers ou des coupures de presse à son sujet ?

Sam Stubbs sourit et les conduisit vers un classeur laqué de blanc.

— À la pelle, déclara-t-il fièrement en ouvrant un élégant tiroir moderne pour en tirer trois épais dossiers. Ça devrait vous occuper un moment

Posie et Len étalèrent les archives sur un bureau immaculé.

— Il nous faut des photos, et n'importe quel nom mentionné en lien avec celui de Lucy, souffla-t-elle.

Son collègue acquiesça et ils se mirent à l'œuvre. Seul le bruissement des pages troublait le silence, ainsi qu'un léger claquement, de temps à autre, lorsque l'un d'eux posait un cliché sur la table. Les lumières électriques bourdonnaient discrètement. En dehors des deux détectives, il n'y avait qu'une seule personne dans la salle.

— Excusez-moi, seriez-vous M. Irving ?

La voix appartenait à l'une des superbes assistantes employées au journal. Elle s'approcha d'eux en souriant.

— Bonjour, je m'appelle Pattie, minauda-t-elle. Désolée de vous déranger, monsieur, mais on cherche à vous joindre au téléphone. Apparemment, c'est très urgent. Si vous voulez bien me suivre…

— Un appel pour moi ? Ici ?

Len fronça les sourcils, perplexe, et Posie le regarda emboîter le pas à la fille pour sortir de la pièce. Deux minutes plus tard, il était de retour. Attrapant sa veste de tweed et son imperméable sur le dossier de sa chaise, il les enfila à la hâte.

— Désolé, Po, c'était l'un des avocats avec qui je travaille, dit-il d'un ton irrité. Je l'entendais mal mais, manifestement, il faut que j'aille photographier un juge en compagnie d'une prostituée. Il y a un an que j'attends cette preuve et, si j'en crois mon client, c'est le moment ou jamais de prendre ce pauvre bougre en flagrant délit.

Avec un soupir, il passa la bandoulière de son appareil autour de son cou.

— Au moins, ce sera très bien payé, reprit-il. Je devrais être de retour tout à l'heure à Scotland Yard mais, dans le cas contraire, on se voit demain matin à l'agence.

Posie hocha la tête tandis qu'il s'éloignait d'un pas vif pour pousser la grande porte vitrée. Elle empila devant elle les quelques clichés et coupures qu'ils venaient de sélectionner puis regarda d'un air absent par la fenêtre. Soudain, une terrible pensée surgit dans son esprit : *comment cet avocat pouvait-il savoir que Len se trouvait ici à ce moment précis ?*

Ils n'avaient prévenu personne qu'ils se rendaient au siège de l'*Associated Press*. Les avait-on suivis ?

Le cœur au bord des lèvres, elle se leva d'un bond et se rua hors de la salle des archives, traversa le hall d'entrée au pas de course et sortit dans la rue. Fleet Street était encombrée de taxis et d'attelages, des passants munis d'un parapluie ou coiffés d'un chapeau melon se pressaient sur les trottoirs mouillés en direction du métro. Posie essaya désespérément de repérer le homburg de Len dans la foule avant de prendre conscience qu'elle n'avait aucune idée de la direction qu'il avait empruntée – d'autant plus qu'il avait peut-être sauté dans un taxi.

Elle devait se rendre à l'évidence : il avait disparu.

Elle rentra dans le bâtiment, abattue et les nerfs à vif. Au bord des larmes, elle s'assit à sa table dans la salle des archives et respira profondément pour tenter de reprendre son calme.

Elle commençait à se ressaisir quand Pattie fit de nouveau irruption devant elle. Elle portait une enveloppe noire rigide qu'elle se mit à agiter sous le nez de Posie.

— Eh bien, il n'y en a que pour vous deux, aujourd'hui ! lança-t-elle en riant gaiement. Ceci vient juste d'arriver. Sordide, non ? On dirait un faire-part de décès. Mais vous savez, le noir est très en vogue actuellement… C'est peut-être une invitation à une soirée ?

Tandis que l'assistante s'éloignait, Posie fixa longuement le carré posé devant elle. Son cœur s'était remis à battre furieusement : sur l'épais papier noir était incrusté un croissant de lune argenté qu'elle aurait reconnu entre mille.

Elle se força à ouvrir l'enveloppe puis lut le message dactylographié qu'elle contenait :

Chère Posie,

*Vous semblez déterminée à me mettre la main dessus. Cet article aujourd'hui dans l'*Associated Press *était un joli coup, guère subtil cependant. Peut-être pensez-vous que je suis en possession de quelque chose qui vous tient à cœur ? C'est possible.*

Mais vous aurez beau faire, vous ne me trouverez nulle part. Pas même ici, parmi tous ces journaux. C'est plutôt moi qui vous trouverai.

Soyez gentille et cessez de jouer les casse-pieds. Si vous aviez accepté mon invitation à prendre un verre, rien de tout ceci n'aurait été nécessaire.

CDR

Ainsi, cet homme avait des espions partout. Ici même, en ce moment même. Était-il en train de l'observer à cet instant précis ?

Et qu'en était-il de Len ? L'avait-on kidnappé, lui aussi ? Elle éprouva un léger soulagement à l'idée qu'il ne se séparait jamais de son revolver de service. Et puis, son collègue ne lui avait jamais fait défaut jusqu'à présent.

Vivement, elle balaya du regard la salle des archives puis rassembla photos et articles pour les fourrer dans son sac, pressée de quitter les lieux.

Comment osez-vous me manipuler ainsi, où que vous soyez, avait-elle envie de hurler. *Comment osez-vous me voler mon chat, me voler mes amis ?* N'était-ce pas en effet l'aveu précis que contenait cet affreux message ?

Et soudain, une voix étonnamment claire résonna dans sa tête, dissipant sa peur : *Je vous trouverai.*

Je trouverai des traces de vous quelque part, et vous paierez pour ce que vous avez fait.

* * * *

À Grape Street, Babe était en train de ranger son bureau et d'éteindre les lumières, les clés du bureau à la main, prête à rentrer chez elle. Elle sursauta en voyant sa patronne pousser la porte. Posie avait oublié toutes les pensées fielleuses que lui inspirait la secrétaire et, à vrai dire, même Mister Minks était désormais le cadet de ses soucis.

— Mince, j'allais juste m'en aller, Miss. Je peux faire quelque chose pour vous ?

— Dites-moi juste si quelqu'un a cherché à nous contacter aujourd'hui, M. Irving ou moi.

— J'ai pas vu un chat de la journée, répondit Babe en secouant mollement la tête. C'était sacrément calme, sans vous.

— Aucun message d'un avocat demandant à Len de prendre des photos pour lui ?

Même signe de dénégation.

— Très bien, vous pouvez y aller.

Posie disposait d'une demi-heure avant de devoir retourner à Scotland Yard. Pour se calmer les nerfs, elle étala devant elle les coupures de l'*Associated Press* afin de les étudier.

La plupart d'entre elles n'avaient aucun intérêt : il s'agissait des mêmes articles que l'inspecteur Oats avait rassemblés dans son dossier. Elle écarta ceux qu'elle avait déjà lus ainsi que les photos déjà vues puis rangea le tout dans une grande enveloppe marron pour les renvoyer au journal. Il ne restait plus qu'un document.

Il s'agissait d'une brève chronique d'un seul paragraphe, parue en 1915. Il y était question d'une équipe de faux-monnayeurs qui, au cours de l'été, avait inondé Londres de faux billets en livres sterling avant de disparaître sans laisser de traces. Lucky Lucy était citée comme ayant utilisé l'un de ces faux billets chez un chapelier de luxe à Regent Street. Arrêtée et interrogée, elle avait déclaré tout ignorer de ces contrefaçons et avait disparu de la circulation avant qu'aucune accusation sérieuse ait pu être portée contre elle.

Toutefois, l'intérêt de ce petit article ne résidait pas dans l'histoire en elle-même, mais plutôt dans le simple commentaire d'un homme qui affirmait au sujet de Lucy : « Je ne peux pas croire ça d'elle, et je ne le croirai jamais. Nous sommes voisins depuis plusieurs années, il n'y a pas plus gentille et honnête que cette femme ».

Au dos du document, le journaliste avait griffonné quelques mots au crayon. Posie se pencha pour les déchiffrer :

Source : Harold Sharp – 9, Winstanley Mews, SW3.

Ces informations étaient-elles importantes ?

Le récit semblait trop rocambolesque pour être vrai. Sans doute avait-il été inventé pour animer une période creuse cet été-là, alors que les horreurs de la Grande Guerre constituaient les seules nouvelles dignes de ce nom.

Pourtant, la jeune femme rangea la coupure dans son sac, songeant qu'elle ne perdrait rien à se pencher plus tard sur la question.

Le cœur lourd, elle quitta le refuge de l'agence, se demandant quelles nouvelles surprises lui réserverait la soirée.

Chapitre 16

Les deux inspecteurs semblaient enchantés, chacun à leur manière. Oats se frottait les mains de satisfaction, impatient d'annoncer ses nouvelles. Avec courtoisie, Lovelace lui fit signe de commencer.

— Je peux vous dire qu'il s'en est passé, des choses ! commença Oats avec un sourire radieux.

Il leur expliqua que leur enquête auprès des diamantaires de Hatton Garden s'était révélée infructueuse, la plupart d'entre eux étant respectables et au-dessus de tout soupçon. Jusqu'à ce que le sergent Rainbird mentionne que l'un des joailliers, un certain Ronald Eames, s'était comporté de façon « sacrément louche » quand il l'avait interrogé sur son éventuelle implication dans un trafic de diamants. En l'absence de preuves pour l'inculper, Rainbird était reparti. Pour revenir un quart d'heure plus tard, accompagné d'Oats et de toute une escorte de bobbies, par l'arrière de la boutique.

— Et là, qu'est-ce qu'on découvre ? demanda Oats en abattant son poing sur la table, les yeux écarquillés. Eames était en train de se débiner par une trappe cachée derrière une petite armoire, chargé de diamants bruts et d'autres bijoux suspects, probablement tous volés. Aucun certificat pour ces cailloux, bien entendu ! Et où menait cette fichue trappe, je vous le donne en mille ?

Il leur adressa un regard triomphal.

— Quelque part dans le club La Luna, répondit Posie avec assurance.

Oats se renfrogna, irrité qu'elle lui sabote son moment de gloire.

— C'est ça, oui, grommela-t-il. Il s'avère que les lieux sont truffés de petits tunnels, il y en a encore plus qu'on ne l'avait imaginé. Le secret est bien gardé, mais cet endroit est une vraie fourmilière. Nous avons donc mis Eames en cellule mais, jusqu'à présent, il refuse de nous donner le moindre nom ou la plus petite adresse. Je lui ai même promis que sa peine serait allégée s'il acceptait de témoigner contre les membres de la bande de Lucky Lucy, ou n'importe qui susceptible d'être impliqué dans cette magouille. Nous sommes loin d'en avoir saisi toute l'ampleur.

Il s'interrompit un instant pour reprendre son souffle, puis poursuivit :

— Ensuite, je suis allé à l'Athenaeum. C'était fermé, mais j'ai trouvé quelques membres de l'orchestre dans les loges, en train de baragouiner entre eux en français. Et, en effet, la plupart d'entre eux sont belges. Je leur ai demandé s'ils se trouvaient hier à La Luna et s'ils pouvaient me donner des informations sur le propriétaire du théâtre. Inutile de dire qu'ils se sont aussitôt fermés comme des huîtres. Alors je les ai tous coffrés.

— Comment ça, tous ? s'étonna l'inspecteur Lovelace. Pour quel motif ? Le fait qu'ils soient belges ?

— Pour rétention de preuves, rétorqua fièrement Oats. Nous avons confisqué leur passeport à ceux qui en avaient un. Tous belges. Les types de l'immigration sont en train de les examiner, ils vérifient les dates d'entrée et de sortie du pays pour les comparer avec celles des vols de bijoux qui ont eu lieu ici et en Belgique. On devrait pouvoir faire équipe avec la police belge sur ce point.

— Vous n'avez pas chômé, observa Posie. Et en dehors de ces musiciens, avez-vous découvert autre chose d'intéressant au théâtre ?

Elle pensait à Dolly et à Mister Minks, voire à Len : il lui semblait que l'Athenaeum, avec ses innombrables recoins, serait le lieu idéal pour cacher les victimes d'un kidnapping.

— Des clous ! Pas le moindre diamant. Nous avons passé les lieux au peigne fin. Mais je peux quand même vous dire que votre Blake, le directeur du théâtre, m'a l'air d'avoir un sacré penchant pour la gnôle. Je n'ai jamais vu autant de bouteilles vides entassées dans une pièce !

— Autre chose ? s'enquit alors Lovelace, le pressant d'avancer.

— Et comment !

Oats avait gardé le meilleur pour la fin. Chargé d'opérer une descente à Soho, dans la maison où logeait Lionel Le Merle, il s'y était rendu avec quelques bobbies et y avait surpris ceux de ses occupants qui ne se trouvaient pas au théâtre. La grande bâtisse délabrée, située dans une ruelle sombre, était louée depuis presque un an pour loger le personnel de l'Athenaeum. Une vingtaine de petites chambres exiguës, identiques à celle de Lionel Le Merle, avaient été fouillées de fond en comble, mais on n'y avait trouvé que quelques effets personnels et un passeport belge. Rien de véritablement suspect.

Alors qu'il allait repartir bredouille, l'inspecteur Oats avait remarqué qu'un des habitants s'attardait dans le couloir et regardait nerveusement autour de lui, comme s'il craignait qu'un secret soit révélé au grand jour.

— Je me suis dit qu'il y avait anguille sous roche, s'esclaffa Oats, et j'ai ordonné à mes hommes de retourner de nouveau le rez-de-chaussée, quitte à arracher les moquettes et à décrocher tous les tableaux des murs. Et là, on a touché le gros lot !

Sous un long miroir, l'un des policiers avait découvert une porte dérobée découpée dans un mur. Derrière, des marches menaient à une cave qui, une fois inspectée, leur avait révélé quelques belles surprises.

— Nous n'avons trouvé ni diamants, ni armes, ni drogue. Quoi d'autre, à votre avis ?

Posie avait bien une idée, mais elle ne voulait pas commettre de nouveau l'erreur de priver l'inspecteur de sa victoire. Aussi feignit-elle l'ignorance.

— De longues tables chargées d'encres et de papier bien spécifiques, ainsi qu'une grande presse à imprimer dans un coin de la pièce. Ils avaient pris soin de ne rien laisser de trop compromettant, mais le premier idiot venu aurait deviné qu'on venait de tomber sur un repaire de trafiquants de fausse monnaie ! Certes, je ne dispose d'aucune preuve concrète, ces gens n'ont pas pris le risque d'abandonner sur place les billets qu'ils impriment. Mais j'ai saisi tout le matériel et mis sous clé les occupants de la maison. Ils vont mariner un peu, et nous verrons s'ils finissent par parler.

L'inspecteur Oats n'avait jamais eu l'air aussi content de lui. Posie hésita une seconde avant d'ouvrir son sac et de poser le petit article de l'*Associated Press* sur la table.

— Fichtre ! s'exclama Oats, soufflé. Ce trafic dure depuis 1915 ?

— Je n'en suis pas sûre, mais Lucky Lucy aurait certainement pu vous le dire. Elle était clairement dans le coup. Vous vous souvenez de ce qu'a déclaré le médecin légiste lors de la commission ? Ses doigts présentaient des callosités typiques des écrivains ou des imprimeurs. Il était surpris d'en constater autant chez une comédienne. Je parierais que Lucky Lucy imprimait de faux billets ! La pauvre fille trempait dans ce trafic jusqu'au cou !

— Bigre ! intervint Lovelace. Des diamants *et* de la fausse monnaie ! Cette affaire va bien plus loin que nous ne l'imaginions. Je pense que ça va plaire au commissaire...

Il attrapa une de ses listes – c'était un grand amateur de listes.

— Et vous, qu'avez-vous appris de nouveau ? lui demanda Posie.

Lovelace haussa les épaules d'un air sombre.

— Commençons par les mauvaises nouvelles : nous allons devoir attendre demain avant de recevoir du cadastre les documents concernant l'Athenaeum. Et les hommes que j'ai envoyés au club St James sont revenus bredouilles : la direction jure ses grands dieux n'avoir jamais entendu parler d'un comte della Rosa.

Il marqua une pause avant de reprendre d'un ton plus enjoué :

— En revanche, nous avons obtenu des informations beaucoup plus prometteuses de la part des experts scientifiques : ils nous ont assuré avoir prélevé dans les étuis des musiciens des traces de carbone pouvant provenir de diamants. La police belge m'a également confirmé que Lionel le Merle était un citoyen belge, mais sans casier judiciaire. Même chose pour Georgie La Pomme : aucune condamnation, en revanche un passé sacrément tumultueux !

— Comment cela ?

— Elle a été employée à l'hôtel des Monnaies belges où elle est entrée très jeune en tant qu'apprentie. Mais sa véritable passion, c'était la scène : elle a travaillé comme comédienne dans divers théâtres de Bruxelles pendant des années.

— Tout se tient ! s'exclama Posie. Pour elle, contrefaire des billets devait être un jeu d'enfant !

— Et ce n'est pas tout ! poursuivit Lovelace en tapotant un télégramme de la police. J'ai trouvé ce qu'elle trafiquait quand elle a quitté l'Angleterre pendant la Grande Guerre. En fait, elle travaillait pour le gouvernement belge, d'une certaine façon.

— Ne me dites pas que c'était une espionne ? rugit Oats.

— Non, c'est bien plus farfelu ! Elle était payée par les autorités pour distraire les soldats belges dans les tranchées ! Elle faisait partie d'une petite troupe composée en tout et pour tout d'un magicien et de ses deux assistants, dont elle. D'après mes informations, leur spectacle était fort populaire. Incroyable, n'est-ce pas ?

Posie et Oats acquiescèrent, médusés.

— Là encore, il se tramait quelque chose de louche. Rien n'a jamais été formellement prouvé mais, apparemment, ce petit groupe d'artistes a été suspecté de trafic d'armes : ils auraient volé les équipements de leur propre armée pour les revendre aux Allemands. Bien qu'ils n'aient jamais été confondus, le commissaire belge chargé de cette enquête était convaincu de leur culpabilité, ce qui en faisait des traîtres à la nation.

Lovelace prit un instant pour rassembler ses télégrammes avant de reprendre :

— En fait, ce commissaire m'affirme qu'il est même en possession d'une photo de presse de Georgie La Pomme, à l'époque où elle jouait les assistantes magiciennes. Je suis certain que cette fille et Lucky Lucy ne font qu'une. Le cliché a été expédié aujourd'hui, il nous parviendra demain matin par le premier courrier.

Il expliqua ensuite qu'au grand regret de la police belge, l'examen des balles n'avait pas permis de retrouver le propriétaire de l'arme belge et que, comme l'avait deviné Posie, personne n'avait jamais entendu parler de Caspian della Rosa.

— Quoi qu'il en soit, voyons le bon côté des choses, soupira Lovelace. Maintenant, au moins, nous pouvons donner au coroner le véritable nom des deux corps qui reposent à la morgue. Mais j'avoue que, concernant della Rosa, cette absence d'indices est frustrante. Nous devons trouver une piste… Pour le moment, nous sommes dans l'impasse.

— Et ce scélérat en est conscient, commenta Posie avec une grimace de dépit.

Elle sortit alors de son sac l'affreuse enveloppe noire reçue dans la soirée et la leur tendit. Pendant qu'ils prenaient connaissance de la lettre, elle leur exposa ses craintes au sujet de Len.

— Tout ceci ne me plaît pas, déclara Lovelace. Ce lascar semble surveiller tes moindres faits et gestes, à croire qu'il te fait suivre en permanence. Et je ne comprends pas pourquoi il t'a depuis le début dans sa ligne de mire. À partir de ce soir, Posie, je vais te faire escorter. Et ne discute pas. D'ailleurs, je préférerais que tu ne sortes pas du tout demain. Un de mes agents montera la garde toute la journée devant ta maison. Cela me paraît plus sûr.

— Vous croyez vraiment que je vais rester chez moi les bras croisés pendant que cet assassin se promène tranquillement dans Londres ? explosa Posie, furieuse. Cet homme a déjà tué une fois, il a enlevé Dolly, probablement mon chat, et peut-être même Len ! Sans mon aide, vous seriez encore en train de vous perdre en conjectures et maintenant, vous voulez m'enfermer ?

Lovelace s'efforça de la calmer : d'une voix apaisante, il l'assura qu'ils lui étaient tous profondément reconnaissants.

— Bien entendu, ajouta-t-il d'un air soucieux, je ne peux pas t'obliger à rester chez toi. Mais nous avons affaire ici à un personnage aussi dangereux qu'intelligent. Je ne veux pas qu'il s'en prenne à toi mais, évidemment, tu restes maîtresse de tes décisions. Quant à Len, ne t'inquiète pas : c'est un grand garçon, il sait se défendre… Bien, je propose qu'on en reste là pour ce soir, nous reprendrons demain matin. Et, Posie, ne crois pas que j'aie oublié Dolly Price, ni même ton chat. Nous avons affiché des avis de recherche dans toute la ville. Notre priorité est de les retrouver, je te le promets.

Au même moment, un effroyable vacarme retentit, et le sol sembla trembler légèrement sous leurs pieds. L'instant d'après, des hurlements s'élevèrent.

— Qu'est-ce qui se passe, bon sang ? s'écria Oats, stupéfait, en consultant la pendule.

Il était huit heures, le bâtiment presque désert aurait dû être en train de fermer en attendant l'équipe de nuit.

La porte s'entrouvrit sur le visage rubicond du bobby auquel Posie avait eu affaire dans l'après-midi.

— Désolé, on a un problème dans les cellules en bas. Et pas seulement parce qu'elles sont surpeuplées, annonça-t-il en lançant un regard fielleux à l'inspecteur Oats.

Puis, se tournant vers Lovelace, il ajouta :

— Ce Blake, le directeur du théâtre… Je ne sais pas comment c'est arrivé, patron, mais il est ivre mort. Il vous demande, il dit qu'il veut parler. Vous feriez mieux de rappliquer tout de suite.

Chapitre 17

— Que voulez-vous, Blake ? Et faites vite.

Posie observait la scène depuis une pièce contiguë, à travers un miroir sans tain. Oats était rentré chez lui.

Deux bobbies montaient la garde à la porte de la salle d'interrogatoire. Blake, assis sur l'une des dures chaises en bois, avait toutes les peines du monde à se tenir droit. Sa veste de velours vert était sale et froissée, de vilaines taches maculaient sa chemise blanche.

— Qu'est-ce que j'ai à y gagner ? demanda-t-il d'une voix pâteuse en s'agrippant à la table pour ne pas perdre l'équilibre.

Son visage perlé de sueur était encore plus pâle que la dernière fois que Posie l'avait vu, et elle songea que le directeur du théâtre devait être vraiment très ivre, même pour un alcoolique patenté. Elle sourit : le whisky frelaté acheté par Len avait manifestement rempli son office.

L'inspecteur Lovelace soupira. Il n'était pas homme à négocier et aimait opérer dans les règles de l'art.

— Rien du tout, je le crains, déclara-t-il. En dehors du fait qu'en aidant la police dans son enquête, vous vous conduirez en honnête citoyen.

Blake le dévisagea en plissant les yeux, comme s'il avait du mal à accommoder sa vision.

— J'comprends toujours pas pourquoi j'suis ici, protesta-t-il. Qu'est-ce que j'ai fait, exactement ? Vous m'avez arrêté pour quel motif ? J'suis enfermé depuis près de vingt-quatre heures !

Blake posait une excellente question qui, Posie le sentit, embarrassait l'inspecteur. La loi l'obligeait en effet à relâcher son prisonnier dans les douze heures tout au plus, à moins qu'il puisse l'accuser d'un délit bien précis. Comme il n'avait rien de concret à lui reprocher, il allait probablement devoir le libérer. Cependant, Lovelace ne se démonta pas.

— Rétention de preuves, expliqua-t-il en croisant les bras avec autorité. Officiellement, du moins. Mais ça se présente plutôt mal pour vous, Blake, croyez-moi. Nous vous avons cueilli la nuit dernière au club La Luna où l'une des employées de votre théâtre a été découverte sans vie. Il se trouve par ailleurs qu'un autre membre de votre personnel a été assassiné il y a deux jours. Comment puis-je savoir que vous n'êtes pas responsable de ces deux meurtres ? Je suis en train d'enquêter sur cette affaire où vous risquez la pendaison, Blake. Sans compter qu'une autre fille a également disparu : votre costumière, Dolly Price. Ce nom vous dit quelque chose ? S'il s'avère qu'elle a été assassinée, elle aussi, vous êtes cuit.

— Des meurtres ? glapit Blake, de plus en plus livide. La pendaison ? Mais j'ai rien à voir avec la mort de Georgie, j'le jure ! J'l'ai su que dans le fourgon qui m'transportait ici. Et puis Le Merle… quand il a disparu, j'étais bien embêté. C'est l'soir où j'ai failli annuler l'spectacle et fermer l'théâtre. C'était affreux, j'l'adore cet endroit…

— Eh bien, maintenant, il est bel et bien fermé, et il n'y a plus personne à l'intérieur. La plupart de vos employés sont ici, derrière les verrous. Autant vous dire qu'il n'y aura plus de spectacles à l'Athenaeum avant un bon moment.

À ces mots, Blake étouffa un cri, une expression sincèrement affligée sur le visage. Lovelace se leva pour attraper son chapeau et son parapluie.

— Bien, annonça-t-il. Si vous en avez fini, je vais y aller.

— Non, non, attendez ! J'vais vous aider, j'suis pas un assassin. Et pas un très bon directeur de théâtre non plus. Vous voulez savoir quoi, 'zactement ?

L'inspecteur se rassit lourdement. Hochant la tête, il feignit de consulter une liste dans son carnet.

— Voilà qui est plus raisonnable. Nous sommes déjà au courant du trafic international de diamants et de la production de faux billets…

Tout en parlant, Lovelace cochait d'un air blasé les éléments de sa liste imaginaire. Devant lui, Blake restait littéralement bouche bée.

— Par conséquent, vous ne pouvez sans doute pas m'apprendre grand-chose de plus, ajouta l'inspecteur. N'est-ce pas ?

Blake tendit les bras devant lui comme pour arrêter la circulation. Puis il se mit à débiter d'un trait :

— J'vous jure que j'ai rien à voir avec ces histoires. J'suis juste un honnête Londonien, j'me suis jamais mêlé de c'genre d'arnaques, et mon cousin Reggie non plus. J'ai toujours rêvé de diriger un théâtre et l'année dernière, l'occasion s'est enfin présentée…

— Comment avez-vous rencontré votre employeur ? Le comte Caspian della Rosa, c'est bien ça ?

À l'énoncé de ce nom, l'atmosphère sembla s'alourdir d'un coup. Posie vit Blake se lécher nerveusement les lèvres avant d'acquiescer.

— J'l'ai croisé dans un casino, j'sais plus lequel. Quelque part à Holborn, j'crois bien. C'était pas mon soir de chance, j'avais tout perdu c'que j'avais. J'devais un sacré paquet de pognon. J'avais aussi pas mal picolé, j'avoue. J'étais dans un sale état et le comte, il a surgi d'nulle part. Il a payé toutes mes dettes de jeu et y m'a offert un verre. Il a dit qu'il avait une proposition à m'faire.

— Poursuivez.

— Y semblait tout savoir d'moi et d'mon cousin Reggie – lui aussi, il avait des dettes. Ça faisait peur que ce type y soit au courant de tout, comme s'y m'surveillait depuis un bon moment. Plus tard, j'ai compris qu'c'était sa spécialité : suivre les gens, découvrir leurs faiblesses, leurs secrets…

Posie sentit un frisson glacé la parcourir.

— Y m'a dit qu'y savait que j'adorais le théâtre. Y venait d'acheter l'Athenaeum à Piccadilly, l'avait besoin d'un bon directeur et d'son assistant pour le gérer. Y m'a affirmé qu'ça serait un jeu d'enfant. Presque tout le personnel venait de l'étranger – les meilleurs artistes, *la crème de la crème**, qu'il a dit.

— Cette offre a dû vous paraître tentante, remarqua l'inspecteur d'un ton qui laissait entendre qu'il jugeait ce M. Blake bien naïf.

— J'vous l'fais pas dire. Y me verserait un gros salaire, fallait juste régler quelques p'tits détails, trouver une costumière et deux machinistes, rien d'bien compliqué pour moi. Alors j'ai accepté.

— Et c'était tout ce qu'on attendait de vous ? demanda Lovelace d'un ton engageant.

— Au début, confirma Blake. Mais au bout d'un moment, j'me suis aperçu que tout ça, c'était fichtrement louche. Le théâtre c'était juste une couverture pour faire travailler sa bande en toute légalité à Londres. Franchement, qui c'est qui s'poserait des questions sur les allées et venues de danseurs et de musiciens étrangers ? En plus z'avaient tous la trouille du comte. Chaque fois qu'y passait, les autres l'regardaient du coin de l'œil, terrifiés. C'est là qu'j'ai compris : y devait avoir des dossiers sur tout son monde, ces gens lui étaient redevables d'une manière ou d'une autre… J'dis pas qu'il les faisait chanter, mais il est arrivé à ses fins…

— Au night-club La Luna, vous voulez dire ?

— Les soirées avaient lieu à sa d'mande, en général une fois par mois, une nuit sans lune. C'était sa p'tite blague : La Luna existait pas vraiment, pour la loi ou pour l'public, alors ce club, y pouvait ouvrir que quand la lune existait pas non plus. Il avait des espions partout dans Londres, qui donnaient les dates d'ouverture à des gens triés sur le volet : des aristos, des vedettes, des jeunes à la mode… C'était pas croyable. En vrai, ça servait juste de couverture à son trafic, pour inviter ses copains diamantaires à v'nir piocher dans l'arrivage du mois.

— Une entreprise risquée, à mon avis, observa l'inspecteur.

— Oui, approuva Blake. Mais le comte, y m'a dit qu'ça faisait partie d'mon boulot à l'Athenaeum. J'donnais juste un coup de main pour la logistique, ce genre de choses. J'étais une sorte de factotum, quoi. Mais j'étais pas en position de discuter.

— Et pour ce qui est de Lionel Le Merle et de Lucky Lucy, pardon, Georgie La Pomme ? demanda Lovelace en changeant son fusil d'épaule. Que savez-vous à leur sujet ? Se connaissaient-ils bien ?

— Alors y s'entendaient comme larrons en foire. Y voyageaient ensemble. À la fermeture du théâtre, le dimanche, y partaient en virée à Anvers. Sûr qu'y z'étaient originaires de par là-bas. Je savais quand ils y allaient parce que, chaque fois, ils rapportaient ces p'tits gâteaux belges qu'ils partageaient le lundi – jamais le comte était aussi content que ces soirs-là.

Georgie et Lionel, c'étaient ses meilleurs coursiers, voyez ? Au début, j'ai cru qu'ils trimballaient d'la drogue. J'ai pas compris tout d'suite que c'étaient des diamants.

— Entretenaient-ils une relation amoureuse ? s'enquit l'inspecteur.

— Jamais d'la vie ! s'esclaffa Blake. Lionel Le Merle, il était assez vieux pour être l'père de Georgie, peut-être même son grand-père ! M'est avis que c'est grâce à ça qu'ils s'en tiraient si bien : y s'faisaient passer pour père et fille devant les douaniers et ça marchait à tous les coups. Bref, le comte, il aurait jamais laissé personne mettre l'grappin sur Georgie : elle était à lui.

— Comment cela ?

Lovelace, nota Posie, venait de se tendre d'un coup.

— Georgie et le comte, y z'étaient amants. Fous l'un de l'autre, inséparables. Pas mariés, pour autant qu'je sache, mais tout comme. Et l'Comte, il était jaloux comme un pou, les hommes avaient pas intérêt à reluquer Georgie d'trop près.

— Dans ce cas, quand elle est partie s'installer au Ritz avec Lord Cardigeon, il a dû très mal le prendre, non ? remarqua Lovelace. Peut-être est-ce pour cela qu'il l'a assassinée ? Par jalousie, purement et simplement ?

Blake haussa les épaules.

— J'peux pas dire ce qu'y avait dans sa tête, inspecteur. Mais j'sais que c'est lui qu'a eu l'idée de voler le diamant noir de Cardigeon, et qu'il avait tout planifié. Si j'ai bien compris, le comte, il était au courant que ce caillou y s'trouvait quelque part dans un coffre-fort et qu'il en sortait jamais. Bref, un soir, il est allé boire un verre dans un pub avec des jeunes bourgeois et, comme par hasard, c'étaient des amis de Lord Cardigeon.

— Continuez.

— C'est bien simple : il leur a offert un paquet d'billets pour qu'y donnent à Cardigeon deux tickets pour le spectacle du lendemain soir à l'Athenaeum. Et Georgie La Pomme, elle a servi d'appât. Le comte, il était sûr et certain que l'jeune Lord allait en tomber raide dingue, comme tous les hommes qui posaient les yeux sur elle.

— Vous êtes en train de me dire qu'elle lui a délibérément tendu ce piège ?

— Exact. Y m'ont d'mandé d'recruter une autre danseuse pour remplacer Georgie pasqu'elle allait s'absenter pendant deux s'maines. Y devaient s'dire que ça suffirait largement à mettre le grappin sur ce diamant.

Derrière la vitre, Posie soupira et s'assit. Depuis le début, la situation de Rufus la désolait, mais l'idée qu'il ait été manipulé d'un bout à l'autre l'atterrait. Elle repensa aux coupures de journaux qu'Oats lui avait montrées un peu plus tôt dans la journée, à toutes les escroqueries dans lesquelles cette fille avait trempé pendant des années. De nouveau, une question s'imposa à elle : qu'est-ce qui, cette fois, avait mal tourné pour cette jeune femme si intelligente ?

— Mais qu'a-t-il pu arriver pour qu'elle finisse assassinée ? demanda l'inspecteur Lovelace, comme s'il avait lu dans les pensées de la détective.

Blake haussa les épaules.

— J'sais pas trop. Sans doute q'son heure avait sonné. Tout c'qu'elle avait à faire, c'était planter l'jeune Lord et ramener l'caillou au comte.

— Les choses ne se sont pas passées comme prévu ?

— J'sais pas, on m'a rien dit. Probable qu'Le Merle, son vieux complice, a été envoyé pour lui rappeler leurs p'tits arrangements : le boulot en équipe, et aussi que l'Comte l'attendait.

Mais quelque chose avait changé pour Georgie. Peut-être que, pour une fois, elle avait décidé de la jouer solo et que Le Merle la gênait ? Alors elle l'a abattu ? Enfin, c'est juste une idée.

Lovelace prenait des notes tout en grimaçant. Posie se sentait vaguement soulagée : enfin, les pièces du puzzle s'assemblaient, Rufus serait bientôt disculpé de toute implication dans ce crime. Malheureusement, les opinions de M. Blake, aussi utiles et fondées qu'elles soient, ne constituaient pas des preuves recevables par la justice.

Dans la salle d'interrogatoire, Lovelace avait repris la parole, mais les pensées de Posie s'étaient mises à vagabonder, l'entraînant dans de folles supputations. Se pouvait-il qu'une professionnelle aguerrie telle que Lucky Lucy ait été victime de la malédiction du diamant du Maharadjah ? Avait-elle, à son tour, été tentée de le garder rien que pour elle ?

— Selon vous, qui a tué la fille ? demanda alors l'inspecteur à Blake. Si elle a doublé le comte et qu'elle a été découverte morte dans son club, cela fait de Caspian della Rosa le principal suspect, non ?

— Sûrement pas, opposa l'autre en secouant énergiquement la tête. Il aurait jamais buté cette fille, pour rien au monde. Il l'aimait trop. Cherchez ailleurs, c'est pas votre homme.

— Une dernière chose, Blake : votre employeur est aussi fuyant qu'une anguille. Pouvez-vous nous aider à le localiser ?

— Désolé, inspecteur, répondit le directeur en battant furieusement des paupières pour rester éveillé. Le comte, c'est un homme de mystère, et y tient à l'rester. Je l'voyais juste au théâtre et à *la Luna*.

Lovelace se leva pour partir.

— Dites donc, lança alors Blake d'une voix pleine d'espoir. Z'auriez pas une autre thermos comme celle-ci ? J'sais pas ce qu'y avait dedans, mais c'était drôlement bon.

Jeudi 17 février 1921

Chapitre 18

Même avec le recul, Posie serait incapable de mettre le doigt sur ce qui l'avait tirée du sommeil à cette heure indue. Tout ce qu'elle savait, c'est qu'elle avait clairement conscience d'un danger tout proche.

La lumière gris perle de l'aurore pénétrait dans sa chambre. Il régnait un silence extraordinaire. Posie se tourna vers son réveille-matin dont les aiguilles luminescentes indiquaient tout juste six heures. En se levant, elle sentit une terrible inquiétude l'envahir et la propulser vers la fenêtre. Là, elle tira le mince rideau en vichy pour contempler la rue.

Nightingale Mews était déserte, des nappes de brume blanche et glacée flottaient çà et là, fantomatiques. Juste en face de la fenêtre, le réverbère encore allumé clignotait légèrement. Et soudain, à travers les lambeaux de brouillard, sur le trottoir à quelques mètres de là, Posie vit ses craintes se confirmer : comme elle le redoutait depuis le début de cette affaire, quelqu'un la surveillait.

Immobile sous le lampadaire, un homme l'observait.

Posie sentit sa gorge se nouer. Il ne s'agissait pas du policier qui l'avait escortée la veille, elle en était certaine : il l'avait raccompagnée chez elle puis était reparti, car il n'entrait pas dans ses attributions de rester toute la nuit.

L'espace d'un instant, elle distingua plus clairement la silhouette : l'inconnu, tout de noir vêtu, portait un pardessus, un chapeau melon et des chaussures vernies, ainsi que…

Bonté divine, qu'est-ce que c'est ?

La jeune femme se pencha autant qu'elle le put. Quelque chose s'agitait au bout d'une laisse, une laisse rouge vif que tenait l'homme dans sa main gantée de noir. Elle crut distinguer l'un de ces petits chiens aux allures de rat, le genre de cabot à la mode que les femmes transportent dans leur sac à main quand elles se sentent délaissées par leur mari. L'animal tirait de toutes ses forces en se tortillant sur place. Comme s'il n'avait pas l'habitude d'être tenu en laisse…

Soudain, le cœur de Posie bondit dans sa poitrine. Le doute n'était pas permis : il s'agissait de Mister Minks ! En laisse ! Prisonnier de son infâme ravisseur !

Sans réfléchir, elle attrapa son manteau et l'enfila vivement par-dessus son épais pyjama de flanelle tout en chaussant ses pantoufles. Puis elle se rua hors de la chambre, descendit l'escalier quatre à quatre et ouvrit la porte d'entrée à la volée. Arrivée sur le trottoir, dans le brouillard glacial de l'aube, le froid la gifla violemment et elle vacilla. Claquant des dents, elle regarda en tous sens. Mais l'homme en noir et Mister Minks avaient disparu.

Vers la droite, Nightingale Mews s'achevait en cul-de-sac, aussi Posie tourna-t-elle instinctivement à gauche, courant de toutes ses forces sur le pavé glacé, toujours en pantoufles. Passant sous l'arche qui délimitait l'entrée du quartier, elle s'engagea dans Cromwell Road, une artère bordée d'imposants musées, de boutiques et de cafés serrés les uns contre les autres.

— Rendez-le-moi, espèce de lâche ! se mit-elle à hurler d'une voix rauque.

Heureusement, il était trop tôt pour que les commerces soient ouverts, et personne ne la vit se précipiter comme une folle, criant sur quelqu'un qui se trouvait – ou ne se trouvait pas – devant elle dans la brume.

Hors d'haleine, ses pieds nus gelés dans ses pantoufles trempées, Posie finit par s'arrêter en face du Victoria & Albert Museum et de ses splendides tourelles. Pliée en deux près d'un réverbère, elle s'efforça de reprendre son souffle, haletante et sanglotante, désespérée par l'inutilité de son geste.

Elle rentra chez elle le cœur lourd pour entamer sa journée, consciente que la disparition de Mister Minks ne constituait que la partie émergée d'un colossal iceberg.

* * * *

C'était terriblement extravagant, Posie le savait, mais peu lui importait. Elle fit couler l'eau chaude dans la baignoire à pattes de lion en émail craquelé, la remplissant presque à ras bord, avant d'y verser tout un sachet de sels de bain floraux de chez Harrods.

Plongée dans l'eau délicieusement parfumée, elle sentit ses pieds se réchauffer et ses frissons s'espacer. Alors qu'elle commençait à se calmer, elle entendit Mme Rapier, sa propriétaire, lancer depuis le palier une remarque perfide sur le fait que *certaines personnes* incroyablement égoïstes et dépourvues de manières se permettaient de prendre un bain *dès l'aube* – le claquement de la tuyauterie l'avait réveillée en sursaut, et dire qu'il était à peine six heures du matin ! Posie plongea la tête sous l'eau pour ne plus entendre ses bêlements plaintifs.

Chaudement vêtue, elle sortit de la maison aussi discrètement que possible pour éviter Mme Rapier et ses réflexions désobligeantes. En refermant sans bruit la porte derrière elle,

Posie s'aperçut avec surprise qu'en dépit de la peur qui lui serrait le ventre, elle mourait de faim.

Elle s'acheta un petit pain brûlant au bacon et au beurre à Brompton Cross avant de monter dans un autobus pratiquement désert en direction de Victoria. Tout en mangeant goulûment, elle regarda le ciel s'éclaircir au-dessus d'elle tandis que se formait une arche bleu pâle striée d'étranges rayons couleur bronze. Elle contempla Londres qui s'animait, fascinée par les centaines, les milliers de vies et d'histoires qui s'écrivaient autour d'elle, et qui trouveraient toutes une issue différente.

Mais quelle sera l'issue de ma journée à moi ? se demanda Posie, en froissant sa serviette maculée de graisse. Elle avait l'impression que la situation lui échappait.

Le carillon de Big Ben à Westminster retentit alors que l'autobus passait devant Buckingham Palace.

Il était tout juste sept heures.

* * * *

Scotland Yard s'éveillait à peine. Un agent au regard somnolent, pressé de rentrer chez lui après une longue nuit de garde, informa Posie que l'inspecteur Lovelace n'était pas encore arrivé.

La jeune femme ne s'en rua pas moins dans les couloirs sombres menant à son bureau, ignorant les cris indignés du policier qui tentait de l'arrêter. Elle découvrit avec soulagement que le sergent Rainbird était déjà à pied d'œuvre, une tasse de thé à la main. Il se contenta de la saluer d'un hochement du menton, comme si son apparition n'avait rien d'extraordinaire.

— Avez-vous du nouveau ? lui demanda-t-elle.

Secouant la tête, il s'appuya nonchalamment contre le bureau de l'inspecteur puis se mit à farfouiller dans une corbeille en fil de fer portant l'étiquette « COURRIER ENTRANT ». Elle ne semblait contenir que des prospectus, des coupons et des circulaires d'intervention – rien d'important.

Un coursier de la police élégamment vêtu apparut alors sur le seuil.

— L'inspecteur Lovelace vous fait dire qu'il sera en retard, il est en entretien avec le commissaire et l'inspecteur Oats. Vous avez instruction d'ouvrir le courrier de ce matin.

L'air ravi, Rainbird s'empara de l'épaisse pile que lui tendait le jeune homme, puis il entreprit d'ouvrir les enveloppes. Posie retenait son souffle : elle attendait un document bien spécifique mais, à sa grande frustration, le sergent empilait les lettres les unes sur les autres, comme si elles présentaient toutes le même degré d'importance. Arrivé à la moitié de sa tâche, il leva soudain les yeux sur Posie.

— Vous cherchez quoi, exactement, Miss ? Dites-le-moi, ça abrégera vos souffrances et les miennes.

— Des informations en provenance du cadastre, répondit-elle avec un sourire encourageant. S'il vous plaît ?

En grommelant, Rainbird passa en revue le reste des enveloppes avant de lui en tendre une portant un cachet d'aspect officiel. La jeune femme l'ouvrit et en sortit une mince feuille de papier rose.

— Alors ? s'enquit le sergent.

Posie lut tout haut :

BAIL ACCORDÉ Propriété : théâtre Athenaeum, Piccadilly, Londres. Locataire : *Poulet** Productions Limited. (C/o : *CC*, No 11, St James, Pall Mall, Londres.)

— « Poulet Productions » ? répéta le sergent d'un ton incrédule. Mais de qui s'agit-il ? Tout le monde affirme que le propriétaire du théâtre est cette espèce de comte, son nom ne devrait-il pas au moins figurer sur les papiers ?

Acquiesçant, Posie s'assit sur la chaise la plus proche en se mordillant la lèvre.

— Ce comte existe-t-il vraiment ? finit par demander Rainbird après un long silence.

— Oh, il existe bel et bien. Il se montre très prudent, voilà tout. Nous aurons de la chance si nous découvrons un seul document portant son nom dans tout Londres. Il prend soin de multiplier les précautions pour que personne ne le trouve. Et ceci...

Elle s'interrompit, agitant le papier rose devant elle pour souligner ses propos.

— Ceci, reprit-elle, prouve combien il est méfiant. Cependant, il n'est pas aussi malin qu'il le pense. Il a commis une erreur, regardez l'adresse mentionnée ici !

— Mais nos hommes sont déjà allés se renseigner à St James, objecta le sergent en se frottant pensivement le menton. Ils se sont retrouvés le bec dans l'eau.

— Vous oubliez, insista Posie, que je l'ai moi-même vu dans ce club, il s'y pavanait comme s'il lui appartenait. Cela dit... À qui, ou à quoi font exactement référence les initiales « CC » ? Au comte Caspian ?

Elle brandit le document du cadastre sous le nez de Rainbird d'un air accusateur, comme s'il détenait la réponse. Haussant les épaules, il posa les dernières lettres destinées à l'inspecteur Lovelace dans la corbeille en fer.

— Aucune idée, marmonna-t-il.

— Il n'y a qu'un moyen de le savoir, sergent. Nous devons retourner à St James et les questionner au sujet de Poulet Productions et de ce fameux « CC ».

D'un geste décidé, la détective plia la feuille rose en deux et l'enfouit dans son sac en tapisserie.

C'est alors que quelque chose, dans la corbeille remplie de courrier, attira son regard. Quelque chose de brillant, qui dépassait de la pile de papiers. Le bord d'une photographie de presse.

— Juste ciel ! Il s'agit certainement du cliché envoyé par la police belge ! Puis-je jeter un coup d'œil ?

Sans attendre la réponse de Rainbird, elle s'empara de la photo, orienta la lampe de lecture sur le carré de carton luisant et poussa un cri étouffé.

— Qu'y a-t-il, Miss ?

Posie fixait la photo, l'air abasourdi.

— Allez-vous me dire ce qui se passe, Miss ? insista le sergent en haussant le ton.

La jeune femme sursauta, revenant d'un coup sur terre.

— Nous disposons enfin d'une vraie piste, lança-t-elle. Il s'est laissé piéger… par l'objectif d'un appareil photo ! Regardez-moi ça !

Chapitre 19

— JE TE TIENS !

La photographie était de bonne taille et fort claire. En bas à droite figurait l'inscription suivante :

France, 1915

L'œil était instinctivement attiré par le couple éblouissant au centre de l'image : Lucky Lucy et le comte Caspian della Rosa.

Cependant, il s'agissait d'une photo de groupe, trois autres personnes y posaient : un homme de petite taille tenant une poupée de ventriloque, un autre, plus grand, enserrant un accordéon, et une très grosse femme chargée d'une brassée de colombes. Ils se fondaient dans l'arrière-plan, probablement parce qu'ils n'étaient pas assez beaux.

Lucy portait une robe de bal blanche ornée d'un boa assorti, et le comte était exactement comme dans le souvenir de Posie, lorsqu'elle l'avait rencontré lundi soir : superbement élégant et absurdement séduisant, il dégageait un je-ne-sais-quoi d'un peu menaçant. Vêtu d'un smoking noir, il arborait un large sourire. Le bras droit tendu, il brandissait un lapin blanc terrifié devant l'objectif. De l'autre main, il tenait une baguette et un haut-de-forme noir. Il semblait beaucoup s'amuser. Quant à Lucky Lucy, elle se pressait contre lui, les bras passés autour de sa taille, l'air faussement effarouchée, baignant dans l'aura de Caspian.

Rainbird s'approcha et prit le cliché des mains de Posie.

— Alors c'est lui, hein ? Le fameux comte invisible ?

— Oui, confirma la jeune femme, l'air sombre. Blake nous a dit que ces deux-là étaient amants, mais je n'avais pas compris que leur histoire remontait à si loin. Cette photographie a été prise il y a plus de six ans ! Il y a bien longtemps qu'ils sont partenaires dans la vie comme dans le crime. Ce trafic de diamants et ces histoires de théâtre à Londres ne sont que la plus récente étape d'un long parcours commun ! Ici, ils jouent les magiciens pour les troupes de soldats alors que ces traîtres font, en même temps, de la contrebande d'armes au nez et à la barbe du gouvernement belge qui les emploie ! J'ignorais qu'à cette époque, le comte se trouvait lui aussi dans les tranchées !

Puis, pour elle-même, elle ajouta à mi-voix :

— Mais s'ils partagent un tel passé, pourquoi diable Caspian della Rosa aurait-il tué Lucy ? C'est impossible… Le vol d'un vulgaire diamant, même celui du Maharadjah, ne peut briser un lien pareil. Je ne comprends pas.

— Moi non plus, renchérit Rainbird, sourcils froncés, en consultant un dossier. Si j'en crois les notes de l'inspecteur Lovelace, les autorités belges ont affirmé ne disposer d'aucune information concernant le comte ! Et maintenant, elles nous envoient cette photo ? Tout cela n'a aucun sens. Ce comte doit avoir un autre nom, vous ne pensez pas ?

— Bien vu, approuva-t-elle en étudiant de nouveau le cliché. Pouvez-vous contacter d'urgence la police belge afin qu'elle nous fournisse l'identité exacte des personnes figurant sur cette photo ? Je vais la garder pour le moment, c'est la meilleure piste dont nous disposons.

Aussitôt, Rainbird se mit à rédiger un télégramme à destination de Bruxelles. Tout en griffonnant, il secouait la tête, une expression de dégoût sur le visage.

— Tu parles d'un comte de pacotille, marmonna-t-il. Un vrai noble ne s'abaisserait pas à faire le magicien. Pas étonnant qu'il se soit compromis dans la contrebande de diamants. En plus, sa tête ne me revient pas : ce grand sourire, là, comme s'il venait de réaliser un prodige, alors que sortir un lapin d'un chapeau est à la portée du premier imbécile venu ! Il suffit de faire croire qu'il a disparu alors qu'il était là depuis le début. Ces fichus magiciens sont des fanfarons et des imposteurs de la pire espèce.

À ces mots, Posie se redressa d'un coup.

— Que venez-vous de dire ? s'écria-t-elle.

— J'ai dit que ce type était un fanfaron et un imposteur, répéta Rainbird d'un ton hésitant.

Mais la jeune femme l'entendit à peine : son cerveau s'était remis à fonctionner à plein régime, tentant d'ajuster d'éventuelles solutions à tous les problèmes encore irrésolus. Était-il possible que... ?

Mais oui ! C'était d'une ingéniosité époustouflante !

— Sergent Rainbird, vous êtes absolument merveilleux, merci ! Merci mille fois ! Mais nous devons partir sitôt que ce télégramme aura été envoyé. Nous n'avons pas le temps d'attendre l'inspecteur Lovelace, nous allons devoir agir sans lui. C'est extrêmement urgent. Pouvez-vous réquisitionner quelques solides gaillards ? Armés, de préférence ? Le plus vite possible ?

— Et pour aller où ? demanda le sergent, méfiant. Pas dans cet affreux night-club souterrain, j'espère ? Cet endroit me fiche la chair de poule.

Posie secoua la tête avant de lui indiquer leur destination et ce qu'elle pensait y trouver.

— Très bien. Je vais laisser un message à l'inspecteur. Autre chose pour votre service, Miss ? lança le policier d'un ton légèrement sarcastique.

Posie devina qu'en l'absence d'un supérieur pour le guider, la tâche gargantuesque qui les attendait l'effrayait un peu, surtout si elle devait impliquer des armes à feu. Mais manifestement, la détermination de la jeune femme et ses manières autoritaires l'intimidaient suffisamment pour qu'il lui obéisse.

— Oh, oui ! s'exclama-t-elle avec assurance. Merci de me le proposer, c'est fort aimable de votre part. Puisque nous parlions d'*identification*, à vrai dire, il y a une question que je voulais vous poser depuis un moment. Et comme l'inspecteur n'est pas là…

Chapitre 20

Les pneus crissèrent alors que la voiture quittait Pall Mall pour s'engouffrer dans St James avant de s'arrêter brutalement devant le numéro 11.

Le moteur émit un sifflement souffreteux tandis que le sergent Rainbird descendait. Il tendit la main avec prévenance à Posie, sans se préoccuper des deux solides policiers armés qui s'étaient entassés avec eux à l'arrière.

Un autre véhicule de police arriva en trombe et se gara juste derrière eux. L'air était chargé de l'odeur acide du liquide de frein. Quatre autres bobbies émergèrent de l'habitacle, scrutant ce décor improbable qu'on leur avait décrit comme « une scène de crime de premier ordre ».

Prenant la tête des opérations, Posie gravit les éblouissantes marches de pierre jaune. Le sergent Rainbird et les deux agents de la première voiture se pressèrent de l'encadrer. Le groupe ainsi formé devait avoir l'air particulièrement impressionnant car le portier – le même que celui qui officiait lundi soir – s'effaça aussitôt pour leur céder le passage, affichant son expression la plus servile. À l'intérieur, ils furent accueillis par un fumet de harengs frits et de toasts.

L'entrée du club était déserte, rien ne semblait avoir changé. Il régnait, dans ce lieu chargé de trophées, un silence que seul venait troubler le murmure des voix provenant d'une porte sur la gauche – celle qu'avait empruntée avec assurance Caspian della Rosa lorsque Posie avait décliné son invitation à prendre un verre. À présent, reposant sur ses gonds bien huilés, le battant était ouvert sur une salle commune, vaste mais accueillante, meublée de tables ovales autour desquelles les membres du club savouraient leur breakfast, un journal nonchalamment déplié sur les genoux. Un valet chargé d'une étincelante théière en argent circulait pour remplir les tasses tandis qu'à l'autre bout de la pièce, le majordome du club surveillait la scène d'un œil vigilant.

L'air anxieux, Rainbird se tourna vers Posie, comme pour lui demander si elle était sûre d'elle. Elle lui retourna un regard plein d'assurance et il sembla se détendre un peu.

— Et maintenant, qu'est-ce qu'on fait ? lui souffla-t-il. C'est bien beau de débarquer avec six agents plantés comme des piquets, mais nous n'avons pas de mandat de perquisition, rien d'officiel, en dehors de nos badges et de nos armes…

S'efforçant de garder son sang-froid, Posie pria pour que l'intuition qui l'avait menée jusqu'ici se révèle juste.

Le majordome venait de s'apercevoir de leur inquiétante présence dans l'entrée. L'air un peu troublé, il se fraya un chemin à travers le parcours d'obstacles que constituaient les tables afin de les rejoindre.

— Puis-je vous aider ? demanda-t-il nerveusement en refermant la porte avec précaution derrière lui, comme pour protéger les précieux membres du club d'un éventuel danger.

Il considéra l'impressionnant groupe de policiers encadrant Posie, puis son regard s'attarda plus longuement sur celle-ci. Peut-être l'avait-il reconnue ? Il jeta alors un coup d'œil furtif vers la petite porte en bois, comme s'il espérait que quelqu'un en surgisse pour lui venir en aide.

Posie ouvrit son sac en tapisserie d'un geste théâtral. Tous les yeux étaient rivés sur elle. Brandissant la photo de la troupe de magiciens, elle la fourra sous le nez du vieux majordome et, d'un ongle vernis de rouge, tapota l'image de Caspian della Rosa.

— Vous voyez ce gentleman ? demanda-t-elle. Il est membre de ce club, n'est-ce pas ? Le connaissez-vous ?

Les policiers fixaient le majordome dans un silence accusateur. Le vieil homme semblait avoir le plus grand mal à se concentrer devant un public aussi impitoyable. Regard interdit, il se pencha sur la photo, rouge de confusion, tout en extrayant un monocle de sa poche de poitrine.

Rainbird observait la scène, plus nerveux que jamais. Un peu plus tôt, il avait fait part de ses doutes à Posie quant à cette expédition : ils avaient déjà interrogé le majordome au sujet du comte della Rosa, et il avait déclaré n'en avoir jamais entendu parler. S'ils ne se montraient pas prudents, ils risquaient une plainte pour harcèlement. C'est ce que craignait le sergent, en avait conclu Posie, sans compter qu'il se ferait méchamment remonter les bretelles par Lovelace. Mais ni la prudence, ni la subtilité n'entraient dans les intentions de la jeune détective privée.

Enfin, le majordome hocha la tête.

— Mais tout à fait, Miss. Il s'agit de M. Chicken, déclara-t-il, l'air content de lui. Il est effectivement membre de notre club depuis environ un an. Il est natif de Belgique, me semble-t-il. Un homme tout à fait charmant.

— « M. Chicken » ? répéta Posie d'un ton dubitatif.

Le vieil homme parut irrité par son incrédulité, comme si elle le traitait de menteur. Se redressant de toute sa taille, il lui adressa un regard guindé derrière son monocle.

— En effet. L'homme qui tient un lapin blanc sur cette photo est M. Cecil Chicken. J'en mettrais ma main au feu.

Posie avait les yeux rivés sur son interlocuteur, mais ses pensées étaient à mille lieues de là. *Mais bien sûr!* Fouillant de nouveau dans son sac, elle en sortit le papier rose du cadastre.

— Poulet Productions, c'est écrit là! chuchota-t-elle vivement au sergent Rainbird. *Chicken* se traduit par «poulet» en français, et le français est l'une des langues les plus parlées en Belgique. Ce Cecil Chicken est bel et bien Caspian della Rosa: Il utilise un pseudonyme, peut-être en manière de plaisanterie. Et il est devenu membre de ce club à peu près en même temps qu'il a acquis le théâtre! Je pense par ailleurs qu'il n'a pas choisi cet endroit au hasard: en plus de lui offrir la respectabilité, ce club est celui qui accueille les Cardigeon depuis des générations. Le comte espérait certainement qu'en le fréquentant, il pourrait établir des connexions susceptibles de lui faciliter la tâche quand le moment serait venu de voler le diamant du Maharadjah. Mais il s'est avéré qu'il disposait d'une arme secrète beaucoup plus efficace: Lucky Lucy.

— Mais Cecil Chicken! Pourquoi choisir un nom aussi stupide? s'exclama Rainbird. Il aurait pu en inventer un qui soit plus plausible!

Posie se rapprocha du majordome pour lui retirer la photo et lui mettre sous le nez le document rose du cadastre.

— Ainsi, lui demanda-t-elle, lorsqu'un courrier pour «CC» arrive au club, vous le mettez de côté pour M. Chicken?

Le vieux serviteur acquiesça, manifestement inquiet.

— Cet homme a-t-il des ennuis? s'enquit-il d'une voix chevrotante.

— Et où rangez-vous ces courriers? poursuivit la détective, ignorant sa question. Là-bas?

D'un air détaché, elle se tourna vers les rangées de casiers situées à l'extrémité de la pièce. C'était *exactement* là qu'elle avait prévu d'achever son enquête.

Le majordome suivit son regard et une expression de panique se peignit sur son visage : à présent, il savait qu'il en avait trop dit.

Traversant le hall, Posie s'arrêta devant les casiers. En avant pour le moment de vérité.

Lundi soir, elle avait cherché en vain le nom de Caspian della Rosa pour lui rendre sa pochette d'allumettes. Bien entendu, elle ne l'avait pas trouvé.

De nouveau, elle inspecta méthodiquement chaque rangée, de gauche à droite et de haut en bas, tout en se répétant les propos dont elle s'était souvenue à peine une demi-heure plus tôt dans le bureau de Scotland Yard – des mots que Caspian della Rosa lui avait susurrés d'un air aguicheur lors de leur rencontre et que, sur le moment, Posie avait classés au rang de banalités :

« *Vous savez, parfois, les trésors les plus sublimes et les plus rares se trouvent juste sous notre nez. Ils n'ont pas besoin de gardien ou de protecteur : ils se contentent d'exister, intrinsèquement fabuleux.* »

Elle avança d'un pas. *Là !*

Une petite carte dactylographiée, collée au-dessus d'un des casiers, portait l'étrange nom qu'elle cherchait :

M. CECIL CHICKEN

— Je vous en prie, Miss, ces casiers sont privés ! lui lança alors le majordome d'une voix affolée. Ne touchez à rien !

Derrière elle, un bruit de pas retentit, suivi d'un claquement de porte.

— Attendez ! répéta le vieil homme. Attendez le directeur ! Juste un instant, je vous en prie !

Concentrée sur sa tâche, Posie l'ignora.

Le petit rayonnage devant elle contenait une pile de lettres. Les yeux clos, elle les écarta et plongea la main tout au fond.

Un petit objet dur, enveloppé d'un fin tissu, reposait là. Elle referma les doigts autour et inspira profondément… *les trésors les plus rares se trouvent juste sous notre nez…*

Elle n'aurait jamais songé à regarder ici. Personne n'y aurait songé. L'arrogance de cet homme, sa confiance aveugle en la cachette qu'il avait trouvée, cette désinvolture perverse vis-à-vis des Cardigeon… Tout ceci était véritablement incroyable.

N'était-ce cette photographie des magiciens et la remarque du sergent Rainbird – « Il suffit de faire croire que le lapin a disparu alors qu'il était là depuis le début » –, jamais elle n'aurait trouvé.

Posie partageait également le jugement que Rainbird avait émis au sujet du comte della Rosa : cet homme était un imposteur et un fanfaron. À La Luna, il avait affirmé à son acolyte qu'il avait mis le butin en lieu sûr. Tu parles !

La jeune femme déplia avec précaution le papier de soie marron puis se retourna face à la salle où régnait un silence de plomb. Là, sur sa paume ouverte, reposait le diamant noir du Maharadjah de Gwilim. De la taille d'un gros œuf de caille, monté sur un mince anneau d'or rose, il brillait d'une insoutenable beauté.

Quand elle tendit le bras pour le montrer aux autres, il parut attirer toutes les lumières ambiantes, les absorber puis les libérer de nouveau, magnifiées à l'infini. À lui seul, il semblait aussi éblouissant qu'un lustre orné de mille pendeloques de cristal. Et ce diamant n'était pas que noir : il projetait des faisceaux roses et turquoise, crème et jaune citron, ainsi qu'un rayon d'une blancheur éblouissante. Regarder ce joyau était presque douloureux. Posie vit que les six bobbies en restaient bouche bée. Planté devant eux, le sergent Rainbird avançait la main vers elle, comme figé dans le temps, et le majordome tremblait sous le choc de cette vision.

Un homme vêtu d'un élégant costume rayé, probablement le directeur lui-même, avait rejoint le majordome. Il avait l'air à la fois stupéfait et furieux. Après avoir chuchoté quelques mots courroucés à son subordonné, il s'avança vivement en direction de Posie. Pensant d'abord qu'il en avait après elle, elle fit un pas de côté, mais elle s'aperçut qu'il se dirigeait en réalité vers la cabine téléphonique toute proche. L'instant d'après, elle l'entendit s'adresser à quelqu'un d'une voix précipitée.

— Qui appelez-vous ? lui cria-t-elle en écartant le rideau de batiste vert.

Couvrant le microphone de la main, il leva vers elle des yeux pleins de terreur.

Au même moment, deux silhouettes se profilèrent à l'entrée du club. Posie reconnut les incontournables homburgs et trench-coats des deux inspecteurs de Scotland Yard. Presque simultanément, la porte de la salle commune s'ouvrit à la volée sur le père de Rufus, comte de Cardigeon, dixième du nom. Il se mit à contempler la scène, les pouces coincés dans ses bretelles, la bouche ouverte comme un poisson au bout d'une ligne.

Tous les regards étaient rivés sur le diamant dans la main de Posie.

Était-ce un effet de son imagination, ou celui-ci devenait-il de plus en plus chaud, si chaud qu'il semblait consumer le tissu qui l'enveloppait ? Elle n'eut soudain qu'une envie : se débarrasser de cet objet de désir et de mort. Elle se tourna vers Cardigeon.

— Sir, ceci appartient à votre famille, il me semble. J'ai promis que je ferais tout pour vous le restituer, et je tiens toujours mes promesses. Prenez.

Elle fit basculer la pierre dans les mains tendues du comte. Il faillit la laisser tomber.

— Juste ciel ! Est-ce que… ? S'agit-il du… ?

Pour une fois, Lord Cardigeon était à court de mots. Le souffle coupé, il haletait presque.

Soudain, Rufus surgit derrière lui, les traits crispés par l'inquiétude. Pourtant, en découvrant la pierre aux étranges couleurs dans la main de son père, puis Posie plantée devant lui, il parut se détendre un peu. Un sourire hésitant se peignit sur son visage livide d'alcoolique repenti.

— Ce que mon père cherche à te dire, Posie, c'est : merci. Et moi aussi, je te remercie. Du fond du cœur.

— Vous feriez mieux d'appeler Brigg & Brooks de toute urgence, marmonna Posie. Dites-leur que vous voulez assurer ce diamant. Au cas où ce genre de chose se reproduirait. On ne sait jamais.

Se ressaisissant, Lord Cardigeon se racla bruyamment la gorge.

— Oui, je vais les appeler sur-le-champ, déclara-t-il. En revanche, nous n'allons pas souscrire une assurance ordinaire, mais une assurance de voyage. Cette petite merveille va retourner en Inde, chez le Maharadjah de Gwilim. C'est sa place. Je vais la faire expédier par le premier bateau. Elle a causé assez d'ennuis à ma famille et aux autres. Son seul contact me perturbe. Je ne veux plus jamais l'approcher, j'ai trop peur qu'elle me contamine…

Posie éclata de rire.

— Mais vous étiez très proche de cette pierre, sir. Au moins depuis lundi soir, et elle ne vous a pas perturbé… ni contaminé.

Elle lui expliqua où elle l'avait trouvée et le comte devint écarlate.

Entretemps, les deux inspecteurs l'avaient rejointe. Oats observait le diamant avec une méfiance mêlée de dégoût. Lovelace hochait la tête d'un air impatient.

— Excellent travail, Posie. Nous avons accouru dès que nous avons reçu le message de Rainbird. Voilà enfin un mystère résolu. Et nous n'avons pas été obligés d'user de violence – au moins un élément que le commissaire n'aura pas à nous reprocher.

— Qu'entendez-vous par là ? s'étonna Posie.

— Nous avons passé la matinée avec le commissaire, nous avons des ennuis. De gros ennuis, répondit Lovelace avec un signe de tête en direction d'Oats.

Celui-ci lança à la jeune femme un regard noir.

— Il semble que votre petite histoire dans l'*Associated Press* ait provoqué plus de remous que vous ne l'imaginiez, grogna-t-il. Et maintenant, nous en subissons les conséquences.

— Comment cela ? Je n'ai pas commandité cet article pour vous porter préjudice. Je pensais qu'il inciterait della Rosa à nous contacter !

— Eh bien, c'est exactement ce qui s'est produit ! tonna Oats.

— Il existe un véritable comte Caspian della Rosa, expliqua Lovelace. Un respectable aristocrate suisse qui, j'ignore comment, est tombé sur ce numéro de l'*Associated Press*. Il a appelé notre commissaire de Scotland Yard pour se plaindre que nous salissons son nom en l'offrant en pâture à la presse. Il est furieux ! Il affirme qu'il n'a rien à voir avec les événements de ces derniers jours, et encore moins avec la mort de Lucky Lucy. Pour nous prouver son identité, il nous a envoyé tous ses documents de famille en remontant sur plusieurs siècles. Ainsi qu'un monceau de papiers rédigés par ses avocats : il menace de nous poursuivre en justice si nous persistons à le considérer comme un suspect potentiel. On nous a ordonné de mettre fin à notre enquête et de ne plus mentionner son nom, quelles que soient les circonstances. Plus jamais. Le commissaire nous a passé le savon de notre vie. Cette piste est une impasse.

— Mais quelqu'un a-t-il réellement rencontré cet homme ? s'enquit Posie. Peut-être la joue-t-il au culot en vous effrayant avec son jargon juridique. L'avez-vous vu en personne ?

Les deux inspecteurs secouèrent la tête. Elle évoqua alors la photo de presse belge et le fameux Cecil Chicken.

— C'est lui ! s'écria-t-elle avec ferveur. C'est le comte qui agit sous ce stupide pseudonyme !

— As-tu envisagé que ce puisse être l'inverse ? intervint Lovelace d'un ton apaisant. Que ce soit ce M. Chicken qui utilise le nom de Caspian della Rosa comme couverture ? *Que peut-être, M. Chicken est véritablement M. Chicken ?* Sans doute dans des intentions malveillantes, parce qu'il a une dent contre ce comte suisse et qu'il veut ternir sa réputation. Le comte della Rosa est peut-être réellement une victime, dans cette affaire…

L'inspecteur Oats grommela son approbation. Posie dévisagea les deux hommes : elle n'était pas du tout convaincue par cette hypothèse. En fait, elle était même certaine qu'elle ne tenait pas debout. Mais elle n'avait pas le temps d'argumenter, il fallait agir, trouver un moyen d'aller de l'avant.

— Quoi qu'il en soit, déclara-t-elle, vous devez demander au directeur de ce club l'adresse du domicile de M. Chicken. Nous devons le localiser et l'interroger. Il est votre principal suspect, sans compter qu'il retient sans doute Dolly et Len en otage, ou pire !

Une voix à la fois hargneuse et obséquieuse retentit alors derrière eux – celle du directeur en costume rayé, qui avait épié leur conversation. Avec mille courbettes, il les informa qu'il serait enchanté de les assister, dans la mesure du possible, mais qu'il ne pouvait divulguer aucune information sur les membres du club – et en aucun cas leur adresse personnelle. Si ces messieurs de la police voulaient consulter le registre des membres, ils allaient devoir présenter un mandat officiel.

Lovelace rétorqua qu'il allait revenir personnellement, d'ici une heure ou deux, muni des documents nécessaires. Posie s'aperçut que, derrière lui, Rufus n'avait pas perdu une miette de l'échange. Une expression de détermination se peignit sur son visage, mais la détective n'eut pas le temps de lui demander de quoi il retournait : leur petite troupe fut éconduite sans plus de cérémonie, et ils se retrouvèrent sur le trottoir.

L'inspecteur Lovelace monta dans l'une des voitures de police, non sans avoir recommandé à Posie de redoubler de prudence et d'attendre de nouvelles instructions. Il ordonna également à l'un des six agents armés d'escorter sa protégée et de ne pas la quitter d'une semelle. Il s'avéra que l'homme en question était le bobby rougeaud auquel elle avait eu affaire devant les cellules de Scotland Yard.

Tandis que les véhicules de police s'éloignaient sur la route de pavés jaunes en direction de Clarence House, Posie se tourna vers lui pour lui décocher un sourire, le cœur lourd. Elle avait le sentiment d'être prisonnière, mais elle était trop bien élevée pour manifester son mécontentement. Ensemble, ils remontèrent d'un pas vif les rues encombrées de Piccadilly pour rejoindre Grape Street.

Soudain, Posie sentit son cœur s'accélérer en entendant des pas derrière elle, martelant le trottoir dans un bruit qui lui était désormais affreusement familier. La suivait-on de nouveau ? Là encore, lorsqu'elle se retourna, il n'y avait personne.

Le policier se racla la gorge.

— M'est avis qu'il va recommencer à neiger, Miss.

Il avait raison : la température avait baissé d'un coup, au-dessus d'eux, les nuages s'assombrissaient. Le ciel avait pris une teinte étrange, celle d'un énorme hématome scintillant qui rappelait à Posie le diamant du Maharadjah.

Jamais elle n'oublierait ses couleurs sublimes et improbables, pleines de promesses et de terreur.

Chapitre 21

DEPUIS la fenêtre de son bureau, Posie regardait voler les pigeons dont les silhouettes floues tachaient d'ombres violacées les façades grises des bâtiments.

Elle avait laissé son ange-gardien au visage rubicond dans la salle d'attente où, pour l'occuper, elle lui avait demandé de raviver le feu.

— Vous en faites pas, Miss, avait-il souri. Si vous avez besoin de moi, je suis là. Je bougerai pas d'un poil.

Babe faisait Dieu sait quoi, et Posie n'avait pas la force de le lui demander. En passant, elle l'avait vue assise dans son bureau, vêtue comme une égérie de mode d'une robe de soie et de satin vert perroquet, parée d'un nouveau collier brillant de mille feux.

La détective posa son front palpitant contre la vitre pour le rafraîchir et se mordilla les ongles.

Apercevant son sac en tapisserie, elle décida d'en trier le contenu et le renversa sur le bureau. Tout au fond se trouvait la brève chronique de 1915 de l'*Associated Press*. Posie retourna le bout de papier froissé : elle se rappelait que le journaliste avait inscrit au dos le nom de sa source, un voisin de l'époque.

Elle relut les quelques mots griffonnés au crayon ;

Source : Harold Sharp – 9, Winstanley Mews, SW3.

La jeune femme inspira profondément, tentant de relier entre eux les éléments dont elle disposait.

Lucy avait disparu juste après la publication de cet article, à l'été 1915. Avant cela, elle habitait manifestement depuis plusieurs années déjà juste à côté du fameux Harold Sharp. Posie savait que le début de la carrière criminelle de Lucky Lucy à Londres remontait à 1911 – les dates correspondaient donc.

Bien qu'elle n'en ait pas la preuve formelle, Posie était persuadée que l'homme se faisant appeler Caspian della Rosa se trouvait lui aussi à Londres, aux côtés de Lucy, entre 1911 et 1915. Elle était même prête à parier que Caspian della Rosa était la tête pensante des activités criminelles de Lucy : il dirigeait la bande de faussaires et orchestrait les vols de bijoux commis par la jeune femme. Sur la photo de presse belge, le couple semblait inséparable. On voyait que leur amour ne datait pas de la veille.

— Il vivait ici avec elle, murmura Posie pour elle-même. Et s'il est aussi riche qu'il y paraît, entretenir pendant plusieurs années une demeure dans un quartier chic de Londres est une goutte d'eau dans l'océan de sa fortune. D'ailleurs, je parie qu'il a encore cette maison. Pourquoi aurait-il déménagé ? Personne n'est jamais venu le déranger là-bas. Je suis certaine qu'il s'y trouve en ce moment même.

Elle fouilla dans les tiroirs de son bureau, en quête d'une carte des rues de Londres. Lorsqu'elle eut mis la main dessus, elle la déplia et l'étala par terre puis s'accroupit afin de parcourir l'index des districts postaux qui figurait sur le côté. Quand elle eut trouvé le SW3, elle prit un crayon et traça un cercle autour de Winstanley Mews. C'était à Chelsea, tout près de Sloane Square, au bord de la Tamise. L'un des quartiers les plus luxueux de la ville.

Au même moment, on frappa à la porte.

— Entrez ! lança-t-elle, contrariée.

Le battant s'entrouvrit et Babe glissa la tête par l'entrebâillement.

— Miss Posie, murmura-t-elle d'une voix coupable, il faut que je vous dise quelque chose.

Posie hocha la tête.

— C'est au sujet de votre chat, dit la secrétaire, les yeux baissés, en se tordant nerveusement les mains. J'ai jamais voulu qu'on le kidnappe, pour sûr, mais je me sens quand même un peu responsable. Je m'en veux.

— Pourquoi ? demanda Posie, en fronçant les sourcils d'un air qu'elle espérait autoritaire.

— Un homme est venu mardi soir, au moment où j'allais fermer, répondit Babe d'un ton maussade en regardant par la fenêtre. Il m'a demandé de lui rendre un service : mercredi matin à la première heure, je devais déposer une lettre sur le paillasson de l'entrée, comme si elle avait été livrée par porteur. Il a beaucoup insisté sur l'heure.

— Vous parlez de la lettre de menace envoyée par Lucky Lucy ? Celle qui contenait des poils de chat ?

— C'est ça.

— J'en déduis qu'il devait déjà avoir enlevé Mister Minks au moment où vous avez fermé le bureau mardi soir, murmura Posie.

— Faut croire.

— Est-il possible qu'il ait échangé ou intercepté cette enveloppe entretemps ?

— Non, opposa Babe en secouant énergiquement la tête. Elle était dans mon sac, elle en a pas bougé. Et je suis restée chez moi. Toute la nuit.

Posie dévisagea la secrétaire. Malgré l'antipathie que lui inspirait cette fille, elle paraissait sincère.

— Et vous n'aviez jamais vu cet homme ?

Babe eut un geste de dénégation.

— Et que vous a-t-il proposé en échange de ce service ? insista la détective en la regardant droit dans les yeux.

Babe avait l'esprit d'une mercenaire, elle ne faisait rien gratuitement.

— Il m'a donné cinq livres, marmonna celle-ci.

Posie en resta bouche bée : cette somme représentait plus d'une semaine de gages !

— Avez-vous remarqué autre chose concernant cet homme ? Un détail qui vous aurait frappée ?

— Bon sang, oui ! Il sentait la menthe à plein nez.

Posie étouffa un cri.

— Il sentait les bonbons à la menthe ? Il était petit, râblé et portait des vêtements bon marché ? Les cheveux décoiffés ? Avait-il un sac de tennis ?

Tout se tenait, à présent : il devait s'agir de cet étrange client qui était venu pour repartir presque aussitôt mardi après-midi. Babe fit la moue dans un effort de concentration.

— Non, dit-elle enfin. Il portait un smoking de rupin, un costume de soirée. Je me souviens pas de son visage, il était quelconque. Et puis, il sentait plutôt l'herbe à chat, pas les bonbons à la menthe. Je le sais, parce que ma vieille tante Ada, à Datso, elle en donne à ses matous, ils en raffolent et… Bref, peu importe : sa maison empestait cette odeur, je la reconnaîtrais n'importe où.

La secrétaire se retira et ferma la porte derrière elle. Posie poussa un long soupir. Désormais, elle savait *qui* avait enlevé Mister Minks, et *quand*. Ce forfait avait été commis de manière ingénieuse, mardi après-midi, juste sous son nez, pendant qu'elle était à l'agence. Un véritable tour de passe-passe. Comment n'y avait-elle pas pensé plus tôt ? Ce malfaiteur avait dû cacher le chat dans son sac de sport, peut-être même avait-il prévu d'utiliser sa raquette au cas où l'animal se montrerait récalcitrant. Mais le visiteur n'en avait sans doute pas eu besoin, car Mister Minks avait manifestement été instantanément séduit par l'odeur de l'herbe à chat dont s'était aspergé son ravisseur. Un parfum aussi irrésistible qu'une drogue.

Était-ce une preuve supplémentaire que Caspian della Rosa (elle refusait de l'appeler Cecil Chicken) avait orchestré cet enlèvement ? Il avait dû recourir aux services d'un autre de ses sous-fifres, un larbin à sa solde.

Elle reporta son attention sur la carte.

Que faire ? Elle avait envie de partir immédiatement à Winstanley Mews mais, pour une fois, le bon sens l'emporta, et elle décida d'informer son ange gardien de sa trouvaille. Ensuite, ils iraient trouver l'inspecteur Lovelace pour qu'il organise d'urgence une descente dans cette maison, avec une équipe de professionnels…

Elle se rua dans la salle d'attente. À sa grande surprise, celle-ci était déserte. Dans son bureau, Babe feuilletait les pages d'un magazine de mode bon marché.

— Où est le policier ? s'écria Posie.

— C'est l'heure du déjeuner, Miss. Il vient de sortir pour s'acheter des sandwichs, répondit la secrétaire. Il a dit qu'il en avait pour cinq minutes.

— Voilà qui est curieux. On lui a clairement ordonné de ne pas me quitter d'une semelle.

Babe haussa les épaules et se replongea dans sa lecture.

Sans qu'elle sache bien pourquoi, la détective sentit un mauvais pressentiment l'envahir. Regagnant la petite salle d'attente douillette, elle entreprit de mettre de l'ordre dans les papiers posés sur la table basse. Les minutes s'étiraient, interminables. Elle resta plantée dans la pièce, figée sur place, à regarder les tourbillons de neige dansant devant la fenêtre. Le British Museum se trouvait quelque part dans la rue devant elle, enveloppé dans un manteau blanc. Le monde et ses réalités étaient de nouveau réduits au silence. Étouffés.

Soudain, un tintamarre métallique retentit, suivi du claquement de la porte d'entrée, un étage plus bas. Une voix provenant du rez-de-chaussée se mit à résonner.

Une voix masculine, autoritaire.

— Miss Parker ! Police, police ! Venez vite ! C'est l'inspecteur Lovelace qui nous envoie.

En un tournemain, la jeune femme attrapa sac et manteau et se rua vers la porte vitrée de l'agence.

Elle dévala l'escalier, passant devant des employés de bureau qui fumaient sur le palier du premier. L'instant d'après, elle se heurtait de plein fouet à un bobby efflanqué qu'elle n'avait jamais vu et qui montait à sa rencontre.

— Ah, vous êtes là ! On a une piste ! s'écria-t-il en prenant Posie par le bras. Il faut y aller tout de suite !

— Mais où est l'agent censé m'escorter ? s'enquit-elle tandis qu'ils sortaient dans la rue.

— Nous n'avons pas le temps de l'attendre, rétorqua l'autre. Allons-y, vite !

Une grosse voiture noire était garée le long de la chaussée, moteur tournant. Son chauffeur, un chapeau imperméable enfoncé jusqu'au nez, était en train de gratter la neige du pare-brise à l'aide d'un morceau de carton.

L'agent poussa Posie pour qu'elle grimpe sur le haut siège de cuir de la banquette arrière où elle se retrouva serrée contre un second bobby assis là. Puis il monta à son tour, à côté d'elle, et ferma la portière. Elle était prise en sandwich entre les deux hommes. Le chauffeur se mit vivement au volant. Retirant son chapeau, il se retourna vers Posie. Elle poussa un cri étouffé et sentit son sang se glacer dans ses veines.

Derrière la vitre de séparation, Caspian della Rosa lui adressa un clin d'œil assorti d'un sourire narquois. Avant qu'elle ait pu se débattre, elle sentit qu'on lui passait une cagoule rugueuse sur la tête. On lui arracha son sac et, l'instant d'après, elle se retrouva les mains liées par une mince ficelle qui lui sciait les poignets.

La voiture démarra. On lui avait tendu un piège, et elle y avait sauté à pieds joints.

Chapitre 22

Ils roulèrent pendant environ vingt minutes.

Posie n'avait pas le moindre doute quant à leur destination : La Luna et la maison de Soho étant envahies de policiers, ils se dirigeaient forcément vers Winstanley Mews, à Chelsea. Durant tout le trajet, aucun de ses ravisseurs ne pipa mot. L'air froid de l'habitacle était chargé de tension.

La voiture tressautait en tous sens : Caspian della Rosa était un très mauvais conducteur. Une brusque secousse avertit Posie qu'ils venaient de changer de direction, elle devina qu'ils suivaient à présent la Tamise en longeant l'Embankment[1] pour traverser la ville en direction de l'ouest. Elle percevait l'odeur de la neige, et les effluves de l'eau saumâtre du fleuve lui agressaient les narines. Ils devaient être presque arrivés.

Le véhicule s'arrêta brusquement, et ses trois occupants à l'arrière furent projetés contre la vitre de séparation, manquant de s'y fracasser le crâne. L'homme assis à droite de Posie étouffa un juron.

— Je sais où nous sommes, lança la jeune femme d'un ton bravache. N'imaginez pas le contraire.

Elle était déterminée à ne pas se laisser intimider.

---

1. Digue sur les berges de la Tamise.

— Et alors, où sommes-nous ? demanda Caspian d'une voix chantante, comme s'ils jouaient aux devinettes.

— Winstanley Mews, SW3, répondit-elle sèchement.

Un silence abasourdi s'abattit dans la voiture.

— Il faut le reconnaître, soupira l'homme à sa droite, vous êtes une sacrée détective.

Ils s'extirpèrent du véhicule et Posie fut poussée en avant sur des pavés glissants, aveugle sous sa cagoule. D'un coup, la température changea autour d'elle. Elle comprit qu'ils venaient d'entrer à l'intérieur d'une maison – celle où elle avait eu la ferme intention de se rendre en compagnie de la police.

Mais combien de temps mettrait celle-ci à arriver jusqu'ici ? Posie n'avait pas eu l'occasion d'informer quiconque de sa découverte, et elle savait qu'il faudrait un bon moment avant que les inspecteurs obtiennent le mandat les autorisant à perquisitionner St James.

Elle se consola en pensant que Lovelace finirait par découvrir cette adresse dans le registre des membres du club, d'ici quelques heures tout au plus, espérait-elle. Elle allait se débrouiller pour rester en vie durant ce laps de temps.

On lui fit monter une série d'escaliers étroits. Tout en grimpant à petits pas prudents, elle huma une odeur âcre qu'elle reconnut aussitôt : celle du magnésium, indubitablement. Elle percevait aussi une note d'herbe à chat et, beaucoup plus entêtant, un parfum sucré et lourd qui avait dû être celui de Lucky Lucy et qui, telle une âme tourmentée, refusait de quitter les lieux.

Ils gravirent au moins trois étages, et Posie prit conscience que cette demeure était immense. Enfin, elle se retrouva sur une surface plane. On la poussa brutalement contre l'arête de ce qui devait être une table, puis on la guida gauchement jusqu'à une chaise où on la fit asseoir. Ses ravisseurs défirent brièvement ses liens avant de lui rattacher les mains dans le dos, fixant ses poignets aux montants de son siège. Puis une porte claqua et des pas s'éloignèrent. Restée seule, Posie tendit l'oreille, à l'affût d'une voix, d'un chant d'oiseau ou d'un klaxon de voiture sur la route. Mais elle n'entendait rien : tout était silencieux. Elle demeura ainsi pendant ce qui lui parut durer une éternité, avec pour unique compagnie les battements effrayés de son cœur.

Il faisait très chaud dans la pièce, et l'odeur du magnésium était plus forte qu'auparavant. La jeune femme commençait à se sentir somnolente et, bientôt, elle s'assoupit. Le bruit de la porte qui s'ouvrait derrière elle la réveilla d'un coup. Combien de temps avait-elle dormi ?

Des pas claquèrent sur le plancher. Elle entendit des bruits saccadés et des protestations étouffées, celles de quelqu'un qu'on traînait contre son gré et qui se débattait. Allait-elle enfin retrouver Len ? Dolly ?

— Qui est là ? cria-t-elle sous sa cagoule.

Des sons étranglés lui répondirent – c'était une voix de femme, elle en était certaine. Elle sentit qu'on s'agitait à sa gauche, peut-être sur une autre chaise, et elle perçut une odeur rance de sueur mêlée de peur. Dolly ? Pourvu que ce soit elle !

Soudain, elle sursauta en sentant une forme familière, douce et chaude, s'enrouler autour de ses chevilles. Un ronronnement sonore retentit.

— Mister Minks ! s'exclama-t-elle dans un élan de joie tandis que le chat grimpait le long de ses jambes, déchirant au passage ses bas les plus fins.

Autour d'elle, des tintements résonnaient, comme si on dressait le couvert pour le thé. Voilà qui était de plus en plus étrange.

Brusquement, on lui arracha sa cagoule. Elle ouvrit les yeux, s'attendant à être éblouie par la lumière du jour, car il ne devait pas être beaucoup plus tard que midi. Mais la pièce était plongée dans la pénombre, obscurcie par de lourds rideaux.

S'efforçant d'accommoder sa vision, elle photographia en une fraction de seconde les lieux d'un œil expert : elle se trouvait assise au bout d'une très longue table en verre, qui aurait pu facilement accueillir une douzaine de personnes. En face d'elle était assis Caspian della Rosa, très élégant dans un costume sombre. À ses côtés se tenait un petit homme replet qu'elle ne connaissait pas, bien qu'à la réflexion, sa silhouette lui dise quelque chose. Il portait un costume rayé d'une coupe exquise, mais son visage restait dans l'ombre. Elle enregistra également la présence d'un revolver luisant posé innocemment devant les bras croisés du comte. Son ventre se noua.

Un vif coup d'œil sur sa gauche lui apprit qu'elle ne s'était pas trompée : à quelques chaises de là, elle reconnut Dolly, qui semblait dans un état pitoyable. Une vague de soulagement envahit Posie, lui insufflant un regain d'énergie. Mais où était Len ? Allait-on l'amener plus tard, comme clou du spectacle ? Au moins, Dolly était en vie. À la vue de son amie, la détective sentit son cœur se serrer : comment avait-elle pu nourrir le moindre doute concernant sa loyauté ? Toujours vêtue du costume de Pierrot, maintenant sale et déchiré, qu'elle portait à La Luna, la frêle jeune femme était presque méconnaissable. Une terreur indicible défigurait son beau visage, son épais maquillage blanc et noir était délayé par les innombrables larmes qu'elle avait dû verser. Bâillonnée et ligotée à sa chaise, elle regardait Posie avec un mélange d'horreur abjecte et de reconnaissance.

— Tout va bien, Dolly, murmura Posie sans se soucier d'être entendue de leurs ravisseurs. Nous serons parties d'ici avant l'heure du souper. Vous verrez.

Rejetant la tête en arrière, Caspian della Rosa éclata d'un rire sonore. Un troisième homme apparut alors et commença à servir le café dans un délicat service en porcelaine anglaise. Posie reconnut l'homme efflanqué qui s'était fait passer pour un policier et l'avait convaincue de monter dans la voiture. Il posa une tasse devant elle, mais pas devant Dolly. Puis il quitta la pièce.

Un rapide coup d'œil autour d'elle lui apprit qu'elle avait vu juste : cet endroit était immense. Malgré le peu de lumière, il lui faisait penser à deux maisons qu'on aurait rassemblées. Le comte della Rosa devait être incroyablement riche, encore plus qu'elle ne l'avait imaginé. Ce dernier étage semblait constitué d'une unique et gigantesque salle, mais qui ne ressemblait en rien à ce qu'on aurait pu voir dans une demeure classique : tous les murs étaient couverts du même revêtement plombé qu'à La Luna, sans doute pour insonoriser la pièce. Des morceaux de papier étaient accrochés un peu partout sur ces parois. Il s'agissait d'un lieu de travail, sans nul doute. Il évoquait un peu la salle d'enquête d'un poste de police, en plus sinistre.

Ses yeux s'accoutumant à la pénombre, elle aperçut sur le mur le plus proche des cartes, qui représentaient l'Europe et, peut-être, l'Afrique du Sud et l'Amérique du Sud. Des notes y étaient épinglées, des flèches dessinées un peu partout.

— Et comment suis-je censée boire avec les mains liées dans le dos, je vous prie ? s'enquit calmement Posie, désignant sa tasse du menton avant de regarder Caspian della Rosa droit dans les yeux.

— Dites-moi d'abord que vous êtes prête à m'aider et nous verrons ensuite, rétorqua celui-ci, souriant, en manipulant l'arme devant lui comme si c'était un jouet.

D'une subtile pichenette, l'homme assis à sa droite envoya tournoyer le revolver sur la table, hors de portée du comte, dans l'ombre. Dolly poussa un cri sous son bâillon.

— Vous aider, moi ? s'étonna la détective, sincèrement surprise. Que puis-je pour vous, comte della Rosa ?

Il s'esclaffa de nouveau. Dolly s'était mise à se tortiller frénétiquement sur son siège, jetant des regards affolés à Posie, comme pour l'avertir d'un danger, piaillant comme un canari muselé.

— Silence, espèce de garce ! lui intima le comte, montrant pour la première fois des signes d'agacement.

Reportant son attention sur Posie, il lui adressa un sourire carnassier. Ses yeux lançaient des éclairs dans la pénombre.

— Vous vous êtes emparée d'un objet qui m'appartient, reprit-il. Dites-moi où il se trouve et je vous laisserai peut-être savourer ce café.

— Le diamant du Maharadjah, vous voulez dire ? demanda la jeune femme sans baisser le regard.

Elle sentit ses deux vis-à-vis se tendre d'un coup.

— Ce bijou n'est pas à vous, enchaîna-t-elle avec assurance. Il est en possession du comte de Cardigeon, je suis certaine que le petit directeur de St James vous l'a déjà appris, ce fourbe. Vous n'êtes pas aussi malin que vous l'imaginiez, n'est-ce pas ? Je suis parvenue à suivre vos traces jusqu'à ce club en puisant dans une foule de documents. Je sais tout sur vous, Caspian della Rosa ! Et vous ne me faites pas peur. Vous n'êtes qu'un matamore, et un assassin, de surcroît. J'ignore ce que vous aviez contre Lucky Lucy, mais elle ne méritait pas de mourir comme ça, espèce de monstre.

Dolly continuait de crier sous son bâillon en roulant des yeux terrifiés. Manifestement, les paroles de Posie devaient avoir fait mouche, car le comte se leva brusquement de sa chaise. Son sourire avait disparu, son regard étincelait de rage.

— Dites-moi où Cardigeon a fourré cette pierre, grogna-t-il. Il l'a remise à la banque, dans ce coffre-fort au nom de son idiot de fils ?

— Désolée, je ne vous dirai rien, répondit la jeune femme d'un ton acerbe. Et maintenant, dites-moi où est Len.

L'espace d'une seconde, le comte sembla amusé mais, l'instant d'après, il abattait son poing sur le plateau de verre. Tendant la main sur sa droite, il tâtonna dans l'ombre, en quête du revolver. Ne le trouvant pas, il contourna la table à pas furieux, détacha Dolly de sa chaise, empoigna sa chevelure décolorée et la força à se lever, lui arrachant un hurlement.

Il la traîna en direction de Posie. Au moment où il passait derrière elle, il se pencha et, d'un geste délibéré, envoya sa tasse valser. Des éclats de porcelaine et un flot de café brûlant se répandirent sur la table. Poussant un miaulement terrorisé, Mister Minks décampa. Posie essaya de reculer pour échapper au liquide bouillant – heureusement, son épais manteau de tweed en absorba l'essentiel.

Soudain, un « clic » retentit. Une vive lumière électrique vint inonder l'espace adjacent à la table.

Posie se tortilla pour regarder ce qui se passait. Le comte avait entraîné Dolly jusqu'à un long plateau en bois posé sur des tréteaux, que l'ombre masquait jusqu'à présent. Posie remarqua alors que cette salle servait aussi de laboratoire de développement photographique : la table était chargée de bacs contenant des liquides scintillants et des solutions d'un noir visqueux. Voilà qui expliquait l'odeur désagréable qui régnait.

Des photos développées étaient soigneusement empilées à l'extrémité de la table. Sans lâcher les cheveux de Dolly, le comte attrapa celles du dessus.

— Vous vous reconnaissez ? ricana-t-il en revenant sur ses pas pour en jeter une devant la détective.

Le cliché flou représentait Posie devant le Ritz, en train d'enjamber le corps de Lionel Le Merle alors qu'elle allait rejoindre Rufus lundi après-midi. Ainsi, ce détraqué la suivait depuis le début !

— Et là ? s'écria Caspian della Rosa en poussant frénétiquement les autres photos vers elle.

Sur l'une d'entre elles, Posie se tenait pétrifiée et bras tendus, sur la dernière marche de l'entrée du club St James ; sur une autre, elle était accroupie près du cadavre de Lucky Lucy à La Luna, entourée de policiers et de photographes ; la troisième la montrait dans la rue, au milieu d'une foule de passants s'abritant sous des parapluies, en train de se retourner, une expression inquiète sur le visage. Celle-ci avait probablement été prise la veille, après la commission d'enquête.

— Je ne vous fais toujours pas peur ? Voyez-vous, miss Parker, moi aussi, je sais tout sur vous. Et des photos comme celles-ci, j'en ai des dizaines.

Posie continua de regarder le comte droit dans les yeux en haussant les épaules, feignant l'indifférence.

— Non, déclara-t-elle avec aplomb. Je n'ai pas peur de vous.

— Vraiment ? rétorqua l'autre avec un rictus cruel. Oh, mais vous devriez… Bigre, il semble que j'aie égaré mon revolver. Mais il y a plus d'une façon d'écorcher un chat, miss Parker, si vous me permettez l'expression.

Avec un rire dément, il revint à la table et poussa violemment la tête de Dolly vers l'un des bacs, à quelques centimètres du liquide visqueux. La costumière se mit à gémir comme un chien comprenant que sa dernière heure avait sonné. Posie se demanda si cet homme disposait de toutes ses facultés mentales.

— Savez-vous ce que contient ce bac, miss Parker ? C'est du cyanure liquide pur ! Il me suffit d'y plonger le visage de votre amie, et c'en est fini d'elle en un rien de temps. Vous ne me croyez pas ? J'ai beaucoup d'expérience dans ce domaine. La dernière en date remonte à lundi après-midi : Georgie, que vous connaissez sous le nom de Lucky Lucy, a tâté de ce bain, et il ne lui a pas fallu plus de trois secondes pour tirer sa révérence. Pas terrible, comme adieux à la scène, vous ne trouvez pas ?

Posie ravala un cri horrifié, le cœur au bord des lèvres.

— Et donc, parlez-moi de ce diamant, reprit della Rosa d'un ton détaché.

— Oui, oui, tout de suite, bégaya-t-elle, les yeux rivés sur le visage terrorisé de Dolly. Le comte de Cardigeon ne veut plus qu'il reste en possession de sa famille. La pierre va être renvoyée chez le Maharadjah auquel elle appartenait à l'origine, *via* le premier navire en partance pour l'Inde.

— Quand ?

— Dès demain, sans doute, je n'en sais pas davantage. Regardez dans les journaux. Maintenant, par pitié, relâchez Dolly.

— D'accord, je vous remercie. Je vais trouver ce diamant, ce ne devrait pas être bien difficile.

Posie poussa un soupir de soulagement en le voyant lâcher Dolly. Le regard paniqué, celle-ci fixait l'endroit, au bout de la table de verre, où se tenait le second homme, toujours assis en silence dans l'ombre, et dont Posie avait complètement oublié la présence.

C'est alors que le comte éclata de nouveau d'un rire diabolique qui confirma les craintes de Posie : elle avait affaire à un fou furieux. S'emparant encore une fois de la chevelure de Dolly, il lui arracha son bâillon et poussa de nouveau son visage vers le bac rempli de cyanure.

— Sale petite garce ! ricana-t-il. Tu croyais vraiment que j'allais te laisser vivre ?

— Non, non, arrêtez ! hurla Posie. Ce n'est pas juste, je vous ai donné l'information que vous vouliez !

Au même instant, elle perçut un brusque mouvement au fond de la pièce. L'homme assis dans l'ombre venait de se lever. Sa voix résonna, grave et autoritaire :

— Non. Ça suffit, maintenant.

L'instant d'après, elle entendit le déclic discret d'une gâchette, suivi d'une déflagration. La balle, passant à un cheveu de son visage et évitant Dolly, vint se loger dans le cœur malfaisant du comte Caspian della Rosa.

Pendant un instant, celui-ci sembla sous le choc. Une expression incrédule se peignit sur son beau visage, puis il bascula en avant et s'effondra sur le plancher, sans vie.

Dolly resta plantée là sans rien dire, les yeux écarquillés. Sans accorder un regard à l'homme étendu à ses pieds, elle se tourna vers celui qui venait de la sauver.

Posie aurait voulu pouvoir se lever et la prendre dans ses bras. Cette scène lui donnait la nausée, mais il fallait qu'elle reste forte.

— Dolly, libérez-moi de mes liens, intima-t-elle à la jeune femme. Nous sommes en sécurité, à présent. Caspian della Rosa est mort.

— Vous avez rien compris, trésor, murmura la costumière en tremblant de tous ses membres. C'est ça, que j'essayais de vous dire : il est pas mort du tout, et vous devriez avoir peur, très peur. Comme tout le monde.

Posie émit un rire forcé : le corps étendu au sol ne bougeait plus du tout. Ces événements traumatisants avaient-ils fait perdre la raison à cette pauvre Dolly ?

CLIC.

De nouvelles lampes s'allumèrent, illuminant l'ensemble de la longue table de verre dont l'extrémité était maintenant occupée par le petit homme replet en costume rayé. Un homme qui venait de se révéler un excellent tireur – un tueur chevronné, en réalité.

— Votre amie a raison, lança-t-il alors d'une voix mélodieuse teintée d'un accent étranger.

La tête inclinée, il considéra Posie avec amusement tout en jouant avec sa cuillère à café.

— Je suis le véritable comte Caspian della Rosa, reprit-il. L'aristocrate suisse qui a contacté la police pour se plaindre qu'on salissait son nom dans la presse. J'espérais que cela convaincrait les autorités qu'elles faisaient fausse route en me traquant. Elles ont mordu à l'hameçon et gobé toute l'histoire.

Il s'interrompit un instant pour adresser un sourire rassurant à Posie, avant de reprendre :

— Ne craignez rien : je peux vous assurer que, cette fois, vous avez affaire à la bonne personne.

Chapitre 23

— Je ne comprends pas, murmura Posie, interloquée. Pourquoi cet homme qui gît là s'est-il fait passer aux yeux de tous pour le comte della Rosa ?

— Pas aux yeux de tous, miss Parker. Seulement aux vôtres.

Calmement, l'homme but une gorgée de café avant de s'essuyer les lèvres avec un mouchoir rose.

— Mais pourquoi ? insista Posie.

— Parce que je le lui ai demandé, bien sûr. Il obéissait au moindre de mes ordres. Du moins, jusqu'à récemment. C'était mon bras droit. Mon porte-parole.

— Mais pourquoi m'a-t-il menti ? Dans quel but s'est-il fait passer pour vous ?

L'homme lui décocha un bref sourire avant de répondre :

— J'avais besoin que vous tombiez amoureuse d'une belle image, rien qu'un peu…

Il laissa sa phrase en suspens, le regard perdu dans le vague. Posie ne comprenait pas un traître mot de ce qu'il racontait. Alors, elle opta pour une approche plus concrète :

— Sa mort ne semble guère vous indisposer…

— Cecil était un mercenaire à la fois utile et charmant, répliqua l'autre en haussant les épaules d'un air désinvolte. Mais au bout du compte, il s'est avéré juste un voyou. Ces derniers temps, à force de se montrer imprudent, il a fini par me mettre en danger. Je devais me débarrasser de lui.

— Cecil ? souffla Posie. Mais alors, l'inspecteur avait raison… et j'avais tort ? Cet homme était Cecil Chicken ?

— En personne. Et ce n'est même pas un pseudonyme ! Ridicule, n'est-ce pas ? Mais vous savez, la vérité est parfois bien plus convaincante que la fiction. J'exige de tous mes employés qu'ils travaillent sous leur propre nom, sauf instructions contraires. Si jamais on les interroge, cela rend les choses plus simples, plus plausibles.

S'efforçant de respirer calmement, Posie observa plus attentivement l'homme assis en face d'elle. Sous ses dehors avenants, était-il aussi dément que son défunt acolyte ? De tout cœur, elle pria pour que la police arrive vite. Le revolver – sans nul doute l'arme belge que l'expert scientifique, M. Maguire, avait évoquée avec admiration – reposait affreusement proche des mains potelées de son ravisseur.

— Qui êtes-vous ? lui demanda-t-elle en le regardant fixement. Et cessez de me mentir.

— Je vous l'ai déjà dit : je suis un comte suisse. Je peux retracer ma généalogie familiale sur au moins six siècles, à vrai dire. Je vous aurais volontiers montré ces documents et mon passeport, mais ce matin à la première heure, je les ai envoyés à cet aimable commissaire de Scotland Yard… Si je me fie à votre expression, miss Parker, vous ne me croyez toujours pas ?

— Je ne sais plus qui ou quoi croire, répondit-elle platement en essayant de digérer cette nouvelle information. Je n'ai jamais disposé de la moindre preuve formelle de l'existence d'un comte. Par moment, tout semble même indiquer qu'il a été inventé de toutes pièces. Et cependant, les gens évoquent ce personnage comme s'il existait réellement, et qu'ils en avaient peur. Et vous affirmez être derrière tout cela ?

— Oui. Comme vous l'avez souligné, je me montre toujours très discret en affaires. Nous sommes ainsi, nous autres les Suisses : des maîtres en matière de secret. Par nécessité. Je suis à la tête d'un empire qui s'étend dans le monde entier, essentiellement dirigé par des Belges – un peuple intelligent et d'une expertise sans pareille en termes de joaillerie. En dehors de mes employés à l'Athénée, personne n'est en mesure de me reconnaître ou de m'identifier précisément. Il n'existe aucun document susceptible de me relier à quelque malversation que ce soit et pourtant, vous avez devant vous l'homme le plus puissant d'Europe.

Ces mots achevèrent de convaincre Posie que cet individu n'avait pas toute sa raison. Elle devait la jouer fine.

— J'en suis persuadée, mentit-elle sans quitter le revolver des yeux.

Derrière elle, à côté du corps de Cecil Chicken, Dolly était aussi immobile et silencieuse qu'une pierre.

— Si vous ne me croyez pas, je vous montrerai des preuves, reprit le comte. Mais vous savez, miss Parker, vous me décevez un peu. Je pensais que vous étiez une excellente détective… Nous nous sommes déjà rencontrés. Plusieurs fois, à vrai dire. Vous ne me reconnaissez vraiment pas ?

Au même instant, Mister Minks sauta sur les genoux de leur ravisseur et se mit à ronronner avec satisfaction, l'air parfaitement à son aise, le traître ! Étrangement, cette scène rappelait quelque chose à Posie. Sans cesser de la fixer, son interlocuteur se passa la main dans les cheveux pour les ébouriffer vers l'avant.

— Et à présent, qu'en pensez-vous ? demanda-t-il dans un anglais à l'accent impeccable.

Posie réprima un cri de surprise : devant elle se tenait l'homme qui était venu à l'agence de Grape Street en se faisant passer pour un client afin de kidnapper Mister Minks ! Il lui avait suffi de changer de coiffure et d'accent pour se transformer en un tout autre personnage !

— Vous auriez dû être acteur, commenta Posie, en espérant paraître plus admirative que sarcastique.

Derrière elle, Dolly étouffa un jappement terrorisé.

— Ah ! Cette fois, vous avez vu juste, miss Parker ! s'exclama le soi-disant comte en reprenant sa voix normale. Je savais que nous allions nous entendre à merveille. Quand j'étais petit garçon, je ne rêvais que d'une chose : devenir propriétaire d'un théâtre où je serais comédien. Une ambition fort déplacée, hélas, dans une noble famille telle que la mienne, qui m'intima d'oublier cette folie, car j'étais promis à un destin bien plus grandiose. Pourtant, je n'ai jamais renoncé à jouer la comédie, année après année, même si ce n'était généralement pas sur scène. Et tout récemment, j'ai enfin réalisé mon rêve : je suis devenu propriétaire d'un théâtre.

Il lui décocha un sourire comblé avant de poursuivre :

— Et au cours de la semaine écoulée, miss Parker, vous m'avez offert maintes occasions de jouer la comédie ! Je n'ai cessé de vous suivre, sous mille travestissements.

La détective le dévisagea, horrifiée. C'était donc lui qui l'avait talonnée en permanence pour la prendre en photo, et non l'homme qu'elle savait maintenant être Cecil Chicken !

Prenant Mister Minks dans les bras, le comte se leva pour se rapprocher des tréteaux. Au passage, il repoussa d'un coup de pied le cadavre de son ancien lieutenant. S'emparant de la pile de photos, il se mit à les passer en revue.

— J'ai été très occupé, lundi, lui confia-t-il. D'abord, j'ai joué le rôle d'un photojournaliste au Ritz, avide de nouvelles sanglantes. Ensuite, je vous ai suivie le long de Whitehall avant d'endosser le rôle d'un serviteur au club St James. Mardi non plus, je n'ai pas chômé : l'après-midi, j'étais un client mal fagoté et amateur de tennis venu voler un chat dans votre agence et un peu plus tard, je suis devenu photographe de la police dans mon propre club. Le lendemain, j'étais un prêtre catholique puis, tôt ce matin, je suis devenu promeneur de chat, et ensuite policier ! Et je suis sincèrement ravi que vous n'ayez pas opéré le moindre rapprochement entre ces divers personnages. C'est le plus beau compliment qu'on puisse me faire.

Posie en avait le vertige. En effet, il ne lui avait jamais traversé l'esprit que tous ces gens croisés récemment, auxquels elle n'avait parfois accordé qu'un regard, puissent n'être qu'une seule et même personne. Mais toute cette histoire se tenait, et elle se rappela alors la phrase qu'avait prononcée Len après s'être introduit à La Luna pour tenter de retrouver Mister Minks :

« C'est l'avantage avec les photographes… ils sont presque invisibles. »

On pouvait en dire autant d'un serviteur ou d'un prêtre… Presque invisibles, eux aussi, ils se fondaient dans le décor, en devenaient des éléments insignifiants.

À l'image de cet homme étrange, d'ailleurs, qui semblait si fier de lui : il n'avait rien de mémorable. Il était comme une toile vierge et si Posie devait, par la suite, tenter d'en tracer un portrait-robot, elle serait bien en peine d'y parvenir. Non qu'il soit laid ou beau. En réalité, il ne produisait aucune impression particulière. Un comédien hors pair, en effet, sans le physique d'un premier rôle – contrairement au don Juan qui gisait à leurs pieds.

— Sans compter, ajouta le ravisseur, que vous vous êtes promenée toute la journée avec une photo de moi, probablement sans en être consciente.

À ces mots, une expression chagrine passa sur son visage, très vite remplacée par un large sourire.

— Miss Price, veuillez ouvrir le sac à main de miss Parker et déposer devant elle l'unique photographie que vous y trouverez.

Sifflotant d'un air détaché, il entreprit de mettre de l'ordre dans les clichés et les instruments éparpillés sur le plateau pendant que la costumière, le souffle court, peinait à ouvrir le fermoir du sac de Posie. Mais bientôt, elle en sortit la photo de presse belge qu'elle posa sur la table en verre, entre deux flaques de café tiède. Puis, se postant près de la détective, elle attendit.

Pour la dixième fois de la journée, Posie examina le cliché. Lucky Lucy et l'homme qu'elle prenait alors pour Caspian della Rosa y étaient toujours aussi resplendissants, elle avait du mal à se concentrer sur autre chose. Au prix d'un réel effort, elle parvint à laisser son œil errer sur le reste du groupe et, soudain, elle le vit : son ravisseur, celui qui affirmait être le véritable comte della Rosa et se trouvait à quelques mètres d'elle, c'était le ventriloque !

— Oh ! souffla-t-elle, abasourdie. Alors vous vous connaissiez tous depuis très, très longtemps, n'est-ce pas ?

Se replongeant dans l'image, elle remarqua de minuscules détails qui lui avaient échappés : les mains crispées autour de sa marionnette, le ventriloque avait les yeux rivés sur Lucky Lucy, avec aux lèvres le même sourire qu'il affichait en ce moment même. Posie comprit qu'il avait été follement amoureux de Lucky Lucy, que c'était également lui qui avait orchestré la pose de tous les personnages et la mise en scène de cette photographie. Alors, elle sut que cet homme disait la vérité, qu'il était bien celui qu'il affirmait être.

— Nous avons passé de merveilleux moments durant ces années de guerre, observa alors son interlocuteur avec un sourire nostalgique. Nous avons été obligés de quitter l'Angleterre pendant un certain temps, mais cela nous a aussi donné l'occasion de jouer un peu. Une période fort productive.

— Il paraît que vous étiez impliqué dans un trafic d'armes, lança Posie.

— Une période fort productive, répéta-t-il, ignorant la provocation. Savez-vous comment j'appelais ma marionnette ?

La détective secoua la tête.

— Cecil ! s'esclaffa-t-il en donnant de légers coups de pied au cadavre devant lui. C'était très humiliant pour lui, certes, mais comme je le manipulais réellement dans la vie et qu'il était très bien payé pour cela, il ne pouvait guère se plaindre. Et puis, il disposait de certains privilèges.

— Lesquels ?

— M'aider à diriger mon vaste empire, en premier lieu ! En outre, comme vous le voyez sur cette photo, il pouvait se pavaner avec ma bien-aimée, l'amour de ma vie. Uniquement pour la galerie, bien entendu.

— Pourquoi le laissiez-vous faire cela ?

Le comte décocha à Posie un regard incrédule.

— À votre avis ? La beauté de Lucy était telle qu'elle illuminait tout, où qu'elle aille. Il aurait paru invraisemblable qu'elle et moi formions un couple, ne croyez-vous pas ? Qu'une femme comme elle choisisse un homme comme moi ?

Pour la première fois, Posie éprouva un minuscule élan de pitié envers lui.

— Aux yeux du monde, poursuivit-il, Cecil constituait pour Lucy le compagnon idéal. En outre, je ne tenais pas à attirer l'attention sur moi. Si je m'étais montré au bras de Lucy, les gens se seraient posé des questions sur mon identité. Il était crucial que je ne sois jamais au centre de la scène. Cecil me servait de paravent.

Tout en devisant, le comte avait traversé la salle pour actionner un autre interrupteur, éclairant une nouvelle partie de la pièce. Des panneaux couverts de cartes apparurent, ainsi que des paquets enveloppés de papier brun et ficelés, soigneusement empilés contre le mur du fond. Le ravisseur, l'air soucieux, enfouit son menton dans la fourrure de Mister Minks, comme pour y puiser du réconfort. Planté devant une carte, il consulta sa montre-bracelet. Dolly demeurait silencieuse.

C'est alors que cette étrange atmosphère fut rompue par une sonnerie stridente. On aurait dit celle d'un téléphone, mais cette idée même était absurde : personne ne disposait d'un tel appareil à son domicile ! Posie tenta de croiser le regard de Dolly qui, pétrifiée de terreur, avait les yeux rivés sur son patron. Celui-ci se dirigea dans un coin de la salle, libéra le chat puis décrocha l'écouteur et le microphone d'un téléphone que Posie n'avait pas remarqué jusque-là.

— Oui, j'accepte cet appel, dit-il.

Quelques secondes plus tard, il discutait avec son correspondant qu'il connaissait manifestement très bien. Il semblait irrité.

— Lequel ? Kimberley, dis-tu ? J'ai déjà transféré l'argent, imbécile ! Poursuis la transaction, tu connais la musique. Signe les papiers. Prends possession des lieux et commence à exploiter la mine.

Reposant l'écouteur avec fracas, il fit demi-tour pour aller se planter devant une carte. Posie se contorsionna pour l'observer. Sa peur commençait à se dissiper quelque peu. Elle voulait connaître le fin mot de l'histoire, et l'homme semblait plutôt disposé à parler.

— Mais pourquoi avez-vous tué Lucky Lucy ? lui lança-t-elle.

À ces mots, il recula d'un pas et disparut dans l'ombre. Pendant un long moment, il garda le silence. Quand il parla enfin, ce fut d'une voix douce et résignée.

— Je ne l'ai pas tuée. Je n'en aurais jamais été capable, je l'aimais trop pour cela, depuis l'instant où je l'ai vue sur scène en Belgique, il y a des années maintenant. Je l'aimais et je l'aime encore, oui, bien qu'elle m'ait trahi, piétinant des années de collaboration. Je n'ai rien vu venir, il s'agissait pourtant d'un simple travail de routine, même si le butin était… particulier.

— Le diamant du Maharadjah, vous voulez dire ?

— Je le convoitais depuis que j'en avais entendu parler dans mon enfance. Nous savions que Lucy avait enfin mis la main dessus – elle le portait même à son doigt ! Elle n'avait plus qu'à monter dans une voiture qui l'attendait. Je me trouvais au Palm Court du Ritz, en train de siroter un soda derrière un journal. J'avais demandé à quelques hommes du théâtre de m'accompagner, soupçonnant qu'il risquait d'y avoir du grabuge. Lucy me paraissait changée, les derniers jours : elle était encore plus radieuse, comme animée d'une étrange énergie. Quelque chose me disait qu'elle allait escamoter cette pierre sous mon nez avant de disparaître dans la nature, que je risquais de perdre l'une et l'autre.

— Vous pensez que la malédiction du diamant était de nouveau à l'œuvre ?

Elle perçut un mouvement dans l'ombre – un haussement d'épaules.

— Je ne crois pas à ce genre de superstitions. Quand elle a pris la fuite, cela ne m'a pas vraiment étonné. En revanche, j'ai été surpris qu'elle soit armée, et encore plus qu'elle abatte ce pauvre vieux Le Merle. J'ai ordonné à Cecil de se lancer à sa poursuite. Pendant ce temps, je comptais réparer les dégâts qu'elle avait occasionnés, faire un peu de ménage. C'est ce jour-là que je vous ai vue pour la première fois, dans l'escalier du Ritz…

Il marqua une longue pause avant de reprendre :

— Cecil était un bon homme de main. Il a rattrapé Lucy et l'a ramenée ici. À la maison. Je n'aurais jamais imaginé qu'il allait la tuer. Et vous avez raison : elle ne méritait pas de mourir ainsi. Ce meurtre est impardonnable, Cecil devait donc mourir à son tour, tôt ou tard. Je lui avais octroyé trop de pouvoir, voyez-vous. Au fond, il a toujours été un magicien et, là encore, vous ne vous trompiez pas : c'était un fanfaron qui aimait vivre dangereusement. Quand je lui ai demandé de se débarrasser du corps de Lucy, il s'est contenté de le balancer au fond d'un placard à La Luna, mon propre night-club, en tentant de maquiller sa mort en suicide – pour le coup, il a bâclé le boulot. Il a dû juger amusant de ravager ce merveilleux visage et de faire croire que Lucy avait choisi la voie de la lâcheté. En réalité, ces deux-là étaient de perpétuels rivaux, ils se disputaient sans cesse mon attention. Cecil était enchanté d'être enfin débarrassé d'elle.

Il se tut un instant, poussant un long soupir, puis il poursuivit son récit :

— Lorsque je lui ai ordonné de mettre le diamant du Maharadjah en lieu sûr pendant quelques jours, j'étais loin d'imaginer qu'il serait assez insensé pour le déposer dans un simple casier, sans surveillance !

À présent, tout se tenait, pensa Posie. Pourtant, elle avait le sentiment que quelque chose lui échappait encore.

— Miss Price, lança leur ravisseur, veuillez détacher miss Parker de sa chaise. Je veux qu'elle vienne me rejoindre.

Dolly se précipita et Posie sentit ses mains tremblantes s'escrimer sur les nœuds de la ficelle qui l'entravait. Se penchant, la costumière feignit d'avoir le plus grand mal à desserrer ses liens – manifestement, elle cherchait à gagner du temps.

— Prudence, ma belle, chuchota la costumière. Vous laissez surtout pas abuser par ses belles manières, j'ai vu ce type en action. C'est un vrai démon. Il est encore plus dangereux que cet affreux Chicken.

Le téléphone se remit à sonner, le comte décrocha.

— Et Len ? demanda Posie à voix basse, profitant de cette distraction bienvenue. Où est-il ? L'ont-ils ligoté et enfermé quelque part dans un placard, lui aussi ?

— Non, Posie, vous vous trompez, répondit la costumière sur le même ton. Il est pas là. Il a jamais mis les pieds ici.

Un immense frisson de soulagement secoua la détective. Le cœur soudain plus léger, elle se leva pour se diriger dans le coin de la salle où étaient exposées les cartes. Le comte venait de raccrocher, il semblait fort guilleret.

— J'ai dit que j'allais vous montrer mon empire, le voici, déclara-t-il avec un grand geste du bras. Une partie, du moins, mais la plus importante à mes yeux. Vous voyez ceci ? Il s'agit de mes mines de diamants en Afrique du Sud.

Posie examina la carte où se déployait un pays dans lequel elle n'avait jamais mis les pieds – une vaste étendue de vert piquetée d'épingles à tête noire. Par endroits, celles-ci étaient si proches qu'elles évoquaient une masse d'affreux insectes grouillant sur le carton. Chacune de ces épingles était plantée dans un minuscule carré de papier portant des inscriptions incompréhensibles, d'une écriture en pattes de mouche. Une douzaine d'autres papiers, cependant, étaient retenus par une épingle à tête rouge vif. Posie leva un sourcil interrogateur.

— Les épingles rouges désignent les mines qui ne m'appartiennent pas encore, expliqua le comte en se frottant les mains d'un air satisfait. Mais je les veux, et je les aurai. D'ailleurs…

Il s'interrompit pour remplacer l'une des épingles rouges par une noire.

— … je viens juste d'acquérir celle-ci. Vous avez dû m'entendre, tout à l'heure, au téléphone. Une merveille !

Posie s'aperçut pour la première fois qu'elle était plus grande que le comte d'au moins cinq centimètres.

— Je ne comprends pas, déclara-t-elle. Si vous possédez autant de mines et que, de surcroît, vous pratiquez la contrebande de diamants, pourquoi diable voler celui des Cardigeon alors que vous avez manifestement les moyens de le leur acheter directement ?

L'homme éclata de rire, et son regard d'un brun terne s'illumina soudain de manière inexplicable.

— J'aime les diamants, tous les diamants, d'un amour inconditionnel. Je collectionne les pièces rares. Le diamant noir du Maharadjah est sans doute le joyau le plus célèbre au monde, vous croyez vraiment qu'il peut être acheté ? Que les Cardigeon accepteraient de me le vendre ? Bien sûr que non ! On ne peut que le voler ! Mes hommes viennent de le localiser, j'ai reçu leur appel à l'instant : il est censé partir demain sur le *HMS Endeavour*. Mais mes associés vont s'assurer qu'il ne quitte pas le pays.

Posie se rendit compte qu'elle l'avait une nouvelle fois mal jugé : cet homme était fou, mais d'une folie particulière, comme elle n'en avait jamais rencontrée auparavant, qui s'exprimait sous la forme d'une possessivité veule et furieuse.

— Tout ceci n'cst que la partie émergée de l'iceberg, poursuivit le comte avec le plus grand sérieux. Je possède d'innombrables biens : des châteaux en France et en Belgique ; des manoirs dans les Alpes suisses ; des ranchs en Amérique du Sud ; des night-clubs et des speakeasies[1] à New York. Et de l'argent, *mon* argent, qui circule partout dans le monde.

Il tapota l'un des paquets empilés près du panneau.

— Des faux billets, vous voulez dire ? s'enquit Posie. Imprimés à Soho à l'aide de vos équipements photographiques et des talents acquis par Lucy à l'hôtel de la Monnaie de Bruxelles ?

— Vous êtes fort perspicace, approuva l'autre en s'inclinant à demi. Mais je suis moi-même un excellent faussaire, vous savez.

La sonnerie du téléphone résonna de nouveau. Le comte semblait attendre cet appel car, une fois connecté par l'opérateur à son correspondant, il se contenta de hocher la tête.

— Je comprends, dit-il avant de raccrocher.

Il se tourna vers Posie, tout sourire.

— Malgré l'immense tendresse que j'éprouve envers Londres, je crains qu'il ne soit temps pour moi d'implanter ailleurs mon quartier général. Du moins, pendant un certain temps.

Pourquoi me raconte-t-il tout cela ? s'étonna la détective. Il devait se douter qu'elle allait en informer directement la police, non ? Pourquoi une telle imprudence ?

— Qu'attendez-vous de moi ? murmura-t-elle en plantant son regard dans le sien.

— Allons, ma chère, s'esclaffa-t-il d'un air amusé. Je suis certain que vous connaissez la réponse à cette question.

---

1. Speakeasy : bar clandestin américain particulièrement répandu durant la Prohibition.

Elle secoua la tête. Au même moment, elle sentit Dolly glisser sa petite main moite dans la sienne en signe de solidarité.

Caspian della Rosa se dirigea tout au bout du mur pour allumer une nouvelle lampe. Un grand écran de toile apparut dans son halo et, en découvrant ce qui y était accroché, Posie sentit une nausée la secouer. Derrière elle, Dolly poussa un cri étouffé. Le panneau était entièrement couvert de photos et de coupures de presse qui toutes, sans exception, concernaient Posie.

Au centre figurait son portrait publié la veille dans l'*Associated Press*. Là encore, d'innombrables petits carrés de papier étaient fixés sur la toile à l'aide d'épingles à tête rouge. Atterrée, Posie y reconnut l'œuvre d'un esprit détraqué, obsédé.

— C'est moi que vous voulez? murmura-t-elle d'une voix blanche.

— Oui, confirma Caspian della Rosa, en inclinant la tête sur le côté. Je vous ai dit que je collectionnais les pièces rares. J'en avais trouvé une en Lucky Lucy, autrefois, et j'ai la chance de vous avoir trouvée lundi au Ritz, sautillant sur la neige, fraîche comme une rose. Lucy m'a trahi, il me faut donc la remplacer. En vous croisant, je n'en ai pas cru mes yeux! Alors, je vous ai suivie et je vous ai attirée dans ma toile: le monde mystérieux et prestigieux de La Luna. Pourquoi croyez-vous que j'aie demandé à Cecil de vous offrir un verre en se faisant passer pour moi? C'était un piège, destiné à capter votre attention avant que vous ne me rencontriez en personne. Pourtant, vous avez décliné et joué à vous faire désirer! Je lui avais cependant demandé de laisser tomber cette pochette d'allumettes en guise d'indice: j'étais convaincu que vous trouveriez le club… Et pourquoi pensez-vous que je vous aie provoquée avec mes petits messages signés «Lucky Lucy», sinon pour aiguiser votre appétit? Je savais que vous étiez le genre de femme à relever un défi et à découvrir la vérité! L'unique grain de sable dans cet engrenage, c'est votre découverte du corps de Lucy à La Luna – ce pour quoi je vous prie sincèrement de m'excuser : jamais je n'ai voulu vous infliger pareil traumatisme. Oh, et, bien sûr, vous n'étiez pas censée trouver le diamant, cela m'a obligé à agir précipitamment aujourd'hui, vous l'aurez compris ! Mais j'ai besoin de cette pierre, presque autant que j'ai besoin de vous.

Il éclata d'un rire strident avant de poursuivre sa diatribe :

— Nous allons former une équipe formidable, j'en suis persuadé. Vous êtes courageuse et pleine de ressources, et vous êtes une actrice très convaincante : je vous ai observée à chaque instant, ce soir-là, au night-club où vous avez joué avec brio le rôle de la comtesse Faustina ! Maintenant, nous allons disparaître et nous reviendrons dans quelques années. Nous reprendrons les rênes du théâtre et nous lancerons de nouveau dans les affaires... tout ira bien, ma chérie, ne vous inquiétez de rien. Mais il nous faut partir sans tarder : l'homme que j'ai posté à St James vient de m'avertir à l'instant que la police était sur place, ce qui signifie qu'elle connaît désormais cette adresse.

Il consulta sa montre.

— Nous disposons d'environ sept minutes, si mes calculs sont justes, avant de la voir débarquer. Allons-y, ma chérie. Nous allons emprunter le chemin secret qui sert à faire circuler nos faux billets, personne ne pourra nous rattraper.

Il la dévisagea, dans l'expectative, avec l'expression adoratrice d'un chien. Posie ne bougea pas d'un millimètre. La main de Dolly, glacée à présent, étreignait toujours la sienne. La détective était partagée entre la peur et l'indignation. Soudain, elle tapa du pied comme une gamine capricieuse.

— Et si je ne veux pas venir avec vous ?

Aussitôt, elle comprit son erreur : elle n'avait pas son mot à dire dans l'histoire. En effet, à peine avait-elle prononcé ces mots que le comte, sans se départir de son sourire, s'empara de

Mister Minks pour lui caresser la tête avec la crosse vernie de son revolver. Il avança d'un pas.

— Allons, miss Parker, nous nous entendions si bien, ne gâchez pas tout !

Empoignant son arme de manière plus conventionnelle, il la pointa, non pas sur le chat, mais sur Dolly.

— Ah, ma costumière ! Voilà quelqu'un dont je pourrais facilement me passer. Si votre réponse est toujours « non », miss Parker, j'abats cette fille dans cinq secondes. Ensuite, ce sera le tour de votre chat. Et si vous persistez dans votre entêtement, je n'aurai d'autre choix que de vous tuer aussi, ma chérie. Ce qui me fendrait le cœur. Alors réfléchissez vite, parce que le compte à rebours va commencer. CINQ. QUATRE. TROIS…

Prenant une grande inspiration, Posie lâcha les doigts de Dolly. Puis, levant les mains comme pour se rendre, elle avança d'un pas.

— Non, s'écria-t-elle, arrêtez. Je viens…

Dolly poussa un hurlement au moment où Posie percevait un mouvement sur leur gauche. Une balle siffla, frôlant l'oreille de Caspian della Rosa, et vint se loger derrière lui, exactement au centre du panneau consacré à Posie.

Il y eut une seconde détonation et, cette fois, la balle faillit transpercer le bras tendu du comte qui lâcha son revolver et plongea à terre. Mister Minks s'enfuit en poussant un miaulement terrorisé. Le cœur au bord des lèvres, Posie se retourna, s'attendant à trouver l'inspecteur Lovelace et ses hommes de Scotland Yard. Dolly et elle poussèrent un cri de surprise en découvrant le visage de leur sauveur.

C'était Rufus.

Chapitre 24

Il avança à grands pas dans la pièce, braquant sur le comte le Webley qui avait failli causer sa perte quelques jours plus tôt.

L'air calme et posé, il donnait l'impression de maîtriser parfaitement la situation. L'ivrogne qu'il était récemment semblait avoir disparu pour laisser ressurgir le héros qu'on avait décoré de la Victoria Cross non pas une, mais *deux fois* pour ses faits de bravoure dans les tranchées de la Grande Guerre.

— Hello, les filles ! lança-t-il avec un sourire triomphant.

Cependant, son regard d'acier restait fixé sur le comte. Il l'apostropha en ces termes :

— Je sais qui vous êtes, della Rosa, mais vous ne me faites pas peur. Partout où vous allez, vous ne semez que violence et mort, leur odeur vous colle aux semelles. Ma bien-aimée est morte à cause de vous ou, du moins, de vos stupides complices.

Un instant, Rufus posa un regard empli de dégoût sur le corps de Cecil Chicken.

— Et voilà que vous remettez ça, reprit-il. Mais je refuse d'être une nouvelle fois privé de mon bonheur par un filou de votre espèce.

Il jeta un coup d'œil préoccupé en direction de Dolly qui, aussitôt, éclata en sanglots.

— Voyez-vous, mon gaillard, poursuivit le jeune homme en reportant son attention sur le comte, je suis le genre de type qui déteste la violence. Alors pourquoi ne pas régler toute cette histoire dans le calme ? Vous allez tout avouer tranquillement à la police, elle devrait arriver d'un moment à l'autre. J'ai trouvé votre adresse dans le registre des membres du club avant que les inspecteurs obtiennent leur mandat. Il semblerait que vous ne soyez pas le seul à savoir graisser la patte de ce vieux croûton de directeur, n'est-ce pas ? À présent, levez les mains au-dessus de votre tête pour que je les voie bien.

Della Rosa obéit calmement, le visage inexpressif, sans quitter Posie des yeux. Celle-ci était inquiète : les choses se déroulaient trop simplement. Un homme tel que le comte devait avoir plus d'un tour dans son sac, elle en était certaine.

Se trompait-elle ? Soudain, un fracas assourdissant, aussi subtil que celui d'un éléphant dans un magasin de porcelaine, leur parvint aux oreilles, semblant se répandre dans la maison tout entière. Des cris et des hurlements retentirent depuis le rez-de-chaussée tandis qu'un bruit de cavalcade résonnait dans les escaliers. S'agissait-il des complices du comte ? Des musiciens de l'Athenaeum qui, libérés de prison, se précipitaient à la rescousse de leur chef ? Avaient-ils parfaitement planifié leur intervention, ou s'agissait-il pour eux d'un heureux hasard ? Quoi qu'il en soit, Posie avait la certitude qu'ils seraient armés, que Rufus se retrouverait seul contre eux tous... Elle ferma les yeux, appréhendant la suite. Quand les portes s'ouvrirent et que les nouveaux arrivants l'envahirent à grand bruit, elle osa entrouvrir les paupières.

La détective soupira de soulagement en découvrant l'inspecteur Lovelace, suivi des sergents Rainbird et Binny, ainsi que d'une bonne vingtaine de bobbies. Oats entra le dernier, promenant son profil fureteur partout dans la pièce. Il repéra aussitôt le corps de Cecil Chicken, puis les cartes et les bacs de produits chimiques. Entretemps, d'autres agents avaient franchi l'étroite porte.

Arrivés *en masse**, les policiers se plantèrent devant le comte qui, les mains toujours en l'air, gardait un air à la fois surpris et contrit. L'inspecteur Oats avait déjà sorti une paire de menottes de sa poche, une expression dure mais satisfaite sur le visage. Se détendant un peu, Posie s'aperçut que Dolly s'était réfugiée derrière Rufus qui pointait toujours son arme sur le comte avec détermination.

— Vous êtes fait comme un rat, monsieur della Rosa ! s'exclama Oats en s'approchant du malfaiteur.

C'est alors que l'impossible se produisit, sous la forme d'un tour de passe-passe pourtant vieux comme le monde.

Un interrupteur claqua et, brusquement, l'immense salle, jusque-là baignée de lumière, fut plongée dans le noir.

— Ne le laissez pas s'enfuir ! glapit Oats.

Des cris étouffés et les chocs sourds des corps qui se bousculaient retentirent de toutes parts. Le téléphone se remit à sonner, ajoutant au chaos ambiant. Posie perçut près d'elle un mouvement vif et le bruit d'un objet lourd qu'on traînait sur le sol, ainsi qu'une série de chuchotements. Ensuite, il y eut un claquement sonore.

— Ne tirez pas ! J'interdis à quiconque de tirer ! cria une voix – celle de Lovelace.

Chacun tâtonnait dans l'obscurité, en quête d'allumettes ou de lampes. Il sembla s'écouler une éternité avant que quelqu'un s'aperçoive que toute une partie de la pièce était occultée par d'épais rideaux qu'on se mit alors à arracher sans façon. Aussitôt, le jour inonda la pièce. Toutes les têtes se tournèrent vers l'endroit où le comte se tenait quelques instants plus tôt.

Bien entendu, il avait disparu.

De même que les liasses de faux billets emballées dans du papier brun, les cartes des mines sud-africaines et les coupures de presse concernant Posie sur le panneau de toile.

En fait, le mur qui se trouvait derrière celui-ci, paré du même revêtement métallique qu'à La Luna, avait changé d'aspect. Il s'agissait en réalité d'un vaste passage, légèrement entrebâillé.

— Il s'est enfui par là ! s'écria le sergent Binny en se précipitant vers l'ouverture.

La moitié des policiers lui emboîta le pas.

L'inspecteur Oats s'attarda près des grandes baies vitrées, et Posie le rejoignit, curieuse. Elle découvrit alors que la maison donnait directement sur la Tamise, avec un jardin qui s'étendait jusque sur ses berges. D'où ils étaient, on voyait les eaux brunes du fleuve tourbillonner sous les rafales de neige.

Aussitôt, la détective comprit quel était le « chemin secret » évoqué plus tôt par Caspian della Rosa. Peut-être cet homme avait-il l'étoffe d'un génie, après tout ? Des dizaines de policiers avaient assailli le dernier étage de cette immense demeure pendant que d'autres bloquaient la route avec voitures et barrages, mais la jeune femme était persuadée que personne n'avait pensé à empêcher un petit bateau à moteur anodin de s'élancer avec son précieux chargement depuis la rive du fleuve.

— Juste ciel ! hurla Oats. Il est sur la Tamise ! Il s'enfuit ! Attrapez-le-moi, vite ! Lancez l'alerte !

L'inspecteur Lovelace était planté au milieu de la salle, aussi immobile qu'une statue. Poursuivre le comte était vain, l'homme avait beaucoup trop d'avance sur eux, à plus d'un titre.

Au bout d'un moment, remarquant que Posie s'était mise à trembler, il la rejoignit et lui passa un bras autour des épaules.

— Tu as vu ça ? lui demanda-t-il avec un léger signe de tête en direction de l'écran de toile.

Il n'y restait plus qu'un carré de papier, fixé juste au milieu à l'aide d'une épingle à tête rouge.

— Je pense que ça t'est destiné, ajouta Lovelace.

Posie s'approcha. Arrachant le message, elle déchiffra l'inscription qui y figurait avant de le froisser entre ses mains, comme s'il n'avait pas la moindre importance.

Mais elle n'oublierait jamais les mots qu'elle venait de lire :

JE VIENDRAI TE CHERCHER. JE SUIS TON PIRE CAUCHEMAR.

* * * *

Dehors, sur Winstanley Mews, les policiers déambulaient ou s'appuyaient contre leur véhicule, l'air abattu – comme souvent ces derniers temps. Oats et les deux sergents étant parvenus à réquisitionner le bateau d'un voisin, ils s'étaient lancés à la poursuite du comte sur le fleuve, mais personne ne pariait sur leur succès. Dolly et Rufus étaient assis à l'arrière d'un véhicule de police, serrés l'un contre l'autre tels les survivants d'un naufrage.

Plus loin dans la rue déserte, Posie se tenait immobile, clignant des yeux dans la lumière, Mister Minks lové dans ses bras.

Elle avait l'esprit absolument vide.

Et puis, tout au bout des Mews, elle aperçut une silhouette familière qui s'approchait d'elle – qui *accourait* vers elle, à vrai dire. Une main en visière pour se protéger de l'éclat blanc de la neige, elle s'aperçut bientôt qu'elle avait vu juste : il s'agissait de Len.

— Grands Dieux, Po ! s'écria-t-il.

Hors d'haleine, il se pencha en avant, les mains sur les genoux, s'efforçant de reprendre son souffle.

— Tu vas bien ? parvint-il à articuler. J'ai trouvé la carte par terre dans ton bureau, avec cette rue encerclée d'un trait de crayon. Je me suis dit que tu m'avais laissé un indice, mais je me suis fait un sang d'encre, j'ai cru qu'on t'avait kidnappée, ou pire ! C'est idiot, n'est-ce pas ?

Posie serra fort les doigts autour du message chiffonné.

— Où étais-tu ? s'écria-t-elle, soudain furieuse.

Elle n'avait que faire d'un preux chevalier qui arrivait après la bataille.

Len sembla surpris par son ton.

— Eh bien, je travaillais, nigaude ! Je te l'ai dit hier ! L'avocat qui a requis mes services nous a aperçus au moment où nous entrions dans le bâtiment de l'*Associated Press*. Tu parles d'une heureuse coïncidence ! Un boulot très bien payé, en plus. Mais il m'a fallu près de vingt-quatre heures pour obtenir la photo que je voulais. J'ai envoyé plusieurs messages et même un télégramme à Grape Street pour que tu ne t'inquiètes pas ! Tu ne les as pas reçus ?

Posie secoua la tête, les lèvres pincées. Cette fois, c'était décidé : elle allait renvoyer cette sale traîtresse de Babe ! Dès demain.

D'abord, elle allait rentrer chez elle, pour prendre un bon bain chaud. Et tant pis si Mme Rapier poussait les hauts cris.

Vendredi 18 février 1921

Chapitre 25

Brigg & Brooks avaient assuré le diamant du Maharadjah le temps de son voyage et le joyau avait été confié aux bons soins d'un certain M. Grace, capitaine du *Galactic*, un paquebot en partance pour Bombay dont le départ n'avait pas été signalé dans les journaux.

Il devait lever l'ancre peu après le *HMS Endeavour*. Les policiers avaient envahi les ponts des deux navires et vérifié la liste des passagers au cas où Caspian della Rosa – ou n'importe lequel de ses acolytes – serait monté à bord pour voler le diamant. Fort heureusement, ils n'avaient rien découvert de suspect.

Le comte de Cardigeon avait personnellement apporté la pierre jusqu'aux docks et, planté sur le vaste quai bétonné de Poplar, il avait poussé un immense soupir de soulagement en voyant la masse imposante du *Galactic* disparaître au loin.

Celui-ci accosterait à Bombay dans environ deux mois et demi. Cardigeon avait déjà écrit au Maharadjah de Gwilim afin de l'informer de l'arrivée du diamant et s'assurer que lui-même ou un serviteur de confiance seraient sur place pour que le capitaine Grace lui remette le joyau.

* * * *

Toutes les accusations portées par Scotland Yard contre Rufus Cardigeon avaient été abandonnées, et la caution de cinq mille livres était sur le point d'être restituée à son père.

Le comte de Cardigeon avait déjà fait préparer ses bagages. Il en avait soupé de Londres, il était impatient de retrouver les champs et la liberté de sa demeure seigneuriale de Rebburn Abbey, dans le Nord. Il partait le soir même et avait déclaré à Rufus qu'il serait enchanté que celui-ci l'accompagne. Rufus, désormais sobre et déterminé, avait accepté de le rejoindre un peu plus tard : il avait besoin d'être seul quelques jours pour, disait-il, régler quelques affaires en ville.

La police avait continué d'explorer les berges de la Tamise afin de retrouver Caspian della Rosa et, en dernier recours, avait demandé à tous les ports et aéroports britanniques de rester vigilants. Mais personne n'avait signalé sa présence. Le malfrat semblait s'être évanoui dans la nature.

Les cellules de Scotland Yard étaient de nouveau presque vides, les musiciens de l'orchestre ayant été relâchés faute de véritables chefs d'accusation : aussi louches que soient ces individus, la police ne disposait pas de preuves suffisantes pour prolonger leur captivité. M. Blake et son comparse Reggie, libérés eux aussi, devaient désormais faire face à un avenir incertain maintenant que l'Athenaeum était fermé.

Mais Scotland Yard détenait toujours M. Eames, le diamantaire véreux, et continuait à passer au peigne fin les recoins sombres de La Luna, en quête d'autres traces de diamants ou d'activités de contrebande, dans l'espoir de trouver une piste susceptible de mener la police au comte della Rosa.

La jeunesse dorée de Londres parlait déjà d'un nouveau lieu, bien évidemment illégal, où aller danser et fréquenter des célébrités. Il était situé près d'une centrale électrique, sur la rive la moins huppée de la Tamise, en territoire inconnu, mais ô combien plus excitant… L'engouement de ces mondains hédonistes pour La Luna avait disparu dans l'enthousiasme suscité par la nouveauté…

* * * *

Le vendredi en fin de matinée, les inspecteurs Oats et Lovelace eurent l'agréable surprise d'être invités à un déjeuner de fête au Simpson, sur le Strand, par le comte de Cardigeon en personne. Ils acceptèrent sans hésiter.

Rufus, Posie, Len et Dolly Price figuraient aussi parmi les personnes conviées. À la fin du repas, autour d'un café et de chocolats à la menthe, Posie demanda à Lovelace quelles étaient les chances réelles de retrouver le comte della Rosa. Il répondit à mi-voix, en aparté :

— C'est comme chercher une aiguille dans une botte de foin, Posie. Je parierais qu'à l'heure où nous nous sommes couchés hier, il avait déjà quitté le pays. Et je suis convaincu que nous ne le reverrons pas dans les parages pendant un bon moment. À tout le moins, nous avons démantelé l'un des plus gros réseaux criminels de Londres, et l'un de ses principaux meneurs, ce M. Chicken, est désormais hors d'état de nuire. Nous continuons de fouiller le night-club, peut-être y découvrirons-nous quelque nouvelle piste… Quoi qu'il en soit, nous avons encore fort à faire.

— Parfait ! approuva Posie.

Elle frissonnait encore en pensant qu'elle avait failli devenir la prochaine Lucky Lucy. La veille, dans sa chambre, elle était restée un long moment à fixer le message chiffonné que lui avait laissé Caspian della Rosa. Après cela, elle avait eu le plus grand mal à trouver le sommeil.

Le déjeuner achevé, il fallut partir. Dehors, il neigeait toujours, et les convives s'attardèrent dans la chaleur de l'entrée du restaurant : Dolly et Rufus se chuchotaient des mots doux ; Len avait l'air de s'ennuyer ferme ; Cardigeon et Oats, qui s'étaient découvert une passion commune pour la pêche au chevesne, semblaient inséparables. L'inspecteur Lovelace aida Posie à enfiler son manteau.

— Ce fut un plaisir de collaborer avec toi, Posie, comme toujours, dit-il, souriant, en coiffant son chapeau. Quelle semaine, n'est-ce pas ? Au fait, il est possible que j'aie parlé de tes exploits à la presse, alors ne t'étonne pas de voir les clients affluer à l'agence. Espérons que cela compensera le fait que ce radin de Cardigeon ne déboursera pas un penny pour te récompenser d'avoir remis la main sur son fichu caillou. Oh, et j'allais oublier…

Fouillant dans la poche intérieure de son manteau, il en sortit une enveloppe.

— De la part du sergent Rainbird, expliqua-t-il. Apparemment, tu lui as demandé de te dénicher certaines informations. Je ne te demanderai même pas de quoi il s'agit. Bonne journée !

Posie et Len se retrouvèrent enfin seuls dans la rue. En passant par les ruelles étroites et sombres de Covent Garden, ils n'étaient qu'à dix minutes de marche de l'agence de Grape Street.

Depuis la veille, Len semblait particulièrement tendu. Manifestement, il était très contrarié d'être arrivé après la bataille alors que Rufus avait non seulement fait irruption au moment crucial, mais aussi montré un tel héroïsme que Len n'avait plus aucune raison de le dénigrer. Aussi se montrait-il inhabituellement silencieux, ce qui ne lui ressemblait guère.

Alors qu'ils traversaient le Strand en évitant les attelages et les taxis, Posie se mit à rire. Elle se sentait immensément soulagée et, surtout, Len était avec elle, sain et sauf – n'était-ce pas ce qui comptait le plus ? Alors qu'ils s'engageaient dans une rue pavée, elle lui prit le bras. L'instant d'après, sans crier gare, il se ruait vers un kiosque à journaux affichant l'édition de midi de l'*Associated Press*.

Après avoir payé le vendeur, il agita son exemplaire, l'air abasourdi.

— C'est bien ce que je pensais ! Regarde-moi ça, tu as ton nom en première page ! Et ta photo ! Ils disent que tu as découvert et démantelé un réseau international de trafic de diamants ! À toi seule !

Posie se rapprocha pour lire contre son épaule. Elle sourit : l'inspecteur Lovelace avait tenu parole. Il avait même contacté Sam Stubbs pour qu'il rédige l'article. Passant son bras autour de la taille de Posie, Len planta son regard vert dans le sien.

— Que dirais-tu d'aller fêter ça quelque part, Po ? Champagne ? Rien que nous deux ? Tu sais, mes sentiments pour toi n'ont pas changé, même si tu as failli t'enfuir en compagnie d'un comte ! Si on reprenait là où nous en étions mardi soir, tu te souviens ?

— Comment pourrais-je oublier ? murmura-t-elle. Mais d'abord, nous allons devoir faire quelque chose d'affreux.

Chapitre 26

Les documents transmis par le sergent Rainbird étaient étalés sur le bureau de l'agence, entre eux. Ils avaient beau les lire et les relire, la situation était claire : ils avaient été dupés. Manipulés comme des pantins.

— Je suis vraiment navré, dit Len en se passant la main dans les cheveux. Si nous l'avons embauchée, c'est entièrement ma faute. Tu avais des réserves dès le départ et je les ai balayées sans même y réfléchir ! Ceci est bien pire que tout ce que nous aurions pu imaginer.

Posie hocha la tête : non seulement il disait vrai, mais il l'avait aussi fait douter de son jugement alors que celui-ci se révélait généralement fiable. Dans son bureau, Babe s'activait à grand bruit, feignant sans doute de dactylographier les dernières factures de Len à ses clients.

— Allons, finissons-en, déclara Posie, en consultant sa montre. Il est presque trois heures.

Avant d'arriver à l'agence, elle avait téléphoné à Scotland Yard depuis un établissement de la rue voisine. Le sergent Rainbird devait arriver d'un moment à l'autre. La jeune femme n'aimait pas les conflits, c'était une pacifiste dans l'âme – un trait de caractère que son père lui avait inculqué, mais qui était aussi inscrit dans les étoiles, car elle était née sous le signe de la Balance.

Hélas, ils n'avaient pas le choix.

— Babe ! Pouvez-vous venir une minute, s'il vous plaît ? lança-t-elle calmement.

Comme pour leur montrer qu'elle était trop occupée pour leur consacrer un instant, la secrétaire prit son temps avant d'apparaître sur le seuil, l'air maussade, un carnet de sténographie à la main. Elle s'assit sur la chaise qu'on lui indiquait, en face de Len et de Posie qui avaient pris place derrière le bureau de la détective.

— Savez-vous pourquoi nous vous avons convoquée ? demanda celle-ci d'un ton égal.

— J'en ai aucune idée, répondit Babe, en haussant les épaules. J'ai des ennuis ? Je suppose que c'est rapport à ce chat ? Mais je vous ai dit tout ce que je savais.

Avec une moue boudeuse, elle se mit à tripoter son bracelet du jour – un délicat bijou, serti de pierres rouges et de perles blanches en forme de gouttes de rosée, qui scintillait de mille feux. Jusqu'à présent, pour être honnête, Posie n'avait jamais prêté grande attention aux parures extravagantes de leur secrétaire, à l'exception du collier de perles qu'elle arborait le soir de la Saint-Valentin devant l'Athenaeum. À présent, ce détail lui paraissait frappant.

Inutile de tergiverser.

— Je vais aller droit au but, Babe : il y a quelque temps que je m'interroge sur ce qui vous a motivée à venir travailler ici. Une fille de votre prestance pourrait être employée par une maison de mode ou une grande entreprise susceptible de lui offrir un salaire conséquent. Pourquoi avez-vous choisi de vous enterrer dans une toute petite agence de détectives située au fond d'une rue poussive de Bloomsbury ? Au cours de ces deux derniers mois, je n'ai cessé d'avoir des doutes à votre sujet et, chaque fois,

M. Irving, ici présent, a galamment pris votre défense. Nous avions décidé de vous accorder notre confiance… et vous l'avez trahie. Aujourd'hui, nous savons à quel point.

Pour souligner ses propos, Posie agita les rapports de police qu'elle tenait à la main.

Babe dévisageait ses patrons, les yeux écarquillés, comme un lapin pris dans la lumière des phares. Elle fit mine de se lever de sa chaise. Posie ignorait si Rainbird était déjà dans la place, mais elle décida de bluffer :

— Inutile d'essayer de fuir, Babe. La police est déjà là – comme hier. N'avez-vous pas eu peur, sur le moment, en découvrant un agent en chair et en os assis dans notre salle d'attente ? Avez-vous pensé qu'il était là pour vous, que j'avais enfin vu clair dans votre jeu ? Que je connaissais votre véritable identité ?

Une expression de panique se peignit sur le visage de Babe, mais elle garda le silence.

— Est-ce pour cela, reprit la détective, que vous avez envoyé cet agent faire une course prétendument urgente lorsque ces hommes vous l'ont demandé ? Pour que la voie soit libre et qu'ils puissent me kidnapper ? Combien vous ont-ils offert, pour cela ? Cinq livres, encore ?

Le visage de la secrétaire virait à l'écarlate.

— Sans compter, poursuivit Posie, tous les méfaits que vous avez commis pour me mettre des bâtons dans les roues : ne pas envoyer les télégrammes que je vous dictais ; cacher ceux que je recevais ; mentir au sujet de la provenance de certains messages. Et tout ce temps, vous ne faisiez qu'obéir à des instructions ! Vous vouliez me nuire, miner mon agence !

La voix de Posie, de plus en plus tendue, était montée dans les aigus. Len sembla décider qu'il était temps de prendre le relais. À son tour, il brandit certains des documents fournis par Rainbird.

— Vous n'êtes pas new-yorkaise et vous ne vous appelez pas Babe Sinclair, déclara-t-il posément. Cette personne n'existe pas, comme l'attestent ces rapports. Tous les registres de l'immigration ont été soigneusement épluchés. Vous êtes Nellie Foster et vous habitez à Londres, dans le quartier de Dalston. Vous vous êtes fait passer pour quelqu'un d'autre, avec un certain talent, je dois l'avouer. Tout simplement parce que, pendant des années, vous avez été comédienne, essentiellement dans des petits rôles, mais il vous est arrivé de jouer sur les scènes londoniennes.

Posie était au bord des larmes. Babe continuait de les fixer d'un air stupide, assise tout au bord de sa chaise.

— Ces derniers jours, l'idée m'a traversée que vous étiez à la solde de Caspian della Rosa, intervint la détective. Mais je me trompais. C'est bien pire.

À cet instant, la porte du bureau s'ouvrit et Rainbird entra. Les hommes qui l'accompagnaient restèrent dans la salle d'attente. Une paire de menottes à la main, le sergent traversa vivement la pièce.

— Merci, miss Parker, dit-il, radieux. Ce n'est pas tous les jours qu'un simple sergent a l'occasion d'arrêter une criminelle et de retrouver du même coup des bijoux dérobés d'une valeur inestimable !

Puis il se tourna vers Babe pour la menotter.

— Nous savons qui vous êtes, lui dit-il en souriant d'une oreille à l'autre. Vous êtes la sœur de Bernie Foster, l'homme qui a orchestré le vol des bijoux de la comtesse Faustina Carino au Burlington Arcade lors des fêtes de Noël. Grâce à l'enquête de miss Parker, votre frère et ses complices sont sous les verrous pour un bon bout de temps, mais nous n'avions pas idée de l'endroit où ils avaient caché le butin. À présent, tout est clair ! Ces bijoux faisaient leur petite apparition à Grape Street, jour après jour, exhibés par une femme à laquelle son frère avait sans doute demandé de les mettre à l'abri !

— Il vous a aussi ordonné d'être l'instrument de sa vengeance, par pure méchanceté, ajouta Posie. Et vous lui avez obéi en sabotant mon travail. Oh, emmenez-la, par pitié ! Je ne supporte plus de la voir !

Babe ne tenta pas de se débattre. Tête baissée, elle suivit docilement le sergent. Pourtant, arrivée à la porte, elle se retourna et dévisagea longuement ses anciens patrons avant d'éclater d'un affreux rire de gorge.

— J'ai quand même failli m'en tirer, pas vrai ? lança-t-elle avec un fort accent cockney.

Puis, adressant un clin d'œil affreusement lubrique à Len, elle laissa le sergent et ses hommes l'entraîner hors de l'agence.

Lorsque le bruit de leurs pas dans l'escalier se fut estompé, il régnait dans le bureau un étrange silence. Posie et Len n'avaient pas bougé de leur chaise.

— Je trouverai quelqu'un d'autre, murmura la jeune femme. Nous allons avoir besoin d'aide avec tout le travail qui risque de nous tomber dessus après la parution de cet article. Mais cette fois, c'est moi qui mènerai les entretiens d'embauche, si cela ne t'ennuie pas.

— Pourquoi n'offririons-nous pas ce poste à Dolly Price ? proposa Len. Maintenant que le théâtre est fermé, elle est au chômage et, toutes les deux, vous vous entendez comme larrons en foire. Elle serait parfaite, non ?

— Voilà ce qui s'appelle retourner sa veste ! s'esclaffa Posie. Tu trouvais qu'elle avait mauvais genre et maintenant, tu la portes aux nues ?

— Je me suis trompée, ce sont des choses qui arrivent, marmonna-t-il d'un air contrit.

— Quoi qu'il en soit, je ne proposerai pas ce poste à Dolly, reprit la détective en secouant la tête. Ce serait merveilleux, mais quelque chose me dit qu'elle a bien mieux à faire que travailler pour nous à Grape Street.

— Tiens donc ? rétorqua Len en se levant pour attraper son chapeau. Et si tu me racontais tout cela devant un verre ? Où pourrions-nous aller ? Viens, nous méritons bien ça après toutes ces épreuves.

Au même instant, on frappa à la porte de l'agence.

— J'y vais ! lança Len.

Bien décidée à sortir le grand jeu, Posie en profita pour attraper son rouge à lèvres. Pendant qu'elle l'appliquait, elle reconnut dans le couloir la voix d'une des employées du rez-de-chaussée, puis ses pas s'éloignèrent dans l'escalier.

— C'est juste un télégramme ! s'écria Len d'un ton enjoué en revenant.

Tandis qu'il ouvrait le pli, Posie s'aspergea de parfum à la violette et fit bouffer ses cheveux. Elle était presque prête. Elle reviendrait plus tard pour nourrir Mister Minks. Mais quand elle releva la tête, elle eut un coup au cœur : Len venait de s'écrouler sur une chaise, le visage décomposé.

Chapitre 27

PENDANT une fraction de seconde, elle crut voir le télégramme trembler entre les mains de Len.

— Rien de grave ? demanda-t-elle, bien qu'elle eût déjà compris qu'il s'agissait de mauvaises nouvelles.

— C'est mon père, murmura le jeune homme, livide. Il va mal, Po. Très mal, à vrai dire. Il est malade. Il affirme n'en avoir plus que pour quelques semaines… Il a besoin de moi, il veut que je vienne le soutenir. Je dois quitter immédiatement l'Angleterre.

— Bien sûr, approuva Posie, secouée par cette annonce.

Len ne lui parlait plus de son père depuis une éternité, et elle n'avait pas osé l'interroger à son sujet.

— Mais où se trouve-t-il, exactement ? s'enquit-elle.

— Tu ne le sais donc pas ? plaisanta son collègue, retrouvant un peu de sa légèreté coutumière.

D'un mouvement du menton, il désigna l'aquarelle accrochée sur le mur derrière le bureau de Posie.

— Il est là-bas, expliqua-t-il. Il est parti s'installer au cap d'Antibes il y a deux ans. Cette peinture l'a tellement impressionné qu'il s'y est rendu tout droit. Il m'envoie des cartes postales de temps à autre. Apparemment, c'est encore mieux qu'il ne l'espérait : il fait chaud, le paysage est sublime, la vie est douce… Je crois qu'il s'est même trouvé une bonne amie française. Imagine un peu ! Pauvre vieux !

— Je suis sincèrement heureuse qu'il s'amuse, commenta Posie.

— Il faut que j'aille préparer mes bagages et réserver un train, reprit Len en attrapant sa veste en tweed, les yeux rivés sur sa montre. Qui sait ? Une fois à Calais, je pourrai peut-être obtenir une cabine de troisième classe dans le Train bleu, avec un peu de chance. Il me mènera directement à Antibes.

Posie sentit son cœur battre plus fort contre ses côtes. Elle aurait voulu arrêter Len, lui barrer le chemin et le garder à Londres – elle était si proche de l'avoir enfin tout à elle ! Et voilà qu'il parlait du prestigieux Train bleu, de la belle vie dans le Sud de la France, de bonnes amies françaises… Et s'il ne revenait pas ?

— Quand reviendras-tu ? dit-elle presque à voix basse en se reprochant intérieurement son égoïsme.

S'approchant d'elle, Len lui caressa tendrement la joue.

— Bientôt, mon amour. Je te le promets. Je ne peux pas te dire quand exactement, mais je reviendrai. M'attendras-tu ?

Posie hocha la tête : évidemment qu'elle l'attendrait, quelle question ! Malgré toutes les incertitudes qui planaient encore entre eux, les questions sans réponses. Cette mystérieuse fiancée, par exemple…

Il lui embrassa la main avant de la lâcher à contrecœur et de s'écarter.

— Je t'écrirai, souffla-t-il.

L'instant d'après, il était parti.

Posie l'entendit qui s'éloignait en courant dans l'escalier. Elle avait l'impression qu'on venait de lui couper l'herbe sous le pied.

Sentant un contact chaud sur ses chevilles, elle s'aperçut alors que Mister Minks était venu s'enrouler autour de ses jambes. Ronronnant bruyamment, il déployait tout son charme.

— Monsieur a faim, c'est ça ? dit-elle en se penchant pour le soulever, heureuse de cette distraction.

Un instant, elle repensa à Caspian della Rosa – le chat avait semblé parfaitement à l'aise dans ses bras, ignorant du danger qu'il encourrait.

Où pouvait bien être cet homme, en ce moment ?

Chassant cette pensée de son esprit, elle se dirigea vers la cuisine.

Épilogue – Trois mois plus tard

CETTE année, le printemps avait été tardif et les fleurs avaient mis une éternité à apparaître. À présent, cependant, elles semblaient rattraper le temps perdu et, tandis que Posie arpentait pieds nus les jardins de Bloomsbury Square, ses sandales de cuir verni à la main, le parfum des roses et de l'herbe fraîchement coupée flottait autour d'elle, offrant à cette belle journée de mai des prémices d'été.

L'heure du déjeuner était presque passée et les employés prenaient à contrecœur le chemin du retour vers les bureaux, se disputant les trottoirs avec les hordes de touristes qui piétinaient devant le British Museum en attendant que les gardiens en ouvrent les portes pour les visites de l'après-midi.

Posie enfila ses chaussures pour regagner son bureau à Grape Street.

Sur le trajet, elle décida de s'arrêter au kiosque à journaux pour s'offrir une glace à un penny. Alors qu'elle priait le vendeur de lui servir une boule de la couleur la moins criarde sur l'étal, son regard fut attiré par la une de l'édition de midi du *Times* :

NAUFRAGE DU GALACTIC ! AUCUN SURVIVANT !
LA MALÉDICTION DU DIAMANT
DU MAHARADJAH A-T-ELLE ENCORE FRAPPÉ ?

Réprimant un cri, elle prit sa crème glacée et acheta un journal, abasourdie. Figée sur place, elle se plongea dans la lecture de l'article.

C'était incroyable : le navire avait coulé à seulement cinq cents milles nautiques au large de Bombay. Rien n'expliquait ce désastre même si, le bateau ayant pris du retard, on supposait qu'il s'était mis en danger en empruntant un raccourci discutable.

Les trois cents passagers avaient tous péri. Aucune mission de sauvetage n'avait été lancée, et rien n'indiquait qu'on eût affaire à un acte criminel. Le diamant du Maharadjah, confié au capitaine Grace, se trouvait désormais quelque part au fond de la mer d'Arabie.

Le reste de l'article était consacré à des détails sordides concernant la malédiction du diamant et les tragédies qu'elle avait provoquées. Il s'y trouvait même une brève allusion à Lucky Lucy et au comte della Rosa qui, ayant échappé à la police, continuait de figurer en tête des avis de recherche partout en Europe.

Posie referma soigneusement son journal puis se mit à déguster sa glace à la framboise, pensive. *Voici donc comment cette histoire s'achève*, songea-t-elle.

Elle soupira, affligée par le sort du capitaine Grace, de l'équipage et de tous ces pauvres passagers. En revanche, elle était soulagée de savoir que ce satané diamant, qui lui avait brûlé les doigts pendant quelques minutes, se trouvait désormais hors de portée de quiconque – il ne causerait plus de nouveau malheur.

Deux heures sonnaient lorsqu'elle entra dans l'agence. Elle disposait d'une demi-heure avant l'arrivée de son prochain rendez-vous.

Prudence Smythe, sa nouvelle recrue, mettait des factures sous enveloppe et humidifiait des timbres avec application dans son petit bureau. C'était une fille consciencieuse doublée d'une excellente secrétaire. Elle avait également de très bonnes manières au téléphone, ce qui avait son importance. Posie avait fait installer un appareil à l'agence avec l'argent gagné par Len lors de sa dernière mission, et l'appareil sonnait toute la journée.

L'inspecteur Lovelace avait raison : l'article paru dans l'*Associated Press* en février, après leur folle semaine d'enquête, avait fait des merveilles. On s'arrachait les services de Posie à Grape Street, d'ailleurs elle était enchantée de pouvoir maintenir son entreprise à flot pratiquement à elle seule, même si ce n'était pas toujours aisé. L'époque où elle craignait de devoir vendre ses derniers biens pour payer le loyer et le chauffage était révolue, tout comme la culpabilité qu'elle ressentait à l'idée de dépendre des activités de filature de Len.

Comme celui-ci était parti depuis maintenant trois longs mois et que la date de son retour restait incertaine, Posie devait générer suffisamment de revenus pour payer toutes les charges – heureusement, le travail ne manquait pas.

Son collègue lui écrivait rarement, mais il exprimait dans ses lettres une sincère nostalgie de Londres, de Grape Street et de Posie. La santé de son père semblait s'être miraculeusement améliorée, les médecins français se risquant même à espérer un rétablissement complet. Len concluait ainsi chacune de ses missives :

Bien à toi, mon amour. Bientôt. XX

Quant à Posie, elle lui écrivait toutes les semaines à l'adresse de la pension où il s'était installé et elle lui racontait les dernières nouvelles.

S'emparant d'une paire de ciseaux, elle commença à découper l'article mentionnant le naufrage du *Galactic*. Elle comptait l'envoyer à Len, accompagné d'une brève note. Le jeune homme lui manquait terriblement, mais elle ne voulait pas le harceler en lui demandant ce qu'il entendait exactement par « bientôt ».

Au même moment, Prudence frappa à la porte : il y avait un appel pour Posie, et le correspondant exigeait de s'entretenir avec miss Parker en personne.

Posie prit l'écouteur. L'instant d'après, la voix de baryton du comte de Cardigeon, dixième du nom, faisait vibrer ses tympans. Étonnamment, il semblait de fort bonne humeur.

— Parker ?

— Elle-même, monsieur.

— Vous avez appris, pour le *Galactic* ?

— Tout à fait, monsieur. Une véritable tragédie. Et si vous comptiez me demander de retrouver le diamant une deuxième fois, je crains que la mer d'Arabie ne soit située un peu trop loin de mon champ d'action. En outre, je ne sais pas nager.

Le comte éclata d'un rire tonitruant.

— Non, Parker, je ne vous appelle pas pour cela. La vérité, c'est que j'ai discuté avec mes agents d'assurance. Ils vont dédommager le Maharadjah pour la perte du diamant, et celui-ci tient à me reverser la moitié de la somme. Un bien brave homme, qu'en dites-vous ?

— En effet, monsieur, répondit Posie, sincèrement étonnée. À présent, vous allez pouvoir faire réparer le toit de Rebburn, n'est-ce pas ?

— Peut-être, s'esclaffa Cardigeon. Mais je voulais surtout vous remercier, comme il se doit, des services que vous nous avez rendus en février. À un moment donné, j'ai bien cru que tout était perdu. J'ai décidé de vous donner une partie de l'argent de l'assurance afin de m'acquitter de ma dette envers vous. Je sais que vous êtes dans une situation un peu difficile depuis que vous avez perdu votre famille. Je vais vous envoyer un chèque de dix mille livres. Cela devrait vous permettre de vous en sortir, ne pensez-vous pas ?

Posie ne se rappelait plus comment s'était achevé leur entretien mais, après avoir raccroché, elle était sortie dans la salle d'attente, sur un nuage. Dix mille livres ! Une petite fortune ! Bien assez, en tout cas, pour s'acheter un appartement et payer plusieurs années de loyer d'avance pour l'agence de Grape Street… S'agissait-il d'un rêve ?

— Votre cliente est arrivée, Miss, lança alors Prudence, arrachant Posie à ses pensées. Vous savez, celle dont le mari a disparu. Et ceci est arrivé pour vous par le courrier de l'après-midi.

La secrétaire déposa une luxueuse enveloppe couleur crème ornée d'inscriptions argentées en relief. En la voyant, Posie n'eut aucun doute : il s'agissait d'un faire-part de mariage !

Elle ouvrit le pli. Comme elle l'avait deviné, il contenait une carte qui, en lettres d'argent, l'invitait, elle *et un partenaire*, à assister au mariage de Lord Rufus Cardigeon et miss Dorothea (« Dolly ») Price, qui aurait lieu en septembre à l'église Sainte-Bride de Londres.

— Oh, c'est formidable ! s'exclama Posie, ravie.

Elle s'y voyait déjà. Elle allait enfin avoir l'occasion de s'acheter une nouvelle robe, la première depuis des années et, à ses côtés, il y aurait… Pourvu qu'il soit rentré à temps !

Devait-elle mentionner à Len, dans sa lettre du jour, cette invitation au mariage et la générosité inattendue de Lord Cardigeon ?

— Et on vous a également livré ceci, murmura timidement Prudence, en lui tendant une brassée de mimosa jaune vif.

Une odeur enivrante se répandit dans la pièce, l'emplissant d'une douceur sucrée.

— Je vais aller chercher un vase, poursuivit la secrétaire rougissante. La fleuriste qui a livré ce bouquet affirme qu'il vient du Sud de la France. Elle a dit que le gentleman qui l'a commandé tenait absolument à ce que vous le sachiez, et que ces fleurs vous feraient penser à lui en son absence…

Les joues écarlates, Prudence sortit de la pièce à reculons. Éclatant de rire, Posie enfouit son visage dans les pompons jaunes et soyeux, s'emplissant les poumons de leur parfum.

L'été s'annonçait merveilleux.

Notes historiques

Les chronologies, dates, contextes et détails historiques décrits dans ce livre sont exacts à ma connaissance, à l'exception des éléments suivants :

Lieux

1. Le club La Luna n'a jamais existé, bien qu'il soit basé approximativement près d'un club de Londres (le Cellar Door) situé à Zero Aldwych, Londres, WC2R OHS. (http://www.cellardoor.biz)

2. Le quartier de Hatton Garden que j'ai créé est entièrement fictif. En réalité, il s'agit d'un centre de commerce de diamants de renommée mondiale.

3. Le théâtre Athenaeum n'existe pas, pas plus que le club situé au numéro 11 de St James.

4. Nightingale Mews, SW7 et Winstanley Mews, SW3 n'existent pas.

5. Le *Galactic* et son naufrage sont entièrement fictifs.

6. L'*Associated Press* est un journal fictif.

7. L'histoire du diamant du Maharadjah est inventée de toutes pièces (tout comme le Maharadjah et la cité-État de Gwilim, bien que les dates des rébellions et du règne du vice-roi en Inde soient exactes).

8. J'ai pris la liberté d'inclure Bush House, le magnifique bâtiment Art déco d'Aldwych, Londres, WC1, comme détail contextuel dans le chapitre six. En réalité, il n'existait en 1921 qu'à l'état de chantier de construction et n'a été inauguré qu'en 1925.

9. Le célèbre Train bleu (que Len envisage d'emprunter au chapitre vingt-sept) était déjà en circulation en 1921 (il reliait Calais aux villes à la mode de la Côte d'Azur, y compris Antibes), mais n'a été connu sous cette appellation qu'en 1924.

10. Grape Street à Londres, WC1, existe réellement, même s'il faut un peu d'imagination pour y trouver l'agence de détectives de Posie.

Personnages

Les personnages de ce livre sont tous fictifs à l'exception d'Ivor Novello, le célèbre compositeur et acteur (1893-1951), qui apparaît au chapitre neuf, et de Kitty La Roar, chanteuse de jazz contemporaine, qui a gentiment accepté de figurer dans une version historique d'elle-même (voir www.kittylaroar.com).

Remerciements

Je tiens à remercier Wendy Janes pour ses précieux commentaires sur la première version du manuscrit, notamment en ce qui concerne la géographie du Londres des années 1920. S'il subsiste des erreurs, il va sans dire qu'elles sont de mon fait.

Et surtout, merci du fond du cœur à Marco qui a permis que les aventures de Posie Parker se posent sur le papier et deviennent davantage que le simple fruit de mon imagination.

L'autrice

L.B. Hathaway, née en Grande-Bretagne et diplômée de Cambridge, écrit des romans historiques.

Elle a travaillé comme avocate au Lincoln's Inn de Londres pendant près de dix ans avant de devenir écrivain à plein temps. Adepte depuis toujours des romans policiers situés pendant l'« âge d'or du crime », c'est une fervente admiratrice d'Agatha Christie. Ses autres centres d'intérêt, sans ordre particulier, sont : le ski alpin à grande vitesse, le théâtre, le thé fort, l'histoire des Tudors, l'exploration de châteaux et, de manière générale, mener mille activités à la fois.

« Posie Parker », sa série de romans policiers « cosy », couvre les années 1920. Chacun d'eux recèle un mystère central, une exploration du glamour insouciant de l'époque, et une protagoniste intrépide que l'on aimerait avoir comme meilleure amie !

Suivez toute l'actualité de L.B. Hathaway et contactez-la sur les réseaux sociaux :

@ author@lbhathaway.com
Newsletter : lbhathaway.com
Goodreads : https://www.goodreads.com/lbhathaway
X @LbHathaway
f @LBHathawaybooks

Merci d'avoir choisi ce livre Eyrolles.
Nous espérons que sa lecture vous a intéressé(e) et inspiré(e).

Nous serions ravis de rester en contact avec vous et de pouvoir vous proposer d'autres idées de livres à découvrir, des nouveautés, des conseils, des événements avec nos auteurs ou des jeux-concours.

Intéressé(e) ? Inscrivez-vous à notre lettre d'information.

Pour cela, rendez-vous à l'adresse go.eyrolles.com/newsletter ou flashez ce QR code (votre adresse électronique sera à l'usage unique des Éditions Eyrolles pour vous envoyer les informations demandées) :

Vous êtes présent(e) sur les réseaux sociaux ?
Rejoignez-nous pour suivre d'encore plus près nos actualités :

Eyrolles Bien-être

Eyrolles_romans

Merci pour votre confiance.
L'équipe Eyrolles

IMPRIM'VERT®

PEFC
10-31-2541
Promouvoir la gestion durable de la forêt
www.pefc-france.org

Mis en page par Soft Office

Achevé d'imprimer par Normandie Roto Impression s.a.s.
sur papier bouffant Classic 65g
N° d'imprimeur : 2304762
Dépôt légal : novembre 2023

Imprimé en France